Plumes du Coq

La Confiture de morts

Avril 2021

La collection littéraire *Plumes du Coq* est publiée avec l'aide de la Fédération Wallonie-Bruxelles

Couverture : Cécile Bolly

Weyrich sa – Route de la Maladrie 5, Longlier – B-6840 Neufchâteau
32(0)61 27 94 30 www.weyrich-edition.be
Mise en pages et composition : Weyrich Édition

Imprimé en Union européenne par Typolibris

Dépôt légal n° D/2020/8631/6
ISBN 978-2-87489-591-3

CATHERINE BARREAU

La Confiture de morts

ROMAN

Plumes du Coq

Weyrich

Du même auteur

Les Ombres se penchent, Édilivre, 2015.

Quatre attentes, Academia, 2015.

L'Escalier, Plumes du coq, 2016.

I

1.

Quelque chose doit changer. Ils me surveillent à cause de ce que j'ai fait et l'absence de Papa me paralyse. Je voudrais un rêve. Je ressasse nos souvenirs, nos semaines ordinaires, quand la vie avec Papa était simple, qu'on se suffisait. Je regrette même les attentes, les frousses et ce matin où il a insisté. Il n'insistait jamais. Comment expliquer que mes actes sont logiques sans leur parler de ce matin-là et des promesses ?

J'avais quinze ans, un petit déjeuner entamé, Faulkner sur la table. Comme tous les lundis, il allait revenir.

Ses pas sur le gravier, les grincements du seuil, de la serrure, des gonds. Il est entré. « J'ai de la confiture de morts », a-t-il dit en rangeant des bocaux dans le placard. Il disposait les pots en ramenant les plus anciens à l'avant. J'ai versé des céréales dans mon bol. Je voyais ce qu'il croyait me cacher, mais ça n'avait pas d'importance. Ses cheveux étaient un peu trop longs, une mèche blonde et grise lui cachait un œil. Il portait son vieux pardessus noir de dandy. Nous ne nous disions pas bonjour ni au revoir, nous n'avions pas besoin de ces politesses. Quand il partait, nous n'étions pas séparés, plutôt arrachés, écartelés. On aurait été stupides de se saluer à son retour. Ridicule.

Il était parti et moi j'étais restée avec mon vide, l'obligation scolaire et des bouquins. Il était revenu. Il avait dû quitter Mortepire vers six heures, je n'y allais plus depuis que j'avais lu cette saloperie de carnet.

Je lui ai dit : j'ai fini *Tandis que j'agonise*, j'ai emprunté *Sanctuaire*. Il a souri. J'ai ajouté que c'était vraiment bien, il s'est approché, il a posé la main sur mon bras, et j'ai senti sa fatigue et son courage. Nous avons regardé par la fenêtre en silence. Notre maison surplombe la vallée de la Meuse, son confluent avec la Sambre et les vieux quartiers aux toits gris-mauve sous le ciel au-delà des falaises de Beez. Le fleuve coulait vers la mer du Nord en traversant la ville. L'automne sans pluie nous offrait des lumières inhabituelles et ce crépuscule du matin valait vraiment le coup. Rose et bleu.

Il restait debout derrière moi, sa fatigue et son courage appuyés, j'étais assise comme personne ne peut l'être, avec, sur mon bras, la main de mon père. Je m'appuyais sur lui quand il s'appuyait sur moi. Un rituel. Notre vie ordinaire. « Faulkner est un ivrogne, un misogyne raciste et génial », a dit Papa. Oui, je le savais. Nous regardions toujours vers l'est et la vallée. Le train pour Luxembourg passait le pont sur la Meuse, il se dirigeait vers le sud, le Condroz, les Ardennes, la forêt.

Papa a lâché mon bras, il a fait un pas de côté, il s'est éclairci la gorge, il a plié les épaules vers l'avant, il le faisait quand quelque chose n'allait pas de soi, il s'est voûté et j'ai retenu mon souffle ; il a dit : « Ça fait quatre mois que tu restes ici. Il faudra que tu reviennes à Mortepire. D'accord ? »

Je ne bougeais pas, il a répété sa question, j'ai fait oui de la tête, j'ai glissé ma cuillère dans le bol de Corn Flakes et là, il a demandé si je le promettais, si j'y reviendrais. Il restait penché au-dessus de moi avec son regard redoutable qui m'appelait, je le sentais, j'ai relevé la tête, j'ai été prise dans un filet d'or et d'argent, il ne bougeait pas, familier et solennel. Les serments, ce n'était pas son genre, nous n'en avions pas besoin. Il insistait, je n'aimais pas ça, quelque chose résistait au fond de moi et j'étais envoûtée quand même. Mais pas entièrement, plus depuis que j'avais lu le carnet. Il nous mettait dans le même sac, Claire, Lucie, lui et moi. Mortepire. Je ne voulais pas les revoir. Mon père y allait seul cette dernière année. Il disait : il n'y a plus que nous. J'abominais ce nous, il voulait que je mange leur confiture de morts et il venait de me demander d'y revenir, pas d'y retourner, d'un simple verbe il m'assénait son appartenance au hameau. Il disait qu'on devait se souvenir de qui on est, que je comprendrais plus tard. Je m'en foutais. Depuis que j'avais découvert ce maudit carnet, je n'y allais plus. C'était encore chez lui mais plus chez moi. Mon entêtement m'avait protégée, il l'avait respecté jusque-là. J'avais peur. J'étais pétrifiée. Pas question. Pas question. Il a insisté, il n'insistait jamais, j'ai promis. Il n'a pas demandé quand j'irais et quelque chose s'est vitrifié dans ma gorge de gamine de quinze ans.

Il s'est redressé. « Tu ne t'es pas ennuyée. » Ce n'était pas une question, je ne m'ennuie pas, il le savait ; en son absence, j'étais amputée, creusée, mutilée et les livres me guérissaient. Mais l'ennui ? Quelle drôle d'idée. J'avais lu des mots, des phrases, des pages et des chapitres, c'était ma façon de vivre depuis que j'avais renoncé à devenir une fille normale, la seule façon de ressentir quelque chose de juste dans ma putain de vie avec ce con de corps. Pauvre gamine, je traînais un embarras d'estropiée, une claudication sociale. Les livres m'avaient donc sauvé la vie, ils me protégeaient, ils m'enfermaient et c'était très bien.

Je m'étais débrouillée, pas de problème, Papa, aucun problème. Il a enlevé son pardessus et l'a glissé sur la patère, il s'est servi un café ; j'ai enfourné mes céréales ; il m'a regardée, je le trouvais vieux et beau, différent des autres pères. Le veuf le plus séduisant de la ville.

Parfois, quand je décrochais le téléphone, une femme demandait « Renaud ? », c'étaient des voix pleines d'espoir, je m'amusais à répondre que non : j'étais la fille de maître Renaud Bayard, il n'était pas là, mais je pouvais donner le numéro de son étude ou prendre un message. Elles ne laissaient pas de message, je n'en parlais pas à Papa. J'aimais bien Monique, son associée au cabinet, une grande femme athlétique qui fendait l'air devant elle. Je crois qu'ils étaient plus que collègues, je n'ai jamais demandé.

Monique, un souvenir vague. Elle était ici quand je suis arrivée. Elle m'a protégée. De quoi ?

Papa s'est penché et ses épaules ont pointé sous le tissu de la chemise, ça lui donnait l'apparence d'un chercheur de fossiles ou d'un pénitent. Il s'inclinait quand une pensée ne trouvait pas les bons mots, c'était rare et je pouvais attendre.

J'ai repris une cuillère de céréales, il a dit, très vite : «J'ai parlé à Claire. Quand tu auras seize ans, tu pourras avoir des relations sexuelles, vous prendrez la pilule.» J'ai cessé de respirer et de mâcher. Il était trop près, j'avais envie de le toucher, de lui demander de gommer cette phrase stupide. Menacée par un truc coupant dans ma gorge. Impossible d'avaler. Bloquer ma respiration. Si j'inspirais ou si j'essayais de déglutir, les Corn Flakes, le sucre et le lait allaient se précipiter dans mes bronches, m'étouffer ; je pressentais l'odeur écœurante de mon agonie, ma mort ridicule dans un mélange de morve, de larmes, de lait et de pétales de maïs sucrés. Souffle coupé. Tenir. De la salive sourdait sous ma langue et, tandis que je luttais contre mon réflexe de déglutition, mon père attendait, je ne comprenais pas ce qu'il me voulait, devais-je répondre quelque chose ? Avait-il posé une question ? Ma sexualité ? Je manquais d'air, mais je préférais l'asphyxie lactée à une reddition, comment Papa pouvait-il m'infliger cela ? L'immobilité neutralisait la laitance qui menaçait de m'étouffer. Je retenais les céréales assassines dans ma bouche et je ne pouvais pas respirer. Je touchais aux limites de l'apnée, je me préparais à cracher ou à mourir, et Papa m'a sauvée : « Tu vas lire quoi d'autre cette semaine ? » Ma gorge s'est dénouée, mon épiglotte a fait son boulot, j'ai avalé.

La bouillie de Corn Flakes est passée dans mon œsophage et elle a trouvé sa place dans mon estomac. L'air a voyagé jusqu'à mes poumons. J'ai dit : Flannery O'Connor, *La Sagesse dans le sang*. Il a souri, il m'a demandé si j'entrais dans une période américaine mélancolique. Je démarrais une période américaine au sens large : j'avais pris Fuentes à la bibliothèque. Tout allait bien, Mortepire et ma sexualité oubliés, nous revenions à l'essentiel.

Je suis partie à l'école, le seuil a gémi sous mon pas, j'ai descendu la rue. Je bottais les feuilles mortes amoncelées dans la rigole, elles étaient sèches comme des pelures d'oignon, ça bruissait. Pas de sac de sport, j'étais dispensée du cours de gym à perpétuité, Alléluia ! Dix minutes de marche : traverser le pont de l'Évêché au-dessus de la Sambre, descendre sur le hallage jusqu'au confluent avec la Meuse, tortuer dans les ruelles, arriver au collège du Bon Secours. M'adapter. Je vivais dans une invagination temporelle, je ne le savais pas. J'essayais de sauver notre vie. Six ans plus tard, j'ai du recul. De l'admiration et de la pitié pour la fille de quinze ans qui collait à son père et refusait de grandir, qui voulait trouver ce jour ordinaire malgré la promesse de retourner à Mortepire et l'idée de la pilule.

Me souvenir.

Notre maison ne paie pas de mine, elle s'accroche, bancale, à une impasse qui grimpe sur le flanc de la citadelle côté Sambre. Notre terrain est encombré, il remonte contre le rocher. Des débris tombés des fortifications s'amoncellent au fond du jardin : ardoises brisées, pierres, rocailles. La route est pentue et la maison compte un étage de plus sur le côté droit : un appentis qui permet au rez-de-chaussée d'être horizontal. On n'a pas de place pour la voiture : Papa la garait cent mètres plus bas, sur le petit parking pour les promeneurs. Cette vieille Volvo verte, je l'adore. C'est notre petit luxe, un confort de cuir et d'acier. J'avais suggéré de transformer l'appentis en garage, il avait dit que oui, c'était possible, et nous ne l'avons jamais fait, nous grimpions ces cent mètres comme des paysans, comme des prolétaires non motorisés.

Un sentier de gravier envahi par les pissenlits, le trèfle, la mousse et du lichen mène à l'entrée. J'avais calligraphié nos noms avec une peinture à l'huile sur la boîte aux lettres : *Renaud et Véra Bayard*. J'en avais tiré une joie gamine. La pierre bleue du seuil vacille sur ses fractures et grince contre la sénilité du mortier qui devrait la soutenir. Pas de sonnette, pas de heurtoir, la porte s'ouvre sur la cuisine-salle à manger avec sa vue sur la vallée de la Meuse. En façade, un petit salon. À l'étage, deux chambres minuscules et une salle de bains dont les tuyauteries produisent des sons grotesques. Pas de chauffage central, on allume les radiateurs électriques par grand froid, et, l'hiver, un brûle-tout chauffe le salon et tiédit la maison. Dans l'appentis, un congélateur bahut et des outils de jardinage, puisque nous avons quelques légumes perpétuels. Il doit y avoir un sacré bordel chez nous, à cause de la police. J'espère qu'ils n'ont pas abîmé nos livres. J'ai besoin de souvenirs pour ne pas basculer depuis qu'on m'a enfermée ici.

La maison n'est pas commode. On s'en foutait : qui troquerait cette vue contre du confort ? Avec Papa, on regardait souvent vers le nord-est : grossie des eaux de la Sambre qui coulait en bas de notre rue, la vallée de la Meuse méandrait sous nos yeux et, la nuit, quand la ville s'allumait, je me sentais immortelle. On se suffisait malgré les failles et nos silences pleins de précautions.

Je rêvais souvent d'un quartier inexistant en bas de chez nous : des ruelles embrouillées pleines de morveux, des cafés malodorants et des commerces décatis. Un vieux lavoir. Une ambiance moyenâgeuse. Ça m'inquiétait, ce rêve à répétition ; Papa m'a expliqué que les maisons autour de la place Saint-Hilaire, au Grognon, étaient en démolition lors de notre arrivée à Namur, quand j'avais quatre ans. Par modernisme, la commune avait condamné tout le quartier en chassant vers la périphérie les Sarrazins, ses habitants. Quand j'étais à l'école maternelle, me dit-il, il m'y emmenait parfois et je jouais avec les quelques gamins qui restaient, jusqu'à la démolition totale. Je ne m'en souvenais pas et pourtant j'en rêvais encore.

Lucie, ma cousine, y voyait un signe. Lucie voit des signes partout.

Notre rue avait échappé aux ravages du progrès. Dans le chemin des Bordiaux qui monte sur le flanc de la citadelle, trois maisons ont survécu, dont la nôtre qui est la dernière. Papa l'a achetée à l'époque où tout le monde voulait une villa neuve sur un lotissement. À la périphérie. Avec un garage. Et deux voitures. Papa voulait qu'on vive en ville mais près des arbres. La démolition du Grognon créait un chancre, l'escarpement de la citadelle ne tentait pas les promoteurs, le prix des maisons de notre rue était bas, Papa disait qu'il fallait faire confiance aux ruines pour s'installer. Mon cerveau est en ruines, fragmenté. Me souvenir. Ma maison.

Le coteau est boisé et de grands arbres font de l'ombre en été : un noyer, un tilleul, des bouleaux et des trembles, un charme, des hêtres. Les feuilles mortes envahissent tout et, en automne, il faut déboucher les corniches. Papa avait le vertige, c'est moi qui grimpais là-haut. Il posait l'échelle contre la façade, il la maintenait fermement sur notre sol irrégulier ; son poids m'arrimait, je plongeais les doigts dans les gouttières, je poignais dans les feuilles mortes, je les lançais derrière moi, elles lui tombaient sur la tête, il riait, je jubilais. Certains automnes sans pluie, les feuilles étaient sèches comme du papier de soie, elles bruissaient entre mes mains, elles sentaient la paille, s'éparpillaient dans l'air et descendaient autour de la tête de mon père, l'entouraient d'une gloire dorée. Plus souvent, octobre et novembre détrempaient la végétation, les feuilles formaient des agrégats qui me laissaient des traînées d'algues sur la peau et dégageaient une odeur d'humus ; elles chutaient en amas lourds, pénibles et fertiles que Papa évitait avec un rire heureux de la fin de tout qui portait son propre écho, sa propre fin.

Nos herbes ne demandent pas d'entretien : un romarin et du thym, de la sauge. Quelques mètres carrés de jardin nettoyés au printemps nous faisaient un potager de légumes perpétuels. Du poirail, de la livèche, des oignons rocamboles et de la pimprenelle. La plupart du temps, on ramenait des légumes de Mortepire à Namur. À part cette zone nourricière, notre terrain ressemble à un sous-bois où la décomposition fait son travail, et c'est très bien comme ça.

Papa disait que la pourriture est le tribut à la fertilité.

On rejoint le centre-ville à pied en dix minutes. Nos voisins étaient discrets. La vieille Madeleine, une veuve sans enfant, avait passé sa vie à entretenir une maison que personne ne visitait à part sa nièce Marie-Jeanne. Ses semaines étaient réglées comme un missel : tâches, menus, mouvements. Je lui avais connu deux bergers allemands qui s'appelaient Rex.

Plus bas, les Vanhamme avaient rénové une maison à l'entrée du chemin, ils disaient que Madeleine avait eu d'autres Rex, qu'elle n'avait jamais pu les éduquer et qu'ils avaient tous fini paralysés et euthanasiés. Les Vanhamme nettoyaient leur allée à l'herbicide. Une allée, pas un chemin ! Ils avaient construit un garage pour leur voiture, planté une haie de thuyas qu'ils taillaient quatre fois par an. Ils aimaient la tranquillité et nous répétaient leur satisfaction d'avoir Madeleine pour voisine, ils nous trouvaient très calmes. Mais étions-nous contents du jardin ? Ils pouvaient nous conseiller pour le nettoyer un peu : tous ces trèfles, ces pissenlits, c'était envahissant. Ils entretenaient leur gazon. Du gazon ! Pas de l'herbe.

Depuis un mois, je me berce des souvenirs de la vie ordinaire avec Papa. Notre maison, notre vie. Tout se mêle. Il faudra retourner à Mortepire, tenir le serment de mes quinze ans. Le jour de la promesse, Madeleine vivait encore, nous avions regardé la vallée, la Meuse qui méandrait dans l'aurore, j'ai promis, j'ai échappé à l'évocation de ma sexualité, j'ai survécu à un étouffement de céréales lactées et je suis partie à l'école. Je m'y sentais anormale, démembrée, sans vie, creuse et inadaptée.

2.

Le collège du Bon Secours dispensait un enseignement élitiste et une ambiance de merde dont semblaient s'accommoder les élèves. Papa m'y avait inscrite pour que je sois bien préparée à l'enseignement supérieur. J'avais un an d'avance, des résultats brillants et un caractère de cochon. Les cours généraux étaient supportables tandis que le sport et les récrés me ravageaient. Je me réfugiais le plus souvent possible à la bibliothèque ou dans un cagibi. Quand je devais revenir à la réalité, j'avais l'impression que le sol s'ouvrait, que j'allais être avalée, toute droite, debout, par la terre avide. Aujourd'hui, je vois que j'espérais ce rapt autant que je le redoutais : être engloutie, rejoindre le monde en quittant sa surface. Quand il était là, avec son regard plein de recoins, Papa me permettait de supporter la vie, sa présence m'enchantait. Sinon, il y avait les livres.

J'avais espéré que cette avant-dernière année de secondaire qui s'appelait *Poésie* me conviendrait mieux. J'avais cru que j'allais m'y sentir bien. Moins mal en tout cas. Les premiers cours m'ont attristée. Nous devions analyser des poèmes, découper, compter. Débusquer des règles. Objectiver les vers, les écraser de commentaires.

J'ai ramené avec fierté mon premier échec à Papa : un devoir sur notre poème préféré. Il fallait le choisir dans une anthologie achetée à *La Procure*, l'analyser, expliquer les intentions de l'auteur. Mon devoir n'a comporté que deux phrases : *Je ne peux pas choisir de poème dans l'anthologie : comment préférer Césaire à Char ou Baudelaire à Ronsard ? Votre consigne porte sa propre implosion.* Ça m'a valu la cote de 1/20. Mon premier échec scolaire. Quand je l'ai montré à Papa, il a ri. Un raz de marée existentiel. Une vague de sons et d'échos de ces sons. Et du bruit de l'écho de ces sons. Une apocalypse qui m'emportait dans son monde. Tout redevenait simple.

Il a posé la main sous mon épaule en riant encore, il a écarté la mèche blonde et grise qui lui barrait le front, il m'a conseillé de faire semblant, de me soumettre en surface, un diplôme était indispensable pour notre liberté, pour Mortepire, pour trouver une place ; mais pas de mépris, pas de violence, pas de pitié, pas de haine. Chacun de nous est ce qu'il est.

Je ne suis pas sûre qu'il ait prononcé tous ces mots, il n'a peut-être rien dit après son rire, mais c'était le message. Bien reçu, Papa. La chaleur de sa paume qui tremblait de joie sur mon omoplate irradiait. Il a signé le devoir, écrit « Vu » avant son paraphe, tout cela de la main droite, la gauche encore dans le haut de mon dos et j'avais l'impression que c'était moi qui tenais le stylo.

Il m'a regardée en inclinant la tête, ses yeux craquaient comme un feu de sapin.

Je voulais continuer à me vautrer dans les poèmes, me fourrer la tête dedans, m'en salir, m'en bâfrer, les relire, m'y perdre, les répéter, m'éclabousser de leurs fluides, m'y camoufler. Disparaître pour exister plus fort. Pas les disséquer.

Il comprenait.

Et son rire plus doux.

Mais je devrais m'adapter, me dit-il, en surface, me déguiser peut-être. Je lui ai répondu : je le fais déjà, Papa, tout le temps tu sais, mais là je ne voulais pas, parfois je ne peux pas.

Ça brasillait dans son regard, il a dit que j'étais libre, il a avalé sa salive. Il a écarté la main de mon épaule. La tristesse est venue tout de suite : je serais seule et je devrais m'adapter.

C'est quoi, s'adapter, Papa ? Sans trahir qui on est. Ici non plus je n'y parviens pas. Tout est plastique et inox, propre, désinfecté, je suis à moitié enfermée et ils veulent que je leur explique, ils ne voient pas que ce que j'ai fait était logique.

3.

Les autres filles parlaient des films sortis au cinéma, du programme télé, elles comparaient leurs nouveaux vêtements, les marques. Elles racontaient des soirées et des barbecues en nouant en queue de cheval leurs beaux cheveux brillants. Des prénoms circulaient, il y avait des gens à fréquenter pour obtenir l'attention du groupe : Quoi ? Qui avait dansé un slow avec Denis ? Luc n'avait pas invité Isabelle ? Elles sortaient avec des garçons, elles sortaient en boîte et je rentrais dans ma coquille.

Papa et moi, on se passait de télé, on avait la bibliothèque communale à portée de pieds, on allait parfois au cinéma, jamais pour y voir les mêmes films que mes camarades de classe. L'année précédente, j'avais essayé de m'insérer dans une conversation en leur conseillant *Le Mariage de Maria Braun*, ce qui me valut les reproches de la seule fille qui avait écouté, et peut être même entendu, mon conseil. C'était n'importe quoi, me dit-elle la semaine suivante, on ne comprenait pas l'histoire et on ne savait pas qui était qui, il y avait tout le temps du bruit, on n'entendait même pas ce que disaient les personnages. J'ai dit : justement. « Justement quoi ? » Je me suis tue, elle a levé les yeux au ciel. Encore une de perdue. Après l'école, je me suis consolée à la bibliothèque.

Elles se comparaient, des coqueluches émergeaient en tyrannisant les plus fragiles, Astrid brillait dans le rôle. La nature humaine dans sa splendeur. Il y a eu des élections pour choisir une déléguée de classe. J'ai déposé le seul bulletin blanc. Astrid a été élue : 22 votes sur 23. Bravo. Je n'en revenais pas : que cherchaient-elles ? Gagner ? Gagner quoi, dans quel but ? Tout cela leur semblait normal, elles répétaient les jeux sociaux que j'avais lus dans des centaines de romans. Elles y croyaient. Elles ne voyaient pas ce qu'elles faisaient ? Elles ne reconnaissaient pas la comédie humaine, la pathétique course aux places ? La norme était claire et je n'avais pas envie de m'y soumettre.

Au cours de gym, je désaxais. Les cris paramilitaires, l'obéissance imbécile, ce désir de gagner qui me consternait. Et aucune joie pour compenser. Jamais. Les filles se promenaient en sous-vêtements dans les vestiaires, certaines solariumées dès le mois de mars ; elles s'épilaient, elles faisaient des brushings. Des brushings ! Le miroir au-dessus du lavabo me renvoyait l'image d'une sauvageonne sans grâce, à la tignasse ingérable, butée. Et ce corps épais. Et cette posture défensive. Je m'adressais un clin d'œil complice.

Nous devions porter un maillot de sport en velours bleu marine, fermé par trois pressions à l'entrejambe. Des poils noirs, longs et drus, pointaient sur le haut de mes cuisses et il me plaisait de les exposer : puisque je subissais le parfum de leur déodorant et les bavardages, elles pouvaient bien endurer ma nature. Je percevais leur malaise sous mon regard. J'étais leur disgrâce, une condamnation au corps.

La tenue réglementaire enfilée au vestiaire, il fallait s'échauffer, courir en ovale, faire des petits bonds, supporter l'odeur de caoutchouc. Puis venaient les jeux stupides avec des ballons, des courses après rien, des sauts par-dessus un élastique anémié, des enroulements de cordes perfides. Des heures à me demander ce que je faisais là. Mes pieds martelaient le plancher, je hurlais tout bas les imprécations que je connaissais, puis je lançais des anathèmes muets et puissants. Je m'étais prise de passion pour les sorts de protection des livres. J'avais découvert qu'au Moyen Âge, et déjà en Assyrie, des inscriptions menaçaient les éventuels voleurs ou dégradeurs de manuscrits. J'avais une vie d'où les affres ordinaires de la socialisation étaient exclues, je maudissais ceux qui en abîmaient le parfum, ces cours de gym étaient une offense. Ça méritait quelques malédictions consolatrices. Que les filles qui aiment la compétition pourrissent dans la douleur. Que les vers leur rongent les entrailles, que leur âpreté les tourmente dans d'horribles cauchemars. Papa n'aurait pas aimé : trop de violence dans ces pensées, trop près de la haine, je m'en voulais un peu puis je me rassurais. Rien de grandiose, peu d'effort pour un bon résultat : ma survie mentale.

En handball, volley ou basket, j'évitais le ballon. Stratégie redoutable. Dès qu'il semblait se diriger vers moi, je me jetais au sol ou j'esquivais. Parfois, quand j'étais heurtée malgré tout, je poussais un cri terrible. J'étais devenue un trou noir sur le terrain, une antimatière absorbant tout jeu, une entropie inéluctable pour mes partenaires et une sacrée aubaine pour nos adversaires qui renvoyaient la balle vers moi. Quand je me suis lassée de ce sabotage, un médecin m'a fourni un certificat qui me dispensait de sport, c'était un client de Papa, il m'en a promis un chaque année si je voulais. Alléluia ! L'école s'imposait, je n'imaginais pas d'alternative. J'avais essayé de m'adapter par imitation puis par effacement. S'adapter sans s'intégrer n'était pas possible et je suscitais la méfiance, mes tentatives de normalisation prenaient trop d'énergie et produisaient un effet pervers. Je me sentais lucide et impuissante : trop détachée avais-je supposé en renonçant.

J'attendais que les journées atteignent le soir. Je parvenais à ne pas m'ennuyer, grâce aux rêveries qui ne manquent pas. Les profs me foutaient la paix parce que j'avais de bons résultats, sauf en sport où je n'existais plus, et les filles m'évitaient. Je m'isolais souvent dans le cagibi des produits de nettoyage pour lire. J'avais découvert à la maison une clé qui permettait de l'ouvrir et de le fermer, il possédait une fenêtre de verre opaque, placée très haut, et la femme d'ouvrage ne travaillait qu'en soirée. Le seau retourné devint un siège. J'avais enfin mon antre.

Il y a cette part de moi, un morceau de mes quinze ans, dur, cassant et coupant comme l'obsidienne, il menace : si je ne tiens pas ma promesse, il va m'égorger par l'intérieur, ça m'arrangerait s'il n'y avait le souvenir du regard pers de Papa, le souvenir de sa confiance.

4.

Le jour où j'ai promis de retourner à Mortepire, ma classe avait une activité prévue à *L'Oasis*, le restaurant social créé par l'abbé Genot. J'étais bousculée par l'insistance que Papa avait manifestée, j'allais relâcher mon attention, oublier ma prudence et cela me vaudrait un ostracisme sans appel. Une bonne leçon.

Notre jeune prof de religion voulait élever nos âmes, elle nous demandait des engagements concrets. Je l'aimais bien, elle me semblait sincère. Elle perdait parfois pied, rougissait, se lançait dans des discours passionnés dont elle sortait haletante en s'accrochant au bureau. J'aimais sa bonté qui me rappelait le père Joseph et notre chien Dagon. Jusqu'à ce jour-là.

Le premier trimestre avait vu se succéder l'opération Bol de Riz (pour vivre la solidarité et financer une action contre la faim, nous ne mangions que du riz pendant une semaine), une visite aux vieux pensionnaires des Petites Sœurs des Pauvres (chansons et tartes). Pour préparer la vente des autocollants Papillon en faveur des actions du père Damien contre la lèpre, on nous avait projeté des diapositives d'enfants aux chairs pourries. Astrid, la déléguée de classe, avait pleuré, la prof tenait bon. Schlak! Un gamin au visage rongé, plus de nez. Schlak. La dia suivante : une gamine sans doigt. Le tout sur un fond musical plein de pathos.

Et là, nous allions préparer un repas pour les marginaux de *L'Oasis*. Je me demandais ce qui lui prenait, à la prof, parce que les clochards, les repris de justice et les errants, je ne crois pas que c'était le genre de bonnes œuvres pour notre école, on avait l'habitude des handicapés de l'Arche, des vieux, des innocents malheureux, pas des antisociaux. On devait faire notre devoir : une action charitable envers les nécessiteux. Amen. Je soupçonnais la directrice d'avoir soutenu l'initiative pour que la vision de cette misère nous serve de repoussoir, nous incite à rester dans le rang, à faire un bon mariage, à éviter la rébellion.

La prof a demandé une réaction au projet, elle s'est tournée vers moi, elle était nouvelle, pas évitante, elle me parlait comme aux autres, naïve.

Je trouvais que ces nécessiteux pourraient peler eux-mêmes leurs légumes : « Ils sont pauvres, pas manchots », ai-je argumenté. Ça ne lui a pas plu et elle a voulu me convaincre de la primauté de l'intention sur l'efficacité, calmement, sans reproche et un peu inquiète de ma réaction. C'était beau à voir, j'ai hoché la tête pour la rassurer.

Je suis donc allée à notre action charitable en traînant la patte mais résolue : j'allais faire de mon mieux. Les filles riaient trop fort, mal à l'aise et portées par leur générosité. Amen.

Nous marchions en rang vers le bas de la ville où se trouvaient la plupart des services sociaux et de bienfaisance. La transition entre le quartier bourgeois et celui des anciens abattoirs était rapide : les trottoirs s'ébranlaient, les maisons rétrécissaient, les caniveaux se chargeaient de déchets. Les fenêtres n'étaient plus habillées de frais : aux rideaux immaculés avaient succédé des voilages trop courts, jaunis ou grisés.

Nous approchions et le groupe ralentissait. Je fermais la marche, seule, ça tombait bien. Au dernier croisement avant d'entrer dans la rue de *L'Oasis*, la prof nous a arrêtées, elle a demandé de l'humilité, elle voulait du partage, de la joie et du respect. Toutes les filles disaient oui, oui, oui, qui oserait contester le partage, la joie et le respect ? Nous avons parcouru les derniers mètres de pavés sales et déchaussés.

Sauf que là-bas, ce n'était pas comme prévu.

On nous a fait entrer dans un local plein de clochards, repris de justice et autres pouilleux dans des odeurs d'alcool et de pisse. Ça puait les pauvres, les emmerdeurs, pas la petite misère proprette et reconnaissante, on ne les avait pas triés, les nécessiteux, notre venue n'était pas bien organisée et on ne savait pas quoi faire ; des filles se sont regroupées en cuisine pour peler les légumes, il y avait trop de filles et pas assez de légumes, on pouvait ranger les caisses dans le garage tout proche ou converser avec les participants.

Les autres filles ont filé au garage. La prof a suivi une bénévole à l'accueil. Moi, je voulais me racheter, on avait dit joie et partage, je voulais bien m'y coller. Je ne me souvenais plus du troisième mot. J'allais converser avec les participants.

Je me suis installée à une table occupée par trois gars, dans la salle principale, je ne savais pas quoi dire alors je n'ai rien dit. Deux barbus marrants fumaient, ils m'ont proposé du tabac et des feuilles, j'ai accepté, ils m'ont appris à rouler une clope, je l'ai fait, ils m'ont félicitée. J'ai tendu cette première cigarette : je ne fume pas. Ils m'ont demandé qui j'étais et je leur ai répondu sans trop réfléchir que je me le demandais souvent. Ils ont souri, j'avais rejoint leur humanité vérolée, il ne leur en fallait pas beaucoup, ça me mettait en confiance, on avait dit partage, je me laissais aller. Ils ont repris leurs discussions grommeleuses, ils parlaient politique et domination, les Russes, l'Afghanistan. Un type prédisait des années noires, la chute du communisme, le pacte de Varsovie en éclats, le triomphe des cupides et des assassins, dissimulé derrière la liberté et la religion. Ses longs cheveux et une barbe sale lui masquaient le visage. Un autre a dit : « L'empire galactique. »

Dans un coin, un obèse psalmodiait en anglais, j'ai reconnu des vers de Bukowski. Un vieux m'a dit avec fierté : « Lui, on l'appelle Jumbo, c'est un poète, nous, on n'est que des gueux ! » Ça m'a touchée, ils me détendaient, je n'avais plus peur, je me sentais au centre de quelque chose, même pas besoin de réfléchir à une attitude adaptée, il suffisait d'être là. Tranquille. Jumbo a hurlé : « Les gueux ont foutu une dérouillée au bâtard de Charles Quint. »

On avait dit humilité, je les écoutais raconter des histoires de trahison, de gloire et de chute.

Un barbu sans âge a glissé des doigts dans ses longs cheveux gris, il m'a dit : « J'ai tout perdu, même ma mémoire. À peine si je me rappelle mon nom. Et j'suis sûr que ma mort, elle sera nulle, oui, ma mort aussi, je l'ai déjà perdue. On me chasse partout où je vais. Sauf ici. » Sa main tremblait en désignant la pièce qui ressemblait plus à un hangar qu'à un restaurant. Il y avait des traces de nourriture dans sa barbe. Jumbo, le poète, hurlait en agitant son triple menton *Death wants more death, and its webs are full.* J'étais une gamine de quinze ans, pas maquillée, mal coiffée, pleine de force, j'existais. Une rencontre, un accident, une pépite au centre de quelque chose, plus de frontières. La vraie vie. Je ne faisais que les écouter, mais ce n'est pas ainsi qu'une jeune fille du Bon Secours doit se comporter, la prof avait disparu et mes compagnes de classe s'agglutinaient au garage et en cuisine, rassurées sans doute par les tâches inutiles.

Un grand roux s'est levé. Il se tenait là, raide au milieu de tous, comme un lampadaire ventriloque au crépuscule, et il a parlé avec un accent hollandais. Il était officier dans la marine marchande, il a nommé des ports, des pays, il a déroulé une liste de mers et de cargos qui faisaient sa vie. Jusqu'au jour, dit-il, où tout a basculé ; il s'est interrompu, il n'a pas pu nous en dire plus à propos de ce jour-là : il a répété que tout avait basculé, un jour, et il a baissé la tête. Éteint la lumière. Engourdi d'implicite. Personne n'a renchéri. Respect, c'était ça, le troisième point : partage, joie et respect. On a observé son silence, Jumbo s'est tu trente secondes. Synchrones, même Jumbo. Je vivais, ils me tenaient l'échelle, ils m'arrimaient à la terre, au sol irrégulier, j'avais des feuilles de soie à lancer par-dessus ma tête.

Le vieux barbu a posé une main sale sur le coude du marin qui a hoché la tête et s'est assis. Un vagabond éternel et un capitaine maudit, côte à côte, sous mes yeux : le Juif errant et le Hollandais volant ! Ils se tenaient là ! Je me suis emballée : qu'est-ce qu'elles foutaient, les autres, à la cuisine et au garage ? J'avais l'impression qu'il fallait aller les chercher, qu'elles passaient à côté de l'essentiel, que la prof serait contente qu'il y ait du partage, de la joie et du respect.

Quelqu'un a crié : « Elles ont peur ou quoi, tes copines ? » J'ai dit que non, sans doute pas, il fallait un peu les encourager. J'ai proposé qu'on aille les chercher.

Élan populaire, franc succès. Portée par l'enthousiasme, je les ai invités à aller chercher mes camarades en cuisine. Je n'avais pas de mauvaise intention, contrairement à ce qu'elles ont prétendu plus tard.

Je voulais qu'on prolonge un moment précieux, qu'on jubile de ce petit bonheur. Naïve et dangereuse, dira Gjin. Quelques hommes sont entrés dans la cuisine. Terreur des filles. Pas question de se laisser toucher par ces sales types, Astrid se croisait les bras sur la poitrine, comme si elle craignait qu'ils ne la pelotent ce qui, bien sûr, leur en donna l'idée. Les gueux adoraient leurs petits cris d'hirondelles, ils insistaient, ils chatouillaient, ça grouillait de vie là-dedans. Jumbo, qui n'avait pas quitté son coin, hurlait maintenant en français *Mettez en veilleuse votre cul, votre tête et votre cœur.* Il était avec nous et suivait les événements, malgré son air autiste. Ils avaient des rires d'ivrognes et des larmes au bord des yeux.

Les bénévoles ont eu du mal à remettre de l'ordre. La sortie a capoté, je suppose qu'ils ont pelé les légumes sans nous.

Le retour à l'école vibrait d'indignation et de rejet, j'étais en tête du rang avec la prof qui me posait des questions. Avais-je des problèmes ? Étais-je bien consciente des conséquences de mes actes ? Y avait-il quelque chose dont je voudrais parler ? Quelle était mon intention ? « Hein ? Ton intention. » Je n'avais pas d'intention, j'en ai pris conscience dans son obstination à me comprendre, je ne voulais rien. C'était difficile à expliquer. Je n'ai pas essayé. J'ai lancé un regard derrière nous, Astrid faisait et refaisait sa queue de cheval, elle se triturait les mèches, elle ronchonnait : « Toujours besoin de se faire remarquer… Sale égoïste. Mettre les autres dans l'embarras. Pas d'éducation. Tout gâcher. Folle dingue ! L'enfermer, la soigner… » Nous n'avions pas les mêmes conceptions du respect, de la joie et du partage. Astrid était la fille d'un échevin du Parti Social Chrétien, membre du conseil d'administration du collège du Bon Secours. Ça allait faire des vagues. « L'enfermer, l'exclure, folle, pas sa place ici. » Je frissonnais encore de l'euphorie que je venais de vivre et déjà des conséquences qu'il faudrait supporter.

Que la gale leur pèle le cul !

La directrice a convoqué mon père, la psychologue scolaire s'était déplacée. Et pas pour la première fois. Il y avait aussi la prof de religion et celle de gym alors que je ne fréquentais plus son cours. Cet incident les inquiétait. La prof de religion me dévorait du regard, elle ouvrait la bouche pour parler sans y parvenir comme un chien qui attrape une mouche. Comme Dagon, le vieux chien de Mortepire, il me manquait, le mouvement de ses sourcils et ses claquements de babines me manquaient, il se couchait souvent sur mes pieds, il avait une façon de simuler l'indifférence, quand il avait fait une bêtise, qui nous faisait pleurer de rire, Lucie et moi. La directrice, consciente de ma distraction, a haussé le ton : voilà, cette attitude, justement, cet air absent quand on me parlait et ces mimiques moqueuses (au souvenir de Dagon, je venais de m'exercer à soulever un seul sourcil interrogatif, il valait mieux ne pas me justifier) et puis mon comportement, non, il ne s'agissait pas seulement d'un comportement, plutôt d'un état mental qui laissait penser que, malgré mes bons résultats, je n'étais peut-être pas à ma place dans cette école. D'ailleurs, au cours de gymnastique, j'avais montré une réelle difficulté relationnelle. L'absence de mère. Mes particularités. Il faudrait peut-être une aide spécialisée. Un psychologue spécialisé. Voir quelqu'un.

Je m'emmerdais. J'avais entendu leurs discours cent fois. Elles oscillaient entre la pitié et la colère, elles ne savaient pas s'il fallait me soigner ou me punir. Me chasser ou me sauver.

La prof de gym grommelait : je le faisais exprès, je sabotais. Je lui ai demandé de ne pas généraliser. Elle m'a traitée d'impertinente en serrant les dents, ce qui ne l'empêchait pas de postillonner. Son haleine puait l'ail faisandé. La prof de religion faisait un non très doux de la tête.

Papa allait leur faire son numéro de charme, il était redoutable avec son regard spécial, quand ses yeux bleus deviennent verts, un chant de sirène dans chaque iris, le crépitement doré, il écoutait, il comprenait, il acceptait, puis tout à coup, elles cédaient. J'attendais. Il a pris la parole. Je m'étais refermée, j'observais le travail, son envoûtement, l'or et l'argent qui brasillaient ; j'avais ravalé mes explications et rangé ma rencontre avec les gueux comme un diamant dans un tiroir de chaussettes.

J'étais inadaptée, soit, surprise de leur imbécilité, elles ne comprenaient donc rien, rien du tout. Plus jeune, j'essayais d'argumenter : Je ne le faisais pas exprès, ce n'était pas ma faute. Mais depuis quelques mois, je préférais garder le silence, les laisser faire, ça ne leur plaisait pas. Et la prof de gym crachotait une indignation fétide, elle vantait la discipline, l'effort, le dépassement de soi. J'ai pensé : Que son haleine lépreuse lui corrode les lèvres. Papa continuait à irradier, ça les a éteintes, la directrice a demandé si j'étais d'accord, j'ai soupiré un oui sans savoir à quoi et on a promis de voir quelqu'un.

Papa me comprenait, il a posé la main sur mon épaule en sortant de l'école : « Tu croyais vraiment qu'il fallait partager, montrer de la solidarité et vivre de la joie. » Papa me connaissait, il était bien le seul. Il a ajouté : « L'année prochaine, le problème sera réglé. Tu changeras d'école. » Le problème serait réglé. Il utilisait la forme passive, il ne me donnait pas d'ordre, posait peu de questions, ne faisait pas de demande : il énonçait une évidence et ce qu'il avait formulé advenait. Que ce soit de sa main ou de la mienne, ou parce que la réalité pliait l'échine sous son désir. Comme moi.

Il commentait parfois les résultats que je ramenais de l'école : des notes trop élevées contrastaient avec les remarques (« Tu dois respecter les consignes en classe. Travaille plus proprement. Attends avant de commencer les exercices. La critique vient après la restitution. ») Il me demandait ce que j'en pensais, je répondais : « Mais Papa, je suis ta fille ! » Et je gobais son rougissement avec l'avidité de l'enfant unique.

Je connaissais peu son travail en dehors de la maison et de Mortepire. Sa collègue, Monique, appelait parfois chez nous, on parlait de maître Renaud Bayard dans le journal local. Il se consacrait à des dossiers sensibles, son engagement dans la Ligue des droits de l'homme, les prisons.

Mon corps était une prison. Il ne s'en mêlait pas. Ma frontière se faisait sans cesse violer, il ne le voyait pas. Je patientais. Ici aussi, je patiente, je ne parviens pas à dormir. Ni à rêver.

Plus tard, un jour où je lisais, bien planquée dans mon cagibi, assise sur le seau retourné, j'ai entendu des filles de ma classe parler derrière la porte. J'ai délaissé Borges pour écouter. Ces andouilles s'étaient écartées au bout du couloir ; elles planifiaient un grand souper spaghetti pour financer le voyage scolaire à Londres, quelqu'un avait proposé de m'associer à l'organisation. J'ai senti un embryon d'espoir entre mes côtes, l'envie débile de faire partie d'un projet commun, je ne comptais pas me traîner à Londres, mais un souper, pourquoi pas ? Pour une fois.

Astrid, la déléguée de classe, préparait un véto, elle l'expliquait à ses deux suiveuses : elle leur prédisait combien j'allais tout compliquer, d'ailleurs je ne ferais sûrement pas le voyage, j'étais imprévisible, complètement folle, je serais capable de déclencher un désastre, j'allais tout gâcher, on ne pouvait pas me confier de responsabilité, j'étais ingérable. Une des deux filles a bredouillé un argument : c'était quand même un souper de classe, et j'étais quand même dans la classe, elles pourraient me confier une tâche sans risque. Astrid l'a interrompue : se souvenaient-elles de mes conneries à *L'Oasis* ? L'allusion a suffi. L'idée de m'inclure a implosé dans un silence inquiet. J'ai évité la déception, en me disant que oui, je leur faisais peur. Ah ! Ah ! pauvres gourdes. J'ai essayé de me mettre en colère. Impossible. J'ai transformé la consternation en anathème pour survivre, pour que ça n'ait pas d'importance. Dans mon cagibi, j'ai pris une voix grave et lente, j'ai psalmodié : « Pauvres tartes, sinistres cruchons, abjectes andouilles, vastes flans » et autres insultes culinaires qui leur allaient bien. Elles ont disparu en silence. J'ai envoyé une imprécation à leurs trousses. Que la bolognaise vous fasse roter cent jours ! Je ne voulais pas les mépriser, les petites malédictions me protégeaient de la haine, mais je sentais la violence rôder dans mon ventre, je devais la dompter.

Elles m'ont informée du souper de classe sans me proposer d'y participer. J'avais déjà refusé le voyage, j'ai ignoré l'invitation et personne n'a mimé un regret. Que le sang se fige dans leurs veines ! Que leurs yeux pissent du lisier !

Pendant leur voyage en Angleterre, j'ai lu *Marelle* de Cortázar, ça valait l'ostracisme d'une classe. La vieille Madeleine était morte et les Hoxha s'installaient à côté : nous avions de nouveaux voisins bien plus exotiques que les Londoniens et je découvrais quelque chose qui ressemble à l'amitié.

Astrid est revenue raidie d'une minerve et d'une jambe plâtrée, j'ai entendu d'autres filles raconter l'événement dans les toilettes. Près de Carnaby Street, Astrid, en voulant changer de trottoir pour éviter un groupe de punks, a regardé à gauche au lieu de la droite et paf, renversée par un taxi londonien ! Je me demandais si elles parviendraient à m'en rendre responsable. Pourraient-elles le faire, vivraient-elles mes injures culinaires comme des mauvais sorts ? On disait qu'Astrid faisait une petite dépression, à cause du choc, il ne fallait pas lui en parler. Elle était dispensée du cours de gym jusqu'aux examens, elle s'est retrouvée avec moi à la bibliothèque et je me demandais si son mutisme rageur dans lequel pointait un brin d'inquiétude tenait à l'écartement de son fan club, à la compagnie des livres ou à la mienne.

C'est vrai qu'elle n'avait pas bonne mine, Astrid, elle s'accrochait à sa chevelure, mais elle tirait moins fort sur sa queue de cheval. Au labo de chimie, nous avons dû faire équipe, impossible de s'éviter, j'avais un peu pitié d'elle et je lui ai murmuré que si j'avais été là, à Londres, je l'aurais retenue. Je n'ai rien dit de plus, son visage s'est transformé en masque grec de tragédie. Ses yeux se sont brouillés et elle est sortie de la classe en courant. Je me suis sentie cruelle sans l'avoir désiré, je ne voulais pas lui faire mal. Mon dépit s'était éteint avec les sorts et des lectures latino-américaines.

Je me suis bardée de solitude et de cynisme. J'allais terminer l'année scolaire en fermant ma gueule. Les Hoxha allaient devenir mes amis. Enfin, je suppose qu'on peut appeler cela ainsi. J'étais libre, moins prisonnière qu'ici où on me garde enfermée avec deux serments à tenir. J'ai changé d'école en septembre, poursuivi mes études secondaires à l'athénée, j'y ai accepté les cours de gym, pour voir. École mixte, laïque. Même censure, autres avantages, autres problèmes. Beaucoup de garçons. J'avais un peu peur de ce qui pourrait encore ne pas m'arriver. À tort.

5.

Quand j'ai choisi d'intégrer l'école d'ingénieurs agronomes, Papa a approuvé. Il y a vu un attachement à Mortepire. Je ne l'ai pas détrompé. Je ne voulais pas étudier à Namur, côtoyer les filles du Bon Secours. J'allais à Gembloux en train, pas besoin de trouver une chambre d'étudiant, pas besoin de m'éloigner de Papa, pas besoin de me domestiquer. Et puis, les études étaient un bon moyen de ne pas choisir un métier, de ne pas entrer dans la vie adulte, de rester planquée comme une truite dans son trou, comme une tique sur une branche. Pour Papa, un diplôme était la clé de la liberté, il voulait que je poursuive mes études. J'étais en deuxième année, je résumais mon cours de géologie quand il m'a demandé quand je pensais retourner à Mortepire.

Il ne m'y obligerait pas, dit-il. Mais j'avais promis. J'ai dit : à vingt et un ans quand je serai majeure, pas avant. Il a répété que je devais terminer mes études. S'il lui arrivait quelque chose avant ma majorité, Claire serait désignée tutrice, elle assumerait, nous n'avions pas d'autre famille, il avait tout prévu, les papiers étaient en ordre. « Tu ne seras pas obligée d'aller y vivre, je comprends que tu ne sois pas prête. Claire serait ta tutrice », a-t-il répété. J'ai cru qu'il voulait me parler d'elle, la remettre dans ma vie. Pas question, je savais ce qu'elle avait fait à ma mère, j'avais lu le carnet. J'ai détourné l'attention, je lui ai dit que j'adorais la géologie. « Et tu dois terminer tes études », a-t-il fait, avec le regard bleu-vert et redoutable qui luttait avec l'arc-boutement de sa nuque. Avait-il pressenti sa fin ?

Ma tante Claire et sa fille Lucie vivent à Mortepire, dans la forêt qui domine la Semois. Sur les frontières de la Gaume et de l'Ardenne, la Belgique et la France, la chaussée romaine et la chaussée Brunehaut. «Chez nous», disait Papa. Et ça m'encombre.

J'ai passé mes trois premières années à Mortepire. Puis toutes les vacances et les week-ends jusqu'à mes quatorze ans. Le hameau est bâti sur une crête, au milieu de la forêt, les ruines entourent la Grande Maison dans laquelle nous vivions. Pour monter au hameau, il faut méandrer sur la route de la vallée et pivoter à la bifurcation en épingle à cheveux, après la chapelle Saint-Gautier, le chemin se termine sous un châtaigner qui dépasse tous les toits. Une grille y ferme parfois l'entrée du hameau.

On peut aussi grimper à pied la voyette schisteuse qui monte du pont Saint-Remacle, personne n'essayait de passer par là, surtout avec les panneaux qui annonçaient les pièges. Après le verger des fruits de morts, sur une première terrasse, puis le replat qui abrite le cimetière du hameau, on arrive à l'ensemble de ruines au milieu desquelles se dresse la Grande Maison. Elle sentait la poussière, une odeur minérale de roches brisées. Les murs de pierres grises étaient profonds d'un mètre, j'avais l'impression qu'ils abritaient un réseau de couloirs et de pièces cachés dans leur épaisseur, qu'ils n'étaient pas la peau, la limite, mais un autre monde. Que ces murs contenaient un centre, l'intérieur de la frontière, un monde de paix.

Les autres habitants sont partis depuis longtemps. Papa, Claire, Lucie et moi étions les derniers. La vie aux confins n'est pas facile. J'ai parfois l'impression que pour Papa, tout, là-bas, nous dirige, comme si c'était notre nature, comme si on n'avait pas de liberté, pas le choix. Je n'aime pas Claire, elle monopolisait Papa, elle lui disait de faire ceci ou cela, il se soumettait. Je lui refusais cette autorité. C'est la femme du demi-frère de mon père, Alain, mort il y a plus de vingt ans, celui qui a dicté le carnet. Lucie, ma cousine, je l'adorais, on était aussi différentes que possible : elle, blonde et déliée, moi brune, épaisse, sans grâce. Avec le chien Dagon, on formait un trio d'aventuriers. Papa n'expliquait rien. Petite, j'ai reconstruit le puzzle de notre famille bizarre grâce à la vieille photo accrochée au mur près de la porte de la Grande Maison. Ma cousine Lucie répondait avec pitié, elle me donnait les noms sans éclairer les liens de parenté, tout restait confus. J'ai compris que mon grand-père a eu, la même année, quatre fils de quatre femmes différentes, dont mon père et Alain. Un truc bizarre. Comme ce carnet.

Lucie m'entraînait sans effort, elle faisait de chaque tâche un jeu. On a le même âge. Elle m'emmenait dans les bois, à la pêche, Dagon nous accompagnait partout, je découvrais notre domaine, je ne comprenais pas à qui il appartenait, c'était Mortepire. Lucie murmurait que même avant la loi de Beaumont qui fixait les bois et les eaux à la communauté, on n'avait laissé personne nous asservir, je ne comprenais pas tout, mais je ne pouvais pas poser de questions, je devais apprendre par osmose, c'était Mortepire. Un jour, je suis partie seule vers le village, il y avait des papillons bleu pâle comme les myosotis et d'autres orange, blancs et dorés, ils coloraient les talus, ça m'étourdissait, je me suis allongée près d'une prairie. Le bruit des vaches qui broutaient me berçait : scratch ! grroumpfh, grroumpfh, groumpfh ; scratch ! groumpfh, groumpfh. J'ai senti une brindille sur mon nez. Arrête, Lucie. Écoute. Elle m'a pris la main. On a écouté. J'étais ravie, c'était la première fois qu'elle se laissait distraire du hameau par moi. Quand on s'est relevées, elle a dit : « Bon, je ne sais pas ce que tu entendais, mais j'aimerais bien rentrer à Mortepire, moi. »

Nous mangions les légumes du potager, la nourriture de la forêt, peu de viande, du lapin. Claire faisait les courses au village. On se soignait avec des tisanes, des emplâtres, des papins. Je sens encore la puanteur des papins de rue : la plante malodorante hachée avec du saindoux, le mélange gras roulé dans une étamine et appliqué sur nos gorges douloureuses. L'odeur fétide toute la nuit, la sueur et la guérison le matin. Ces remèdes avaient leurs limites et, un jour, Papa a dû embarquer Lucie brûlante de fièvre malgré le papin de rue et la décoction d'aigremoine pour aller chez le médecin à Florenville. C'était le vieux docteur Lemaire, concepteur d'un sirop magique contre la toux (j'ai découvert plus tard qu'il contenait une bonne dose de codéine). Je me souviens d'un homme gras au regard perçant et à l'haleine chargée. Il nous a engueulés en préparant une piqûre : on aurait dû venir plus tôt, la pauvre gosse était salement arrangée ! Il a râlé en piquant Lucie qui me serrait la main et lui lançait des œillades méfiantes. Papa le tutoyait, il lui faisait confiance. Je ne crois pas qu'on l'ait payé. Au lieu de dire au revoir, il a attrapé Papa par le col, il lui a dit : « Tu vas faire gaffe avec ces deux-là, déconne pas, putain ! », et il m'a pincé la joue. Il a voulu poser la main sur la tête de Lucie qui a esquivé d'un mouvement brusque. Papa lui a demandé comment allait Maurice, le docteur a détourné la tête, j'ai vu les yeux de Papa changer de couleur. Le vieux docteur devait avoir au moins quatre-vingts ans. On a croisé son fils, ivre mort sur le trottoir. Papa lui a dit bonjour, très doucement, très gentiment, l'autre a dit : « Bonjour Renaud. » Puis il a vomi dans le caniveau. Le père Joseph est apparu, il nous a dit : « Je m'en occupe. » On est rentrés à Mortepire, Papa sifflotait dans la voiture. Lucie a demandé : « C'était qui le dégueulasse ? » Papa a dit que c'était Maurice. « On l'aime bien ? » Papa a hoché la tête.

Des confins. Des frontières. Un jour, nous avions pique-niqué sur la crête de la première cuesta et Dagon s'est mis à japper vers le nord-ouest, il abattait sa patte griffue sur ma cuisse et m'implorait de regarder ce qui le tourmentait. À notre droite, vers l'Ardenne, la sapinière et les ravines de schiste étaient plongées dans une brume ombreuse et immobile, une fine pluie restait suspendue, inquiète de toucher la terre. Aucun bruit. Un maléfice. Ou l'entrée dans une autre vérité. Lucie m'a secoué le bras, elle s'est retournée, a désigné le vallon verdoyant au sud-est : « Regarde. » Sur l'autre versant, un vent léger et orange agitait des trembles de lueurs dorées, ça bruissait de douceur. La Gaume. Le souffle s'arrêtait sur la ligne de crête où nous étions assises avec Dagon, la brise ne se risquait pas sur l'autre versant. Mon regard oscillait entre les deux vallées, entre la lumière et l'obscurité. Qu'est-ce qui allait se passer, quelque chose devait arriver, je sentais un effleurement de la brise sur mon bras gauche, une tiédeur mourante, mon côté droit s'engourdissait d'un froid minéral. J'ai demandé à Lucie s'il y avait un danger, elle s'est moquée de moi : quelle drôle d'idée, c'est toujours comme ça ici. Mais Dagon ? Pourquoi aboyait-il ? « Dagon est un couillon. » Elle a proposé de chercher la limite précise où le vent s'arrêtait, où la pluie suspendue commençait, elle m'a entraînée, tout cela lui semblait naturel. Nous y avons passé une partie de l'après-midi. Nous courions du côté froid de la ligne de crête, en mimant un vol de corbeaux, mains ouvertes, pour cueillir l'air frais, puis nous faisions demi-tour et tout notre corps était brassé, la même course, le même vol, nous devenions des tourterelles dans l'air tiède. Je me souviens d'une excitation qui me plongeait dans l'effroi et la témérité. Dagon nous poursuivait, il me rassurait à japper comme un couillon.

J'avais deux mois quand ma mère est morte. Après trois ans, Papa m'a emmenée vivre avec lui à Namur. Il y a six semaines, quand je l'ai trouvé dans son lit, allongé, glacial et mort, j'ai décidé de cacher son corps et son décès, jusqu'à ma majorité et la fin de l'année académique. J'étais en pleine session d'examens et j'allais avoir vingt et un ans dix jours plus tard : je suis née un 3 juillet. C'était le seul moyen d'atteindre ma majorité sans la tutelle de Claire. J'ai agi comme un automate, c'était facile : j'ai répondu à ses courriers professionnels, j'ai signé ses documents, reporté toutes les échéances, appelé ses collègues du cabinet, prétendu qu'il était malade, qu'il se reposait à Mortepire, non, il n'y avait pas de téléphone là-bas, je pouvais transmettre un message, il ne pouvait recevoir aucune visite. Non, désolée, mais je pouvais lui faire parvenir des documents. J'imitais encore. Monique y a cru.

C'était facile. J'ai passé mes examens, quatrième année réussie, puis j'ai eu vingt et un ans. Une part de mon esprit s'est figée, l'impensable absence de mon père me coupe en deux depuis la seconde où j'ai compris qu'il ne poserait plus ses mains et ses yeux sur moi, j'ai du plomb dans la gorge, il sépare mon cœur et ma tête. Alors j'ai téléphoné au médecin, celui qui m'avait fourni les certificats pour être dispensée de sport, je pensais qu'il serait compréhensif ; je lui ai dit que mon père était décédé. Quand il a vu le corps de Papa dans le congélateur, son visage s'est crispé, il a ouvert la bouche, l'a refermée, il a levé une main atterrée : « Attends, attends ! », j'attendais, il m'a répété d'attendre, ce que je ne cessais de faire, il a appelé la police, un médecin légiste est venu. On m'a encore demandé d'attendre.

J'ai eu beau leur expliquer que je voulais poursuivre mes études sans dépendre d'un tuteur, que c'était la meilleure solution, ils cherchaient midi à quatorze heures. Je leur montrais la logique, j'exhibais mon attestation de réussite en quatrième année d'ingénieur agronome comme un laissez-passer. J'ai entendu quelqu'un dire : « Comment est-ce possible d'être si intelligente et si stupide à la fois ? »

Les Vanhamme s'en mêlaient, ils restaient sur le seuil à prétendre me connaître, ils ont répondu aux journalistes avec une fierté voisine et un acharnement citoyen. J'ai entendu : « Bizarre… jamais de visite… pas normal. »

La presse a titré toutes sortes d'âneries, ils se sont arrêtés à : *Mort suspecte de maître Renaud Bayard : sa fille internée.*

La vie avec Papa était simple et le monde compliqué. Je suis seule et coincée ici depuis six semaines, une promesse me pique la gorge et je ne sais pas comment la tenir. Ils ont dit qu'on a demandé à me voir. J'ai refusé. Trop compliqué. Il faut que je parte, que j'aille à Mortepire.

Me souvenir, rêver.

Une infirmière entre dans ma chambre, sèche, agressive, elle me reproche de ne pas dormir : il est deux heures, elle va le consigner, on me donnera des somnifères, le psychiatre ne se laissera pas manipuler bien longtemps, elle me le promet. Une infirmière de merde.

Nous avons des chambres individuelles, c'est déjà ça. J'aime la nuit. L'obscurité, les silences aigus, mais ici l'odeur de la nuit est citadine, polluée, et le silence abîmé de moteurs et de sirènes. Pourquoi dormir ? Ils me gardent depuis un mois et demi. Avec ce plomb dans la gorge qui m'empêche de décider.

J'ai des souvenirs et une promesse à tenir. Rien d'autre.

6.

Éveil ! Une odeur ferreuse. Fragile. La retrouver. Elle a disparu avec la fin du rêve. Garder les yeux fermés, me concentrer sur les fosses nasales ; quelque part entre la bouche et le nez, derrière, il y a ce parfum. Noir et mauve, je le cherche à petites inspirations, j'en ai besoin. Je cherche. C'est un relent de poussière mouillée, de cave terreuse, de sang dans la bouche. Le ravin des Épioux, les ardoises, le toit de la remise après la pluie. Un goût de schiste humide, c'était ça.

Le schiste humide. Il faut partir d'ici, j'ai rêvé.

Je roule sur le côté, je remonte la couverture sur mes épaules. Je me sens friable, alors j'ouvre les yeux. Derrière le rideau, le parking et l'aube pisseuse. Une camionnette stagne sous un lampadaire. La chambre sent le désinfectant. Je ne dormirai plus, le songe se terminait dans l'ardoise et je dois écouter tous les signes avant de me mettre en route. Je devrai tenir cette fichue promesse qui m'a laissé un éclat menaçant dans la gorge. Retourner à Mortepire. Violet, noir et argenté ; je retrouve l'odeur de schiste humide et le rêve me revient.

La forêt est pleine de l'odeur des sapinières et de l'humus champignonneux, mes frères sangliers sont là, dans une brume aigre, c'est la fin de la nuit, pas encore l'aube, pas encore, il n'y a pas de couleur, tout est gris et noir. Une laie suitée de ses quatre petits m'invite à la chevaucher, un regard suffit, je la reconnais ; je l'enjambe, je m'accroche à la fourrure rêche et aux plis qui ondoient au moindre mouvement, nous nous éloignons de la famille. Nous traînons, les marcassins baguenaudent. Des poils rugueux me grattent l'intérieur des jambes et mon torse est glacé ; la buée qu'elle souffle par le groin se mêle aux vapeurs du bois. Les petits me demandent de les hisser près de moi, je les attrape un par un en me penchant, ils s'agitent comme des chatons dans ma main. La laie renifle vers la vallée, elle se met à trotter. Je glisse sur son échine, je dois me cramponner aux jarres de son cou. Des brindilles me fouettent les jambes dans un fourré. Elle accélère ; son odeur, sa chaleur, la vitesse et ma joie communient dans le bas de mon corps. Elle accélère. Nous traversons les bois de Muno et franchissons la Semois glacée, je m'accroche, elle accélère, les petits sont entre mes cuisses sur le dos de leur mère ; nous quittons les feuillus pour retourner sous les épicéas, sur des terres minces, acides et sèches malgré les pluies, là où des chênes ont grandi de torsions et où les myrtilles se cachent.

Au Tombeau des Chats, la lumière bleuit, le matin se prépare dans un indigo prophétique. La Semois encore, une fosse de plusieurs mètres au pied de la Roche Pinco, je sens les frétillements de gros brochets et d'anguilles dans l'eau. La laie galope vers le Fond de Conge, elle traverse encore la rivière au Gué, les petits descendent de la croupe, je suis trempée, nous pénétrons la forêt du Hat. Je suis nue et je n'ai pas froid, la course m'enfièvre. Tout devient rapide, brutal et venteux. On grogne, on trotte, on fonce, on cahote. J'ai de la boue plein la peau, elle croûte sous le vent. Dans le crépuscule du matin, nous retournons sur la cuesta, nous regardons le ciel qui se déchire d'argent rosé et de jade, les prairies verdissent, les couleurs naissent, puis la laie nous enfonce dans les bois, du côté schisteux, sombre, à travers les lambeaux de mousse qui pendent aux branches des résineux comme des dépouilles ; une ravine s'est déplacée, le sol se désagrège sous nos pas, la laie descend la pente par petits bonds et glissements épais, je dois m'accrocher pour ne pas être éjectée par les chocs ; nous trouvons un étang de peu d'eau, je descends, elle observe la vase, les mouvements, elle se précipite et prend une carpe qu'elle dévore encore frétillante tandis que j'attends, assise sur un rocher. Elle s'allonge dans la boue en plissant les yeux, elle grogne, expose les mamelles gonflées de lait auquel je n'aurai pas droit, les petits accourent, ils y fouissent en ronflant. J'ai soif, l'eau de l'étang est vaseuse. Je sais qu'ils vont rejoindre la compagnie, c'est notre dernière course. Je les envie. Elle se redresse quand le dernier petit s'éloigne, repu, elle me fait signe de remonter sur son dos, je mets la paume sur son groin de cuir palpitant, je m'accroche aux suies de son échine, je l'enjambe, ses poils gras me piquent les cuisses ; elle s'élance, nous bondissons par-dessus un ruisseau, ses pattes martèlent la terre, les marcassins nous suivent ; nous dévalons un ravin, elle saute par-dessus une goutelle, je me cramponne, les petits nasillent derrière nous, ils pataugent, la pente devient plus forte, ils rouleboulent dans un crissement de brindilles et de feuilles mortes. Des éclats de schiste se détachent sous nos sabots. Une plaque glissante nous projette sur un amas de caillasse. La laie dérape, soubresaute, elle agite ses petites pattes inutiles pour retrouver l'équilibre, bascule ; je suis projetée en l'air, je suis expulsée, je suis plaquée à la pierre ; je veux les retenir, elle s'éloigne, elle trotte sa route animale sans se retourner, les quatre petits roux zigzaguent autour d'elle en poussant des couinements grognons ; la queue ridicule bat derrière son gros cul hirsute, elle disparaît. La brume l'a avalée. L'abandon me déchire le ventre ; j'entends leur trot dans le vallon. Je crève de solitude et je veux m'éveiller. Je sais que je rêve, je sais que je vais devoir quitter cette vie. Je m'allonge sur le dos. J'ouvre les yeux, je suis encore dans la forêt, je gis sur la pierraille. Ça grince autour de moi : des éclats coupants de schiste se détachent de la roche, ils brillent d'une lueur mauve, ils se rassemblent et cliquettent, ils s'approchent en se dandinant comme une petite armée. D'accord. Devenez ce que vous êtes, je suis prête. Ils incisent ma peau, me recouvrent, se transforment en écailles qui s'installent ; ils forment une armure et cuirassent mon corps en me laissant calme et blindée dans la senteur ferreuse de l'ardoise humide et du sang.

Je plie un bras, les lamelles crissent les unes contre les autres. Alors le monde se dévoile, obscur et minéral, il m'emplit d'un soleil noir. Une paix qui foudroie. Éveil !

Fragile, le souvenir s'enfuit, le garder, perdu, je le retrouve. Chercher l'odeur. Dans mes fosses nasales. Quelque part entre la bouche et le nez. Sang, poussière, métal. Le parfum du schiste mouillé. Bleuté. Tous les bleus s'enfuient en m'abandonnant : les myrtilles, la violette et certains regards. À l'hôpital, tout est plastique et blanc ; ça pue la science, le désinfectant ; j'ouvre les yeux, mon père me manque. Ma promesse. J'ai vingt et un ans, et je dois retourner à Mortepire.

Je m'approche du bureau des infirmières et, pour ne pas l'effrayer, je l'appelle par son prénom : « Mireille ? » Elle se lève et me regarde à travers la porte vitrée, je lui dis que je voudrais parler à quelqu'un demain, au psychiatre.

Elle s'indigne : « Quoi ? Tu veux parler ? « C'est quand mademoiselle choisit, on est à son service ? Elle décide de se taire, on doit supporter ! Elle décide de parler, on doit l'écouter ? Il est cinq heures du matin », me dit-elle en se raidissant, mal à l'aise dans mon regard. Je ne réponds pas, elle m'épuise. Elle répète que je peux lui parler, à elle, maintenant si je veux ; elle me fixe, je retourne dans ma chambre. Mireille bondit sur le carnet de liaison pour y inscrire l'incident et les paroles exactes de miss mutique, fière d'être celle qui a entendu qu'il y aurait une explication à la congélation de maître Bayard.

Je ne voyais pas la psychiatrie comme ça. Je croyais la folie plus folle, j'en avais une vision romantique. Mystérieuse. Mais non, pas d'extravagances, pas de beauté. Au mieux quelques surprises. J'avais espéré, quoi, qu'est-ce que j'ai espéré ? Une fraternité, et voilà que je suis aussi étrangère ici qu'ailleurs. Depuis que je suis ici, je me tiens à une résolution : je n'évoque mon père ou Mortepire avec personne, j'accepte de parler d'avenir, de questions concrètes, pas de nous. Je me souviens en secret. J'observe. J'attends. Et pour partir, je devrai évoquer Papa avec le psychiatre, il y verra ma guérison.

Il y a une étagère cachée derrière un fauteuil de la salle commune, ça ressemble à une petite bibliothèque, elle ne contient pas grand-chose. Des niaiseries et, heureusement, quelques classiques de programme scolaire ; j'ai déniché Flaubert, Dostoïevski, je les ai relus. Survivre.

7.

Hier, une bagarre a éclaté entre anorexiques et suicidaires. Affreusement prévisible, ça menaçait, les clans se cherchaient. Des meutes de chiens errants. Je les regardais se flairer. J'ai l'habitude de ne pas me mêler. Elles avaient des gestes obscènes et discrets : le mime d'une pendaison au détour d'un couloir, des doigts qui vont chercher le vomissement dans le fond de la gorge. Pendant le groupe de paroles, dès que la psy détournait les yeux, des menaces surgissaient. Des chuchotements aux filles maigres : « N'oublie pas de vomir ta salive, t'as encore un os à perdre ! », des compliments aux naufragées : « Tu ferais un beau cadavre, va te pendre. » Les anorexiques prétendaient qu'il n'était pas difficile de se tuer, et qu'elles, au moins, avaient la volonté et la détermination de faire ce qu'elles voulaient de leur corps. Les suicidaires les traitaient de pétasses, simplement.

Une blonde décharnée a conseillé à une grande brune de mettre un cintre dans la prise électrique. Elle a reçu une main dans la gueule et son squelette agité s'est rué sur la masse mélancolique en cliquetant de fureur, elle se transformait en mikado indigné. L'autre l'a projetée à deux mètres d'un revers, un geste de grizzly désespéré par la qualité du saumon.

La lutte s'est généralisée, je me tenais à l'écart avec une toxicomane. Une anorexique s'est approchée de moi en agitant une épaule osseuse, elle avait les lèvres crevassées, elle m'a demandé s'il était vrai que mon père était un fish stick. Avec un peu d'esprit, elle aurait au moins pu parler de sorbet d'avocat. Je n'avais plus usé de malédiction depuis longtemps, il m'a semblé que le moment était venu. Que les pets te trouent la rondelle ! Elle s'est figée, cherchant à comprendre, elle restait là, immobile et lugubre, sans voix. Puis elle a éclaté de rire, ça lui a fendu la lèvre.

En s'éloignant, elle riait encore, le sang teintait sa salive, faisant éclore des bulles roses sur les dents, un sourire dément couleur Barbie.

Je me suis écartée pour regarder ce chaos de corps décharnés et d'âmes vacantes jusqu'à l'arrivée de l'éducateur et des infirmiers. Ils ont dénoué la mêlée et renvoyé tout le monde : isolement dans les chambres. Je n'ai rien à faire avec ces haines de la vie, j'ai été consignée quand même, pas de quartier.

Avant cette crise, l'équipe tenait des réunions sur mon cas. Je les ai écoutés, ils ne sont pas très prudents avec les fenêtres ouvertes. La psy est obsédée par mes défenses, ils parlent de moi-peau, de limites, de relations fusionnelles. Ils interprètent mon mutisme comme un appel au maternage, j'en aurais manqué. Et des histoires œdipiennes, des affaires de transfert, des conneries. Et mon petit ami qui est venu, que j'ai refusé de voir à deux reprises, et personne de la famille, pas de mère, seulement une cousine du même âge, en Gaume, qui a téléphoné une seule fois. Une tante aussi, malade. C'est ainsi que j'ai appris l'accident cérébral de Claire. Ils hésitaient à me dire que Lucie avait appelé, que Claire était malade, qu'est-ce qu'ils croyaient?

C'est étonnant, à quoi on est réduit quand on devient objet de soins. Ils faisaient un inventaire lugubre de ma solitude. Ils mentionnent parfois mes résultats brillants, mes études, ma dysharmonie, impossible de comprendre s'ils y voient un facteur positif ou un prédicteur de désastre. Je leur ai confirmé qu'en septembre, quoi qu'il arrive, je continue, il ne reste qu'une année avant d'obtenir mon diplôme d'ingénieur agronome. Ils disent que oui, oui, c'est bien de poursuivre, mais que je devrais peut-être prendre du temps pour comprendre ce… ma situation. Parler. Ils ne précisent pas de quoi, ils ne comprennent pas, moi oui. Ils voudraient que je leur explique : ils n'ont jamais vu ça, une histoire pareille, ce que la police a trouvé dans la maison, mon père dans le congélateur ; et même si l'enquête a débouché sur un non-lieu, même si on ne peut rien me reprocher pénalement, je me sens coincée ici.

L'autopsie a conclu que mon père est mort par rupture d'anévrisme. Je n'ai pas pu la provoquer, c'est pourtant clair. Il y a eu des problèmes juridiques : mon statut de majeure, mais pas lors du délit, si délit il y a, peut-être recel de cadavre, mais non puisque c'est une mort naturelle, s'il n'y a pas de crime, il n'y a pas de recel. Je suis libre. Ils me gardent, ils me trouvent bizarre, je suis un cas intéressant, je les satisfais en attendant. Je dois partir d'ici la tête haute, lavée de tout soupçon de folie. Pourquoi ? Pour Mortepire, pour être vraiment libre. Je dois commencer à construire leur jugement. Ils pensent que les coupures constituent une sorte de communication. Rien d'intéressant, mais je peux leur donner raison, invoquer le choc.

Le psychiatre m'aime bien, il l'a dit lors d'une séance, dans son bureau, il fumait le cigare : « Je t'aime bien, Véra, disait-il, tu parleras quand tu seras prête, chaque chose en son temps, moi, par exemple, tu vois, je voulais faire le conservatoire, et me voilà médecin. » Je ne vois pas le rapport.

Ses yeux myopes, derrière les montures dorées, allaient et venaient de son cigare à mon visage, il cherchait un point d'appui que je ne lui donnais pas. Il a évoqué les autres filles, il n'aurait pas dû, je suppose qu'il le regrette, il a rempli le silence avec ce qui lui passait par la tête, comme on garde la forme d'un sac en le bourrant de vieux journaux, les gens ont tellement peur du silence, même un psychiatre, je ne l'aurais pas cru. Il a raconté ses débuts. Les délires, la violence, la vraie psychiatrie, ça va, pas de problème, c'est son domaine. Mais les drogués, il n'aime pas : la toxico de la trois, celle qui pleure pour avoir un médoc, n'importe quoi, un calmant, un morphinique, il dit qu'elle est prête à tout pour une pilule, il me conseille de me méfier d'elle. « D'après sa mère, elle a même utilisé une vieille seringue à injecter de l'insecticide dans les trous du bois, elle a pilé tous les cachets de la pharmacie familiale pour se piquer avec ça, tu te rends compte ? » Il sait que je traîne avec cette fille-là, m'ennuie-t-elle ? Non ? Heureusement, on n'a presque plus de droguées, ces derniers temps, on crée des services spécialisés. Il s'est arrêté, hébété, honteux, conscient de déraper. Il m'a demandé si je voulais quelque chose. En fait oui, j'aimerais qu'il ne parle jamais de moi comme ça, mais j'ai fait non de la tête, il a secoué la sienne, il a fixé son cigare éteint, il pourrait me servir, ce psychiatre, il sera influençable. Je le voyais réfléchir, il cherchait un signe d'autorité, on ne pouvait pas en rester là, il devait reprendre le pouvoir avant de me laisser partir et il m'a annoncé que nous devrions aborder le sujet de mon petit ami, celui qui a demandé à me voir en visite, je devais revenir à la réalité, j'étais dans le déni.

Je ne savais pas comment lui répondre, je n'ai pas envie de parler de Mads. « Je vais y réfléchir. » Il a hoché la tête, satisfait, il a rédigé quelque chose à propos de cette docilité nouvelle dans mon dossier. Il n'est pas encore revenu sur le sujet.

Pour qu'ils pensent que je faisais des progrès, je les ai flattés en disant que je sentais qu'ils pourraient me comprendre, mais que je n'avais pas les mots. J'ajoutais : avec ce que j'ai vécu, je ne suis pas capable d'expliquer, pas encore ; je laissais en suspens, je préparais mon départ ; j'ai obtenu des sorties, accompagnées d'une éducatrice, puis seule : une heure, un après-midi. J'ai respecté l'horaire, les consignes, je me tiens à l'écart des autres filles.

La guerre des anorexiques et des suicidaires détourne l'attention de l'équipe. Les maigres dédaignent celles qui cherchent la mort avec vulgarité. Elles dirigent leur corps, leurs émotions et l'espace qu'elles occupent, elles méprisent le relâchement. Les désespérées qui ont éprouvé l'absurdité et la douleur détestent l'ardeur et l'affairement des contrôleuses. Elles ont abandonné. Je les observe toutes, elles sont pathétiques. Vaines. Je suis la plus âgée : ici, c'est maximum vingt et un ans. Je constate et je ne comprends pas. Qui a le plus de mérite ? Un piquet ou une bouse ? Je les enviais parfois. Maintenant, j'ai un but, ça va être plus clair. J'attendais un rêve pour me mettre en route.

L'odeur de schiste mouillé m'indique le chemin.

8.

Une odeur de tabac froid. Il n'a pas encore fumé aujourd'hui, peut-être est-ce trop tôt. « Tu veux me parler ? Je t'écoute. » L'impatience, la désinvolture et l'autorité patriarcale pour cacher la curiosité. Il allume un cigare. Ouf.

Je lui raconte comment j'ai vécu avec mon père, après le décès de ma mère, comment il a toujours été là pour moi, quel choc ça a été quand il est mort. Et comment je l'ai placé dans le congélateur pour gérer ses affaires par courrier et par téléphone en me faisant passer pour une secrétaire, en imitant sa signature. Cela m'a permis de vivre ainsi, d'atteindre ma majorité et de passer les examens car les études, c'était la chose la plus importante pour mon père qui s'était sorti tout seul d'une vie misérable grâce à des bourses, et quand la catastrophe a surgi, quand mon père ne s'est pas réveillé un matin, j'ai tout fait pour me concentrer sur mes études. Parce que j'étais sous le choc, et je n'ai pas imaginé que ce soit possible autrement, une sorte de priorité, ça cachait tout le reste, vous comprenez. Une loyauté.

Il écrit, il gratte, il note, il lève les yeux, il adore le mot loyauté, le souligne et l'entoure d'un trait ravi, il m'encourage à poursuivre. Je lui demande ce qu'il veut savoir, lui promets d'essayer d'être claire, de ne pas tricher. Je lui mens, Papa m'a préparée, la vérité doit pouvoir se modeler. J'ai de bonnes raisons pour le faire : je n'attends pas que ce psychiatre me soigne et je veux sortir d'ici. Je vais le baratiner avec le discours qu'il attend.

Tout cela était fou, docteur, je ne le voyais pas ; je vivais dedans, docteur, je n'avais pas de recul, pas de repères, je sais, c'est difficile à croire : nous étions très bien intégrés, moi à l'école, lui dans son travail, en fait c'était fusionnel, nous avions une vie anormale, j'y vois plus clair maintenant. Mon père tenait tellement à ce que je poursuive mes études ; il s'était si bien débrouillé malgré une enfance difficile, dans un milieu défavorisé. J'ai eu peur quand la police n'a pas cru mes explications. Mais vous, docteur, je sais que vous me comprenez, je vois les choses autrement, même si je veux toujours finir mes études, c'est important, je serai loyale à mon père et je crois qu'après l'agronomie, je pourrais travailler en coopération, je crois que je voudrais être comme vous, une personne qui aide les autres, je peux apprendre tant de choses.

Pas mal, mon petit aveu. Il sourit, il fronce les sourcils.

Il ne bouge pas, on dirait la Sphinge, je suis Œdipe, je dois résoudre l'énigme qu'il me prépare.

« Tu te sens mieux ? », me demande-t-il. Oui, depuis que j'ai repris la parole, ils avaient raison, parler guérit, il m'a beaucoup aidée, beaucoup aidée. Je vais mieux.

Mon baratin vendu, j'attends. Il se méfie, Mireille lui a dit que je ne dormais pas. J'évoque cette nuit, les réflexions que je viens de lui partager, ce qui nous rassemble ce matin, ses paroles qui ont résonné. Je voudrais une autorisation de sortie pour aller sur la tombe de mon père, j'en ai besoin pour faire mon deuil, revenir à la réalité. J'ai enfin compris pourquoi on me parlait de déni, je veux en finir avec ce déni. Je connais bien le trajet, je veux retrouver le peu de famille que j'ai là-bas, Lucie, une cousine qui est ma seule amie d'enfance et ma tante Claire, malade, qui a connu ma mère. Je verrai le notaire pour préparer mon avenir. Retourner à la réalité.

Il se tait, me regarde en plissant les yeux, prudent, le stylo glisse sur la feuille, enlace « deuil » et « déni ». Je cherche une imprécation, mais depuis que j'ai maudit l'anorexique, rien, elles ne viennent plus. Ou est-ce depuis le rêve ? Depuis que j'ai invité les morceaux d'ardoise à me blinder ? Qu'est-ce qui a changé ? Le déguisement dont Papa parlait ? C'est difficile, Papa, c'est trop difficile sans toi. Et je n'ai plus d'anathème secret pour me protéger.

Il recule dans ses notes, je les lis à l'envers, il souligne les mots « clivage » et « réalité », il pose un point d'exclamation à côté de « loyauté » qui gît là, déjà souligné, déjà entouré, isolé et maintenant montré du doigt, pauvre mot, pauvre mot. Il redresse la tête.

— Pourquoi refuses-tu de voir ton petit ami ?

— Il a téléphoné plusieurs fois, il est venu. On doit en parler. Tu en es où avec lui ?

— Mads ? C'est compliqué.

Je suis préparée, j'y ai bien réfléchi : si je me dis en couple tout en refusant de voir mon copain, le psychiatre y verra une désocialisation, un repli, un mauvais signe. Ne pas reconnaître la place de Mads qui est venu deux fois et a téléphoné sera perçu comme du déni et on me collera un diagnostic de psychose, en route pour la galère et les neuroleptiques, la collocation, qui sait ? Donc je dois les rassurer, leur donner l'impression qu'ils servent à quelque chose.

Tant que je me montre docile, ils ne recourent pas à leur arsenal pharmaceutique, pourvu que ça dure. Je navigue sur ma propre ambivalence pour me barrer d'ici en toute lucidité. Œdipe retournera à Thèbes, mais il connaît déjà la vérité, il ne couchera pas avec sa mère, il ne se crèvera pas les yeux. Mads n'est pas mon petit ami, c'est un homme qui contraste avec les étudiants de ma faculté, il m'apaisait malgré la nature trouble de nos relations ou peut-être que je me suis laissé apprivoiser parce que notre relation est trouble et que ce trouble me protégeait d'un engagement. Mais ce n'est pas mon petit ami. Comment en parler ? Sortir du cadre, échapper au piège. J'aimerais, j'aimerais quelques minutes de simplicité. Lire.

Le psychiatre tète son cigare, les yeux plissés comme un nourrisson distrait au sein de sa mère, je suppose que c'est sa façon d'attendre, de supporter le silence, il ne veut pas retomber dans les confidences sur son dégoût des toxicos, je peux lui apporter une absolution pour cette erreur qu'il a commise, je peux lui effacer l'ardoise et le confire dans son pouvoir : je lui dis que j'y vois plus clair grâce à lui.

L'inspiration vient en mentant. Avec Mads, je ne sais pas où j'en suis, je ne veux pas le mêler à ma thérapie, je dois d'abord me comprendre moi-même avant de le revoir, éclaircir mes rapports avec mon père, avec ma famille, vous aviez raison, je dois prendre le temps. Continuer ma thérapie avec vous, me concentrer.

Le grognement satisfait et narcissique du psychiatre me renseigne sur la progression de mes chances de sortie. Il pose le cigare dans le cendrier. Nouvelles inscriptions dans mon dossier. Il relève la tête, me sourit. Il me trouve intelligente, je progresse, il m'accorde une sortie pour ce week-end. Je peux partir dès ce midi, je dois revenir dimanche soir ou lundi matin, au plus tard, je devrai lui raconter comment les choses se seront passées avec ma famille. Ah oui : ma cousine avait téléphoné, on ne me l'avait pas dit pour ne pas me perturber, elle voulait des nouvelles, que j'aille à Mortepire. Ma tante est malade. Je mime la surprise, je demande si c'est grave. « Assez, tu verras. » Je montre ma détermination, je lui dis que c'est d'autant plus important de me confronter à la réalité, je suis prête. Il note « réalité » en majuscules. Referme mon dossier :

je peux prendre mes papiers et ma carte de banque à l'accueil. Il me propose l'aide de l'assistante sociale pour préparer ce week-end.

Non. Non merci. Je me débrouillerai, pas de problème. Je ne lui rappelle pas que je suis ici sans jugement, que je pars si je veux, je suis libre d'en appeler à ma liberté. Mais je dois jouer le jeu, quitter cet endroit avec un avis de guérison, lavée de tout soupçon, je ne sais pas encore pourquoi, c'est important. Fais semblant, disait Papa.

Ma dernière soirée avec lui a été ordinaire, je n'ai rien pressenti, j'étais rentrée tard parce que Mads m'avait retenue à Gembloux. Il y avait cette odeur de tilleul qui entrait par la fenêtre ouverte. Mads m'avait demandé ce que je comptais faire cet été. Je savais qu'il faudrait retourner à Mortepire puisque j'allais avoir vingt et un ans ; je ne voulais pas en parler, j'ai haussé les épaules, il a insisté : « Tu comptes faire quoi ? » J'ai découvert que je n'avais pas de projet à la lumière de sa question et j'ai répondu avec une sincérité qui ne l'a pas convaincu : j'allais lire sans limite. Il a insisté : « Tu as envie de faire quoi ? » Puis il a parlé de son doctorat, de la fin de son contrat, je n'ai pas écouté. J'ai dit : je n'ai pas non plus d'envie, ni d'intention. Du désir, oui, regarde, sens. On a fait l'amour et j'ai quitté son appartement avec la conscience d'un nouveau handicap.

Je suis arrivée à la maison, l'odeur des tilleuls m'a consolée dans le jour tombant, Papa avait mangé : une salade d'épinards aux noix, du fromage de chèvre, du pain. Mon couvert était dressé. Il est venu s'asseoir près de moi, nous avons regardé par la fenêtre, le fleuve méandrait vers la mer du Nord, nous avons parlé de mes examens, tout se passait bien. Il a rappelé que Lucie m'attendait, que j'aurais bientôt vingt et un ans, qu'elle comptait les jours, que je devais tenir ma promesse. J'ai l'impression qu'il a dit autre chose. Quoi ? De quoi avons-nous parlé ? De mes études. Mais il y a autre chose. Un problème à Mortepire. Mon arrivée ici est embrouillée, je crois qu'ils m'avaient donné des médicaments. Monique, la collègue de Papa était là. Pourquoi ?

II

1.

Dans mon sac à dos, j'ai deux culottes, une bouteille d'eau, une brosse à dents et un tee-shirt. *Malpertuis* en édition de poche. Je n'ai pas trouvé mieux dans la minuscule bibliothèque de la salle commune. Qui a laissé un bouquin pareil dans un service de psychiatrie ado ? Je récupère mon portefeuille près de l'infirmière de l'accueil, elle me répète la consigne : retour ici pour le rendez-vous chez le psychiatre lundi matin.

Je signe la décharge, je suis majeure, c'est obligatoire. On nous répète que nous ne sommes pas enfermées dans le service de psychiatrie ado. Mais nous devons demander la permission pour sortir et la porte est fermée par une serrure de sécurité. Après le déverrouillage de la porte, je me déplace comme je veux. La misère m'entoure : des anxieux, des résignés, des affolés. Des êtres humains médicalisés. Certains poussent des prothèses, des tribunes, toutes sortes d'accessoires roulants, des enfants pleurent. Le département de psychiatrie pour adolescents est intégré à l'hôpital universitaire, j'ai hésité à demander un transfert dans un service adulte. Je crois que je serais plus à ma place en gériatrie.

J'achète un ticket de métro, il faut trouver la direction de la gare Schuman, y prendre le train vers Luxembourg, quitter Bruxelles. Quitter Bruxelles, je déteste cette ville sans rivière. Je pourrais m'arrêter à Namur, rien ne m'en empêche, c'est sur la route. Pour quoi faire ? Découvrir l'état dans lequel la police a mis la maison ? Est-ce qu'un arrêt chez nous, chez moi, me renforcerait ? J'ai ma carte de banque, je peux descendre à Libramont, aller jusqu'à Bertrix ou Florenville. Bertrix ou Florenville ? Je préfère Florenville, la Gaume, les pierres jaunes, les collines, les bois feuillus. C'est plus facile par Bertrix, surtout s'il n'y a pas de bus et qu'il faut terminer à pied. Je me résigne aux murs gris, aux maisons trapues, aux ravins, à l'ardoise industrieuse, aux forêts d'épicéas, à l'Ardenne. Je connais bien ce trajet.

Le train arrive, je choisis un wagon fumeurs, j'y suis toujours mieux même si je ne fume pas. Depuis ma sortie, je n'ai traversé que des couloirs et des métros. La gare est souterraine. Le train démarre, la lumière, enfin. Cet été est pourri. Crachin et misère. J'ai quitté l'hôpital depuis une heure, il me semble que ça fait des siècles. Je vais avoir du mal à y retourner. Je m'installe près de la fenêtre, j'enlève mon coupe-vent, je le caresse, Papa me l'avait acheté au Stock américain pour le week-end de travaux pratiques en géologie. Un surplus de l'armée. Je sors *Malpertuis* de mon sac. Édition

Marabout, 1962, un nom écrit sur la page de couverture : *Béatrice* et une date *1983*. Je ne saurai jamais si le livre a été oublié par une ado hospitalisée ou si c'est un legs à l'hôpital.

Le roman commence par une longue préface, je la saute. Oh ! ce n'est pas une préface, c'était déjà le récit, marrant ça, bien joué. *Mais le désordre de sa vie le fit, sans aucun doute, renoncer à ses intentions écrivassières.*

Ses intentions écrivassières.

Le train s'arrête. Gare du Quartier Léopold. Trois garçons s'installent en ligne sur la banquette face à moi. Ils sont ivres. Ils allument des cigarettes, je dois dégager mon coude de la tablette pour qu'ils accèdent au cendrier. On redémarre. Je poursuis *Malpertuis* jusqu'à la « Première partie », on est déjà page 16, ça m'amuse vraiment. Je lève les yeux sur les garçons. Celui du milieu a un mégot entre les lèvres, il est très beau et très saoul, il pose la tête sur l'épaule de son voisin de droite, il dit : « Tu es mon ami. » Le troisième le cogne du coude jusqu'à ce que la tête bascule sur son épaule : « Tu es mon ami aussi. » Les deux autres gloussent. « Vous êtes mes amis. »

J'ai eu des amis une seule fois. J'avais quinze ans. Notre vieille voisine Madeleine était morte à Noël. Une belle mort, disaient les Vanhamme : elle était restée chez elle jusqu'au bout, partie dans son sommeil, la nuit du réveillon, on en rêverait tous. Mais que ferait la nièce de Madeleine, Marie-Jeanne : vendre ou louer ?

Un dimanche matin de mars, alors que j'entamais mon dernier trimestre au Bon Secours, ils sont apparus. En l'absence de Papa, je prenais des bains interminables, je devais les réchauffer en ajoutant régulièrement de l'eau bouillante, j'actionnais le robinet avec le gros orteil, la tuyauterie émettait alors des crachotements dangereux, je devais bien immerger mes jambes, pour ne pas me faire brûler, avant d'obtenir un filet d'eau chaude. Ces macérations me diluaient, me rassemblaient puis me cicatrisaient. Le rituel se terminait par le savon Thomas aux fougères, l'odeur de Papa, il paraît qu'ils ont démoli la savonnerie, je me demande s'ils en ont encore à Mortepire.

Ce dimanche de mars, je m'étais habillée et je m'essorais les cheveux quand j'ai entendu des cris, un brouhaha inhabituel dans une langue bizarre. Papa n'était pas là, je suis allée observer la maison de Madeleine par la fenêtre. Je n'aimais pas épier. Depuis que j'avais lu les carnets de Mortepire, ça me dégoûtait, comme si j'étais coupable de voyeurisme. Mais ce jour-là, les grands arbres étaient encore nus et j'apercevais la maison de Madeleine. Les Vanhamme espéraient de « bons voisins », polis, propres, discrets. Et voilà que, dans la cour, derrière une camionnette, Marie-Jeanne donnait des explications à une femme accompagnée de quatre adolescents bruyants qui portaient des valises et quelques caisses. Ils se ressemblaient, ils étaient grands, et dépassaient Marie-Jeanne et leur mère d'une tête ; ils portaient des jeans et des tee-shirts. Larges d'épaules et de poitrine, ils avaient les cheveux noirs, le front étroit, des yeux tombants, des pommettes larges, la peau très claire. Ils riaient, ils criaient, ils se bousculaient avec leurs cargaisons. Les Vanhamme n'allaient pas apprécier.

Marie-Jeanne s'est tournée vers notre maison en la pointant du doigt et elle m'a vue à la fenêtre. Elle m'a fait signe de les rejoindre, impossible d'y échapper, je suis sortie et j'ai descendu les cinquante mètres qui nous séparaient.

Les garçons ont abandonné les caisses pour m'observer. Il y avait des jumeaux et deux presqu'adultes. Le plus grand restait éloigné : il manquait une canine à son sourire, il hochait la tête, il me dévisageait sans participer aux conversations que les autres tenaient dans leur langue étrange : pas l'allemand, ni le néerlandais ni l'anglais ou l'espagnol. Marie-Jeanne nous a présentés : la petite Véra et la famille Hoxha. La femme s'appelait Rreze, j'ai dû lui demander de répéter son nom qui me faisait l'effet d'une avalanche de gravier, je l'ai prononcé, pas trop mal semble-t-il, et Rreze est venue m'embrasser : deux bises et un enlacement que je n'avais pas prévus. Elle m'a reproché de sortir avec les cheveux mouillés dans ce froid, j'allais être malade. J'ai fait : non, pas de problème. Je tremblais, mais je ne pouvais pas lui dire que c'était la surprise de son baiser. Elle a demandé aux jeunes de se présenter. Ils m'ont lancé leurs prénoms, je me raidissais en prévoyant une embrassade après celle de leur mère, ils ont gardé leurs distances. Je ne comprenais pas bien les noms, le garçon au sourire percé me les a répétés, il l'a fait sans la moindre trace d'accent. Les jumeaux, Fatos et Beqir étaient des monozygotes parfaits, difficile de les différencier et je n'y suis parvenue que trop tard. L'aîné s'appelait Zef. Comme dans la chanson de Brel, ajouta le garçon : *Non, Zef, t'es pas tout seul*, et ledit Zef lui envoya une claque. Lui-même, c'était Gjin. En Belgique, on l'appelait Gilles, par facilité ; ses frères l'ont bousculé. J'ai dit que je préférais Gjin à Gilles, j'ai prononcé leurs prénoms un à un, avec les corrections nécessaires. « Tu te débrouilles bien », a murmuré Gjin. D'où venaient-ils ? « De Liège, dit Rreze, on est passés par l'Allemagne et, avant, la Macédoine. » Elle disait : avon, la Macédjane. Mais d'où venaient-ils, encore avant ? Gjin m'a lancé : « You go slave ? I go slave ! Du sud-est » en désignant la direction d'un index mutilé. Je suis restée impassible. Rreze m'a prise par le bras, elle me l'a désigné : « Fais attention à celui-là, c'est mon deuxième (elle disait doujième), c'est un bandit, il est né en novembre, c'est pas bon, ça lui a pas réussi ! T'as vu, il a perdu une dent à Skopje et un bout d'oreille en Allemagne, dit-elle en caressant le lobe entaillé de son fils. Et t'as vu son doigt ? Belgique. Liège. Fini, les études d'électricien, trop dangereux ! Qu'est-ce qu'on va faire de toi ? » a-t-elle ajouté en le giflant doucement. Gjin a montré sa main droite, il manquait deux phalanges à l'index. « Il a trop servi, usé, dit-il en faisant tourner le moignon contre sa tempe. Je vais être obligé de faire des études d'intellectuel. » Tout le monde s'est mis à rire, y compris Marie-Jeanne que je ne savais pas sensible à l'humour noir. J'ai souri, ça faisait du bien.

Rreze a soupiré, elle a dit que je serais toujours la bienvenue chez eux pour prendre un repas ou un café, elle roulait les r, elle ne parvenait pas à prononcer les « en » et les « un », elle disait prrondrre on rrrepas, ça ressemblait à plondle on lepas. Ce son de gravier roulé, je l'adorais déjà.

Elle m'a demandé avec qui je vivais, et quand je lui ai répondu que je n'avais que mon père et qu'il reviendrait le lendemain, elle a froncé les sourcils : où était ma mère ? Je lui ai dit qu'elle était morte. Il n'y a pas eu de malaise, alors que cette information déclenchait souvent des réactions maladroites. Je n'ai pas dû expliquer ma situation ni cacher mon manque de peine.

Ma mère me manque comme une aurore boréale manque à celui qui en a entendu parler. Ça doit être bien, d'avoir une maman, je n'en ai pas.

Quand j'interrogeais Papa sur ma mère, Rosa, il baissait la voix. Il n'avait qu'une photo prise par son témoin le jour du mariage. On la voit, le regard triste et cerné, la main posée sur l'avant-bras de mon père, elle relève une épaule plus haut que l'autre. Elle est maigre, sa peau a des reflets bizarres, des ombres morbides. Papa est lumineux à côté d'elle. Ils ne sont pas endimanchés. « C'étaient les années soixante, disait-il, les conventions seraient bientôt rejetées. Rosa et moi, on était précurseurs. » Il racontait le courage politique de Rosa, sa lutte contre Salazar, son agitation pour les colonies portugaises, la Guinée, l'Angola. Son regard brun, son intelligence. Je regrettais moins de ne pas avoir les yeux patine de mon père, je me disais qu'il avait aimé des prunelles sombres.

J'ai proposé d'aller au Portugal, il disait qu'elle n'avait plus de famille là-bas, qu'il n'y connaissait personne, je n'insistais pas. Je demandais de quoi elle était morte, il disait : cancer. Comment ? Lentement, moche. Je demandais qui étaient leurs témoins au mariage, il répondait : des copains. Je demandais où ils s'étaient connus. « Dans une association, mon boulot : je l'ai défendue. » Je voyais sa peine, il baissait la tête, il se voûtait, les os des épaules pointaient sous le tissu de sa chemise et j'abandonnais. Dans ces moments-là, il me manquait en étant présent. Je le laissais tranquille. Je pouvais me débrouiller. Je me débrouille, Papa. Je ne suis pas tranquille. Et tu me manques.

Ma mère était morte, donc, je ne devais rien expliquer, les garçons attendaient, Marie-Jeanne me connaissait, pas besoin d'en faire une montagne. Rreze a dit que mon père devait avoir confiance en moi. Une jeune fille, jolie, il la laisse toute seule dans la maison ? Elle siffla un tsss où je ne pus distinguer l'admiration de la méfiance ou de l'inquiétude, et elle a répété son invitation à venir chez eux, quand je voudrais, elle me soignerait, elle n'avait pas de fille, elle a insisté et précisé que ce n'étaient pas des paroles en l'air comme les Belges en font parfois, je pouvais la croire. Elle m'a gratifiée d'une nouvelle étreinte rythmée de tapotements dans le dos. Je l'ai remerciée et j'ai fait un vague signe de la main à Marie-Jeanne et aux garçons avant de remonter chez nous.

Chez nous.

Je me suis sentie seule pour la première fois, ce soir-là. Pas mutilée, pas amputée, pas fracturée comme quand Papa s'en allait. Seule. C'était bizarre. Plutôt agréable parce que j'aurais pu aller sonner chez les Hoxha si je voulais. J'étais seule avec une possibilité d'accueil, ça ne dépendait que de moi, un drôle de truc. Je pouvais choisir, avoir une intention.

Très étrange.

L'accolade de Rreze m'avait déstabilisée. Jusqu'alors j'usais, dans mes relations sociales, de tout un arsenal de barricades, pitreries et ironie qui tenaient éloignés les rares candidats à me connaître. Qu'est-ce que je protégeais ? J'étais différente et j'assumais, on me traitait de folle et je savais que c'était faux. J'avais quelque chose à défendre même si j'ignorais quoi. Papa le savait. Les Hoxha, eux, ne me menaçaient pas, je me sentais légère. Et seule.

Avec une possibilité d'accueil.

De choix.

Vraiment bizarre.

Papa est rentré le lendemain matin, je lui ai expliqué les événements, il est allé souhaiter la bienvenue aux Hoxha, il s'est montré charmant, a usé de ses regards pers et de ses sourires enchanteurs, de sa grâce dont je n'avais pas hérité. Les Hoxha s'étaient installés au chemin des Bordiaux. Je n'avais jamais eu d'amis. La fin de ma dernière année au Bon Secours allait être différente. Je pressentais une bifurcation, un changement de cycle. Tu parles ! L'été suivant serait encore plus cruel que le précédent. Je ne le savais pas.

On ne peut pas pressentir l'inconnu. Je retourne à *Malpertuis*.

2.

L'oncle Sambuque est mort, *lucide et loquace*, ça commence bien, ce roman. Je le referme, je dois le lire doucement.

La gare d'Ottignies. Bientôt Gembloux, la province de Namur, je verrai les bâtiments de la faculté d'agronomie. L'appartement de Mads derrière les serres. Les labos, les auditoires, la vieille abbaye. Je serai ingénieure agronome. Drôle de décision. Papa approuvait.

Papa n'interdisait rien, ses mises en garde ressemblaient à des propositions (*Quand tu auras seize ans, tu pourras prendre la pilule*, pas d'interdiction, pas de méfiance) et je percevais ses déceptions à une légère inclinaison de son cou, un ternissement des étoiles dans son regard. Il a observé mon entrée dans l'amitié sans commentaire.

J'ai croisé Rreze le lundi matin qui suivait leur installation, j'allais à l'école, elle m'a demandé quand mon père partait encore, elle m'invitait à prendre un repas chez eux, elle n'aimait pas savoir qu'une jeune fille était toute seule à côté. Je lui ai dit que

Papa retournait en Gaume chaque week-end. Elle a émis un claquement de langue suivi d'un souffle entre les dents, comme un chat en colère, elle a ajouté qu'elle ne pouvait pas nous inviter ensemble, Papa et moi, parce qu'une femme mariée ne peut pas inviter un veuf, même accompagné de sa fille, ce ne serait pas décent (elle disait « dèsson ») qu'ils mangent ensemble. J'étais curieuse, j'ai accepté. Elle m'a proposé de manger une tava chez eux dès le vendredi soir.

Le jour venu, j'ai hésité, je voulais rester chez moi, lire, j'avais commencé *La Mort d'Artemio Cruz*. Mais je suis loyale, je tiens mes engagements, et je ne pouvais pas rompre celui-là.

Je suis donc descendue chez les Hoxha le vendredi soir. J'avais amené une confiture de mûres avec des zestes de citron et un cake fourré à la gelée de coing. Je ne leur ai pas dit que c'était de la confiture de morts, rien expliqué.

La maison n'avait pas changé et tout était différent, les meubles de Madeleine servaient enfin, les jumeaux dressaient des petites assiettes sur la longue table en chêne que la vieille femme cirait tous les samedis et où Marie-Jeanne s'asseyait parfois pour un café. Même maison, mêmes meubles, ils avaient seulement dû ajouter des lits et la vie s'était emparée du lieu, tout vrombissait de voix, d'odeurs, de corps jeunes. La tava mijotait depuis trois heures et ses parfums humides avaient saturé l'atmosphère. Les garçons m'observaient, j'ai noué avec leur mère une relation intense et fragile. Rreze me secouait, je la désarçonnais. Deux questions de prise de contact : « Où tu vas à l'école ? Quel âge tu as ? » et elle me racontait leur exil, le passage par la Macédoine, les vols, la violence. Ils avaient perdu son mari à Skopje, elle s'est arrêtée à cette étape, elle hochait la tête, j'ai dit qu'alors, eux aussi, ses fils, étaient orphelins ? Elle m'a détrompée : non, ils avaient *vraiment perdu* leur père. Elle disait vrrrémon perrrdou et cela donnait l'impression qu'il avait été emporté par une avalanche de roches volcaniques. Ils avaient continué leur route sans lui vers l'Allemagne où vivait une cousine de sa mère, ils y étaient restés deux ans, puis un frère de son grand-père leur avait fait savoir qu'en Belgique, ils obtiendraient plus facilement le statut de réfugiés, vu leur parcours, ils s'étaient installés à Liège et ils arrivaient à Namur à cause de celui-là, dit-elle en donnant un coup de poing dans l'épaule de Gjin.

La tava était servie dans un grand plat en terre cuite posé au centre de la table, nous y puisions du ragoût avec des morceaux de pain, les petites assiettes servaient de transit entre le plat commun et la bouche, Rreze m'invitait à napper mes bouchées de crème aigre. J'adorais manger avec les doigts.

J'avais lu les *Sublimes Histoires de Nasredine Hodja*, je trouvais amusant que leur nom soit si proche. Ils les connaissaient par cœur, les parents les racontaient aux enfants, là-bas. Ils ne savaient pas que quelqu'un les avait écrites, et même traduites en français. Nous avons comparé nos récits préférés.

Ce premier soir m'a fait entrer dans leur accueil, Rreze nous régalait en se plaignant de la qualité de notre viande de mouton. La tava me rappelait les plats mijotés de Gaume : la touffaye et le cabus roussi. Les jumeaux chambardaient, Zef m'a observée avant de participer aux discussions. Est-ce que je savais qu'il allait entrer comme apprenti au garage moto BMW ? Il rayonnait en ajoutant que le patron l'avait laissé travailler sur des ancêtres, des motos de collection, il a évoqué une Saroléa Atlantic 600 dont j'entendrais bientôt le vrombissement. Les jumeaux devaient choisir une option pour l'année suivante.

Nous écoutions Zef et ses passions mécaniques, les effronteries des jumeaux ; il y avait de la place, de la tava et de l'eau pour tout le monde. Gjin, à ma gauche, parlait peu. Je voyais qu'il jouait avec son index mutilé, ses autres doigts le caressaient sans cesse dès qu'il ne tenait plus de pain. Sa cuisse, à quelques centimètres de la mienne, tremblait parfois, comme impatiente. Rreze lui demandait un mot français qu'elle ne connaissait pas. Il trouvait toujours, elle le remerciait d'un claquement de langue, j'en profitais pour le regarder, il ne semblait rien remarquer. Je lui ai dit qu'il n'avait pas d'accent, Zef a répondu que c'était pareil en allemand et en russe, ce type avait un don pour les langues, là il commençait à se débrouiller en néerlandais. Les jumeaux le provoquaient, ils me disaient : tu vois, celui-là, il laisse des morceaux partout : une dent en Macédoine, un morceau d'oreille en Allemagne, un doigt à Liège ! Je le savais, je disais qu'ils me l'avaient déjà raconté, ils insistaient, j'aurais voulu qu'ils s'arrêtent, qu'ils arrêtent ce décompte macabre.

Il était presque minuit, le soir de ma première tava, quand Rreze a ordonné à Gjin de me ramener à la maison, par prudence. J'ai éclaté de rire. Cinquante mètres ! C'était vraiment très drôle ! Ils sont restés muets de surprise. J'ai compris que ma sécurité en sortant de chez eux était une question d'honneur. Ce n'était pas une blague. Je me sentais gourde pour la première fois de la soirée. Le sentiment familier d'être à côté de la plaque.

Je devais me laisser reconduire.

Gjin ouvrait déjà la porte. J'ai pris ma veste, le plat du cake que Rreze avait nettoyé sans que je le remarque et je les ai remerciés.

La nuit de mars m'a paru glaciale après la tiédeur odorante du souper. Nous avons grimpé les cinquante mètres dans un silence ridicule.

En marchant sous le réverbère, j'ai vu nos ombres nous rattraper, fusionner puis nous dépasser en s'éloignant, je ralentissais, je prolongeais quoi ? Rien. Il est resté sur le seuil de pierre fendue, il m'a demandé de fermer à clé et de lui faire un signe de l'intérieur. « Et toi, tu vas faire quelles études, si tu dois arrêter l'électricité ? » Il n'a pas répondu. Il a enfoncé ses poings dans les poches de son jean. Il ne portait jamais de manteau, comme je l'ai découvert plus tard : il marchait dans les rues, le corps sans protection thermique, droit malgré le vent et la pluie. Cette plongée des mains dans les poches était sa seule concession au froid, je ne l'ai vu grelotter qu'une fois.

Il a hoché la tête.

Je suis entrée, j'ai allumé, me suis postée à la fenêtre du salon. Il regardait la façade, j'ai fait un signe, il a libéré une main et l'a levée vers moi, il a crié quelque chose. J'ai ouvert la fenêtre. « Un truc d'intellectuel, a-t-il dit en désignant, de l'index mutilé, son oreille et la canine manquante, je dois économiser les morceaux qui me restent. » J'ai fermé la fenêtre et il est parti.

J'ai plongé sur Cortázar, je voulais lire pour me rassurer, et voilà que je tombe sur l'intimité des Traveler. J'ai lu peu et avec une passion lente.

Cette nuit-là, j'ai rêvé de Mortepire, de Gjin, de liberté et de paralysie.

J'étais la vallée. Pas la rivière : j'étais l'entaille dans la terre, longue et tortueuse, immobile et lentement usée, condamnée à me laisser creuser par l'eau ; j'étais un vide rempli, je n'étais pas moi, je n'existais que par ce qui me manquait. J'avais des milliers d'années, je faisais partie d'un bassin, lequel ? Je rejoignais qui tout au bout ? Je sentais la rive droite, Mortepire dans un méandre, la roche, mon père. Une ombre m'a surprise sur ma rive gauche. J'ai vu sa silhouette en contre-jour sur le ciel. Il portait des bottes immenses et sautait d'une crête à l'autre en semant des morceaux de son corps : une phalange au gué des Hats, un bond, un morceau d'oreille au château de Cugnon, un autre bond. Il posait à peine la botte au sol et à chaque élan qu'il prenait pour ricocher, ma berge s'effritait et ma terre se mêlait à l'eau qui me remplissait, ma propre terre devenait une boue entraînée par l'eau qui me creusait, j'essayais de me dresser, de devenir vivante, mais je n'étais qu'une fissure, un long ravin destiné à laisser la rivière couler vers la mer, grouillante de vie, de poissons, d'insectes, d'algues ; je n'en faisais pas partie.

Partout au long de moi vivaient des gens, des animaux, des villages qui profitaient d'un coude ou d'un gué, lançaient des ponts, fabriquaient des vannes. J'essayais de rejoindre Papa d'une sorte de tension dans mon épaule droite ou de m'élancer avec Gjin en soulevant les hanches, sauf que je n'avais pas d'épaule, pas de hanche, pas de corps, pas de tension. C'était un effort immobile et vain. Un acharnement de paralysé incrédule. Et je voyais Gjin, Petit Poucet maladroit ou diabolique, avec ses bottes de sept lieues, qui riait, m'enjambait, m'effritait à chaque appui de ses bonds. Il atteignait déjà Monthermé, là où je débouchais sur la vieille vallée de la Meuse, je pressentais mon bassin, je reconnaissais ma fin, je voulais choisir, changer de direction, avoir un bras. Je voulais me déplacer, je voulais vivre, moi aussi, je me sentais sacrifiée, sans pouvoir agir, une chaleur gonflait dans le bas de mon ventre, une excitation dans mon sexe, sauf que je n'avais ni ventre ni sexe, je n'avais ni ventre ni sexe mais un chaos dans le bassin. Mortepire me surveillait du haut de l'éperon schisteux, Gjin bondissait plus haut que notre Grande Maison, je voulais devenir vivante.

Je me suis éveillée pleine d'oppression et de désir. J'écoute mes rêves, Papa m'a appris à le faire. Celui-là, je ne le comprenais pas. Alors, pour résoudre l'oppression et le désir, j'ai glissé la main entre mes jambes.

3.

J'ai proposé à Rreze de chercher son mari via mon père : il était avocat et il travaillait avec des associations d'aide aux réfugiés. Elle le savait, il avait déjà commencé les recherches. Elle a dit : « Renaud est vraiment très généreux. »

Il est revenu de Mortepire le lundi matin, il ramenait un sac de pommes, des courts-pendus rosées que Claire conservait sur un paillis de fleurs de sureau jusqu'en avril, mes préférées. Je lui ai reproché de ne pas m'avoir parlé de ses recherches pour les Hoxha. Il a dit que je ne devais pas m'encombrer de son travail. J'ai répondu : « Mais Papa, c'est les voisins, c'est mes amis ! » Il était stupéfait.

Je leur ai parlé d'*Avril brisé*, ils ne connaissaient pas ce livre : les Kosovars et les Albanais n'avaient pas forcément partagé la même culture ces derniers temps : Tito et Hodxa ne s'adoraient pas. Je leur ai demandé : quoi ? encore un Hodja ? C'était une épidémie ? Et ils ont ri de bon cœur, je me découvrais un talent comique. Et je devenais bavarde. Je me suis emportée à propos du livre d'Ismaël

Kadaré, je leur ai dit qu'*Avril brisé* était une œuvre douloureuse. J'ai tenté de leur décrire les horizons gris et les montagnes minérales, le destin tragique des garçons condamnés à personnifier le crime de leur famille et à devenir la cible des ennemis à cause de la loi du sang, la loi du Kanun. J'essayais de partager la poésie mélancolique du roman sans remarquer que leur silence sentait la peur et le refus. Pas l'ignorance.

Gjin s'était tourné vers moi, un bras passé par-dessus le dossier de sa chaise, il me regardait fixement. Ses iris étaient d'un noir brillant, ils ne laissaient pas voir les pupilles, un anéantissement de nuit sans lune et sans étoiles. Pratique pour dissimuler les bienfaits des molécules illicites. Je le découvrirais plus tard.

Les soupers se succédaient, le rappel des mutilations de Gjin semblait être un rituel pour les jumeaux. Ils attendaient la suivante. Je n'aimais pas leur acharnement à lister ses blessures et maladresses, mais ils continuaient, puis on passait à d'autres sujets sans transition. Les garçons et leur mère bavardaient, ils pouvaient s'interrompre, continuer à parler, ils le faisaient en français par respect pour moi et Rreze devait souvent demander un mot de vocabulaire à ses fils. Ils semblaient se disputer, c'était leur ton ordinaire. Gjin participait peu aux conversations, il était la référence pour les traductions. On m'avait placée à table entre Rreze et lui, je n'osais pas le regarder sauf quand sa mère se penchait devant moi pour lui parler, en appuyant son épaule contre la mienne, alors, je reculais contre mon dossier, je sentais la chaleur de Rreze et je me coulais dans le lien qu'elle avait avec lui pour voler quelques regards joyeux.

J'ai profité des soirées dans la famille Hoxha. Je restais des heures chez eux quand Papa était à Mortepire. Les garçons adoraient mes histoires sur Namur. Rreze me maternait avec un peu de brutalité. Je me laissais faire. Elle disait : « Toi, tu es une drrrôle de grrronde fille ! » Je leur expliquais que je n'avais gardé aucun souvenir antérieur à mes cinq ans. Quelques rêves et images du quartier du Grognon. Et d'avant, demandait-elle. Rien, rien de ma vie avant cinq ans. « Les garçons non plus, ils ne se souviennent pas de chez nous, et je n'ai même pas une photo à leur montrer. » Ses avalanches de gentillesse bougonne me roulaient dessus et je me laissais ensevelir. Je m'asseyais à la droite de Gjin, je les voyais tous sauf lui, sa cuisse irradiait près de la mienne, j'observais ses mains, il avait des poils noirs sur les phalanges, ça me touchait. Je le regardais caresser son index mutilé avec le pouce. Plus les semaines passaient et moins j'osais me tourner vers lui quand il parlait, j'avais l'impression que je m'empourprerais, qu'on verrait mon trouble, que je serais indécente, comme aurait dit Rreze. L'air odorant de tava me donnait des bouffées de chaleur. La nuit, je développais des prolongements érotiques à cette fièvre, je résolvais l'oppression et le désir.

Un soir, Zef m'a expliqué que Gjin, avant de perdre des morceaux, avait passé son enfance à s'en rajouter. Rreze a attendu quelques secondes avant de raconter les divers objets qu'il se fourrait dans le nez ou dans les oreilles quand il était petit : « Tu imagines ? Il a mis un haricot dans son oreille, personne l'a vu et ça a commencé à… » Elle s'est tournée vers Gjin, avec un claquement de langue et il a complété distraitement : « à germer près de mon tympan. » Ils avaient dû aller à l'hôpital. L'hôpital aussi pour enlever une tête, une tête… « Une tête de soldat en plomb, dit Gjin, elle a été extraite de mon nez par le médecin du dispensaire. » L'histoire a continué : on retrouvait toutes sortes de choses dans son corps : cailloux, boulettes de papier, fleurs, et même un bourdon mort. Zef a précisé que les parents avaient dû se résoudre à fabriquer des petites moufles pour empêcher Gjin bébé de continuer à introduire des choses en lui. Ils riaient, je ne réagissais pas. Je n'aimais pas qu'il leur fournisse les mots pour sa propre humiliation, mais il le faisait mécaniquement, absent. Quand on ne lui demandait pas de traduction, il mangeait en silence, sa cuisse agitée près du bas de mon corps, je n'osais plus regarder ses prunelles. Je fixais la phalange poilue de son index mutilé que le pouce caressait comme un petit animal apeuré. J'avais froid dans la chaleur.

Les semaines de tava et de désir masqué se sont succédé et Gjin s'est éloigné. Il était de moins en moins présent aux repas et quand il mangeait avec nous, il quittait la maison tôt, ses frères disaient qu'il voyait des filles. Des putes, précisa un soir Fatos (ou Beqir) avant de ramasser une claque sonore de sa mère. J'ai rougi, mon visage cuisait. « Ne t'inquiète pas, me dit Rreze, avec nous tu ne risques rien, tu es comme de la famille, et ton père est si généreux. »

4.

Mon généreux père observait le manège. Le vendredi, il me voyait descendre de plus en plus tôt, avant même qu'il ne se mette en route pour Mortepire ; je lui disais que j'apprenais à cuisiner la tava et qu'elle passait trois heures au four. Papa riait, d'un rire moins profond, indulgent.

Parfois, j'allais chez les Hoxha pendant la semaine. Les garçons me demandaient un coup de main pour un devoir, une rédaction. Une place m'attendait chez eux, que je n'étais pas obligée d'occuper, j'avais le choix. Gjin était rarement là. Il me manquait.

Un jour, c'était un mercredi, j'ai osé leur raconter un incident scolaire et ils ne se sont pas moqués de moi.

Notre professeur de français avait invité un poète à l'école, elle voulait qu'on approche la poésie contemporaine par une rencontre, je craignais une nouvelle dévitalisation, je me planquais derrière une attitude neutre. Le poète est entré dans la classe avec la prof, nous nous sommes levées selon l'usage, il n'avait pas l'air suffisant des notables du verbe, ma curiosité a affleuré. Il se tenait parmi nous, immobile et craintif comme un chevreuil égaré dans une bergerie.

La prof nous a dit de nous asseoir, il est resté debout. Nous nous sommes bien rangées, le derrière sur la chaise, l'anthologie sous la main.

Il a sorti un cahier de sa poche et il a lu quelques vers, sans introduction, il a demandé si on connaissait l'auteur. Michaux, il commençait local, bonne idée pour motiver des ados, je n'ai rien dit, planquée dans mon alignement, long silence dans la classe. Il a insisté : qui connaissait l'auteur ? Je n'ai pas répondu, je la fermais, pas question de me faire remarquer, le silence devenait inconfortable et Astrid a bêlé un nom : « Lamartine ? » Je n'y croyais pas : Lamartine ! En début d'année, on avait analysé *Le Lac*, un exercice qui tenait de l'équarrissage, mais au moins, on n'avait dépecé que seize quatrains doucereux, je n'avais pas trop souffert. La prof n'avait même pas dit que Lamartine avait signé le décret d'abolition de l'esclavage. La leçon sur Rimbaud m'avait écœurée. Analyser, découper, compter, interpréter, tuer le poème.

Rimbaud avait survécu, je m'étais soumise en surface, merci Papa. Mais cette résignation lucide formait une croûte de plus en plus épaisse entre nous et le monde, le feu couvait. Je me taisais, Astrid attendait une réaction.

Le poète a cligné des yeux : la surprise. Il prenait conscience de son étrangeté. Où suis-je, se demande le chevreuil dans la bergerie, où est la forêt ? Quels sont ces animaux domestiques ? À qui obéissent-ils ? Ici, on appartient à quelqu'un ? Fuir ?

Il a soupiré, il a dit : Michaux. Les moutons l'observaient sans comprendre. Il a encore lu, encore raté, essayé encore : Char, Norge. Par où peut-on s'échapper ? Prisonnier ? Qui êtes-vous ? Je veux la forêt. Il s'est assis comme une reddition.

Il nous a récité quelques vers qu'il avait écrits récemment. Il a demandé quelles couleurs cela nous évoquait. Silence. Les filles ne comprenaient pas. Et moi, j'étais planquée derrière mon poste frontière, bien camouflée sous ma cuirasse invisible, déguisée en brebis, une toison couvrant la croûte que j'avais fabriquée comme protection, pas question de me faire avoir, depuis *L'Oasis*, je vigilais.

Mais il me touchait, ce poète, son animation foirait, il voulait qu'on participe, il avait dû rêver un transport adolescent, un vertige sensible. Les filles du Bon Secours étaient dressées à l'écoute passive et silencieuse, aux bêlements formatés, à l'absorption atone, aux cours abouliques. Je la fermais, je savourais ses lectures malgré moi, déguisée en agnelle. Mon souffle descendait dans mon pubis, mon cœur battait à contretemps, une sorte de rythme de jazz, la tête me tournait, cette force en moi. Je devais feindre l'ennui.

Il lisait des merveilles. Sylvia Plath : *Je ne suis pas non plus la beauté d'un massif/Suscitant des Oh et des Ah et grimée de couleurs vives.* Les filles regardaient le plafond. Polies, conformes, légèrement agacées. Ovines.

La voix grave et fragile du poète m'intriguait et ses lectures me gonflaient la poitrine, la tête, le sexe, j'étais embarrassée de vivre en public cette sensation familière de l'euphorie des mots qui malaxe le corps, et je ne savais plus comment supporter sa collision avec la présence de mes camarades. Je feignais l'indifférence, j'avais un peu pitié de lui, il ramait. La prof, dans un dernier sursaut pour sauver le cours, a demandé ce que nous évoquait la « poésie contemporaine ». C'est parti dans tous les sens. Clichés sur clichés. Niaiseries sur fadaises. L'amour, le romantisme, les belles images. Nom de Dieu ! Les belles images ! Lourdeurs, pacotilles, conneries. Incurablement con. À la fin, quelqu'un a dit « Les fées ». Le poète a demandé de développer. Des filles se sont mises à énumérer la grâce, la légèreté et les couleurs brillantes. Trop de Walt Disney. Putain de fée Clochette. Ne pas les mépriser, ne pas les haïr, pas de violence, pas de pitié. Abreuvées de mièvrerie. J'étais en fusion sous ma croûte, difficile de rester calme avec cette force. Rêver, lire, j'ai feuilleté mon anthologie. Calme-toi, Véra.

Le poète s'est tourné vers moi, il m'a demandé de parler, je retenais le souffle qui tournoyait dans mon ventre, qui risquait de m'imploser. Qu'il abandonne. Il a insisté : une seule phrase lui suffirait. Il voulait que tous les élèves aient dit quelque chose et j'étais restée muette. La prof lui a suggéré de laisser tomber, c'était la fin du cours, je percevais son message silencieux et paniqué : non, non, ne donnez pas la parole à cette tordue. Il s'est carré sur sa chaise, obtus comme un enfant boudeur, il a dit qu'il ne partirait pas tant que nous n'aurions pas toutes parlé.

Et j'étais la seule qui n'avait rien dit, il attendrait.

Na !

La récréation allait sonner, les filles commençaient à se tortiller, allais-je encore gâcher ça ? Les priver de précieuses minutes de conspirations, moqueries et jeux de pouvoir ?

Alors, j'ai pris le risque. Je retenais une puissance terrible dans ma poitrine et mon bassin, une force emmagasinée à cause des poèmes. Mes narines frémissaient. Je sentais mes cheveux bruns s'emmêler et mon corps massif vibrer, elles n'entendaient pas la beauté. J'ai dit : un cheval ardennais, lourd, fumant et boueux, en train de débarder dans la forêt, l'odeur de son crottin mêlée à celle des grumes, voilà ce qu'est une fée. Et la poésie, ça ne sent pas la rose. J'ai cité Yeats : *But Love has pitched his mansion in/The place of excrement.* Certaines ont ri, d'autres ont manifesté leur dégoût, la prof a fait chut !, elle m'a dit qu'on n'était pas au cours d'anglais, elle m'a demandé de traduire, j'ai hésité, j'ai traduit et la prof a jugé ces vers déplacés.

Ça descendait dans le bas de mon corps, jusqu'au bout de mes pattes, j'avais envie de ruer dans ma chaise, de détruire, de faire voler les bancs, d'exploser la classe, de piétiner mes voisines. Le chevreuil haletait, je voyais la buée de sa respiration, ses grands yeux attentifs, il a secoué la tête, ses oreilles ont remué de curiosité, la prof a soupiré, les filles ont rouspété. Des scènes de ravages déflagraient en moi, je ne voulais pas de violence, je ne bougeais pas et le poète m'a regardée dans les yeux. Il m'a vue. J'ai vu qu'il nous voyait, ma réponse et moi, ça nous a suffi, ça nous a consolées et tout est revenu à sa place. Le chœur soulagé des filles a dégradé l'instant, ça bavardait déjà, j'ai baissé les yeux, la prof a demandé d'applaudir le poète qui s'est levé et a remercié ; je m'endeuillais déjà du moment perdu.

Ne récitez pas de la poésie d'une voix mâle à une adolescente désaxée, tout peut arriver. Je l'ai expliqué à Papa le soir. Il a ri puis il a murmuré : « Oui, oui, bien sûr. Je retourne à Mortepire vendredi. » Ça voulait dire que je pouvais changer d'avis, l'y accompagner. Il ne m'écoutait plus comme avant. Je voulais parler aux Hoxha. Papa ne me suffisait pas. C'était bizarre, ce besoin de raconter à quelqu'un d'autre, je suis allée chez Rreze, Gjin était là, assis au salon, pas à table comme d'habitude, je leur ai mimé la scène, le poète, les crétines, j'ai tu mes sensations, édulcoré mon plaisir, je n'avais pas assez confiance, j'ai expulsé les vers encaqués dans mon corps, c'était approximatif mais musical. Ils écoutaient, ils poussaient des exclamations. Rreze riait. Gjin était attentif, on ne s'était jamais trouvés face à face et sa curiosité m'a donné l'impression d'exister. Il m'a conseillé de lire moins et de raconter plus. De prendre des risques, de transformer mes remparts en projectiles, ses iris brillaient d'une intensité guerrière. Rreze lui a donné une claque sur la tête : « Je ne comprends rien, idiot ! C'est une fille, Gjin, ne raconte pas n'importe quoi. C'est la fille de Renaud. »

Pendant quelques jours, les demoiselles du Bon Secours ont poussé des hennissements en me croisant dans les couloirs. Je frémissais des nasaux et je leur répondais d'un bêlement, ce qui confirmait leurs doutes sur ma santé mentale.

Juin approchait, j'allais les quitter, j'ai relu Sylvia Plath, *La Cloche fêlée*, je m'apaisais. Et je désirais Gjin qui m'enjambait à foulées de sept lieues, en m'effritant, qui m'élargissait sans me rejoindre, je voulais un corps, je voulais vivre, exister. Mais pas comme elles.

Je reprends *Malpertuis*, mes paupières pèsent des tonnes.

5.

Je remonte le fleuve sur un hallage de pavés moussus, j'ai été ce fleuve autrefois, rive gauche, mon pas est lent et implacable, la charge m'oblige à me courber vers l'avant. Une rafale glacée me gifle de face, ça me coupe le souffle et ralentit le bateau. Je n'y arriverai pas, c'est trop lourd, mais je continue à m'arc-bouter contre le vent et le courant, mes pattes sont prisonnières de leur propre mouvement, je pourrais en mourir, je suis esclave, je voudrais m'arrêter, c'est impossible : mon rythme me tire malgré moi, il me tire vers l'est, ce n'est pas mon pays ici, je voudrais retrouver la forêt, mes fers sont trop usés, mes sabots se fendillent. J'ai la crinière dans le visage, chargée de bruine. Ma propre respiration me couvre de rosée, me brouille la vue, j'avance, pas à pas, je frissonne, mes muscles sont douloureux. À l'aller, le bateau m'avait portée, je dois le tirer maintenant. Suis-je prisonnière de cette tâche ? Personne ne me parle, personne ne m'ordonne, je tire ma propre soumission, je marche sans fin, je hâle la péniche, je n'ai même plus la force de m'ébrouer, je suis un cheval de peine.

Puis je suis un homme, je tire à la bricole, je tire comme une bête, nous sommes deux, qui est mon compagnon d'infortune ? Réveille-toi, jeune fille.

Ces rêves ! Quelque chose change, une odeur de vieille terre et de vallée : le train franchit la Meuse. Ma peau respire l'air du fleuve. Ne pas regarder la maison sur le flanc de la citadelle. Notre maison. Je fixe le Grognon, le confluent de la Sambre et de la Meuse où j'ai pleuré. Je ne relève pas les yeux.

On n'est pas ce qu'on croit être, il faut vivre longtemps sa propre compagnie pour s'accorder la paix.

C'était le printemps des Hoxha. Mon unique saison d'amitié. Le week-end de Pentecôte s'annonçait exceptionnellement chaud. Papa était à Mortepire et nous prenions le frais, Rreze et moi, dans leur jardin, quand elle m'a proposé d'aller à la braderie de Jambes. J'ai refusé. Je n'aime pas la foule. Ni les foires. « Allez, disait-elle, il y a des auto-tamponneuses, j'adore ça. Sans toi, je ne pourrais pas y aller, ce ne serait pas décent. » Ses fils y seraient.

On a traversé le pont de Jambes, j'ai parlé de la Meuse à Rreze. J'ai désigné l'île Vas-t'y-Frotte, la rivière clivée, deux bras séparés par une terre plantée d'aulnes, de peupliers et de trembles, terrain de jeu des soldats, pontage et dépontage, génie militaire. Don Juan d'Autriche et sa fête orgiaque pour la reine Margot au seizième siècle. Rreze n'écoutait pas, elle se projetait dans la kermesse, j'insistais, j'avais envie de partager. Comme une imbécile, je continuais : tu sais, la Meuse a un bassin étroit, fracturé. On a changé ses étiages, on l'a enfermée dans son lit, on l'a barrée, domestiquée, moins de pertes et de débordements. On ne changera pas sa nature.

Rreze s'est arrêtée, j'ai compris que je l'emmerdais, elle m'a mis la main sur le bras, m'a demandé d'arrêter de raconter des choses qu'elle ne comprenait pas, m'a dit de penser moins et de vivre plus, « Tu es une rêveuse, Véra, allez, viens, on va s'amuser en tout bien tout honneur, comme on dit. »

La braderie exauçait mes craintes et les espoirs de Rreze qui s'était maquillée pour l'occasion. Les commerçants avaient sorti leur marchandise sur les trottoirs, ils prétendaient la vendre moins cher. Des attractions foraines trônaient sur la place : peur, excitation, déceptions des loteries, sensations à vomir, je ne comprenais pas ce sens de la fête. Beaucoup de monde, des odeurs de friture se mêlaient à celle de la graisse de moteur, et de la bière. Des jeunes, trop jeunes pour l'ivresse qui les faisait tanguer. Des concours de sono, du bruit, des cris et des rires, des pleurs d'enfant. Rreze regardait les auto-tamponneuses. Zef l'y emmena. Je restais en retrait malgré leurs propositions. Je me planquais.

Recul.

Trop de sensations et pas de sens.

Un peu à l'écart, sous un porche, je l'ai vu : Gjin tenait les bras nus d'une grande blonde, il la faisait rire. Il lui a attrapé le menton et l'a embrassée.

La fille lui caressait les fesses. Fatos (ou Beqir) s'était approché de moi, il parlait avec un garçon de sa classe « Bon Secours… son père est avocat ». Il m'a secouée : Alors, je disais oui ou non ? J'ai dit non sans savoir à quoi. Le garçon a juré et est reparti, Fatos (ou Beqir) l'a suivi. J'ai regardé sous le porche. Ils n'y étaient plus.

Rreze revenait, elle me reprochait mon attitude. « Qu'est-ce que tu as ? On s'amuse, non ? Je te reconnais pas, tu es là, toute raide, pas souriante, tu as peur des gens ou quoi ? »

Comment lui expliquer ? Je me sentais anormale, je détestais ça et j'y étais habituée. Je ne parvenais pas à être en relation avec plus d'une personne à la fois. Sauf chez les Hoxha, me dis-je, quand je baigne dans votrrrre famille. Rreze continuait son discours. Elle s'est interrompue et a souri par-dessus mon épaule en disant : « Voyou ! » Je me suis retournée. Gjin venait vers nous. Il avait le bras autour de la taille de la fille, la main posée très bas sur la hanche, près du pubis. Il nous a fait un signe de la tête. Ils se sont éloignés, la blonde l'a arrêté et embrassé au milieu de la foule, ils se plaquaient l'un à l'autre, elle descendait plus bas sous ses fesses, il glissait le genou entre ses cuisses. Il faisait trop chaud, je respirais mal, trop de monde, j'étais envieuse, trop de solitude cernée. Je détestais ça : jalouse et voyeuse. Affreux.

Rreze se fâchait. Mais qu'est-ce que son fils avait dans la tête ? Embrasser une fille ! Devant sa mère ! Et devant moi ! Je devais arrêter de le regarder !

Et il ne fallait pas envier cette fille. Il faut le calmer, disait-elle. Il ressemble à son père. Demain, ça sera une autre. « Il n'est pas méchant, n'aie pas peur, c'est à cause de son novembre et de Skopje. »

J'ai affirmé que je n'avais pas peur, on avait survécu à la peste, aux guerres, aux Allemands, au choléra, à Napoléon, à la grippe espagnole, à Charles Quint ! Elle m'a demandé qui était ce on, j'ai parlé un peu de ma famille, mon père, Lucie, Claire ; elle a eu pitié : une famille de quatre personnes, quel dommage : elle, elle avait trois sœurs, cinq frères, au moins quarante cousins, sans compter ceux du mari. « On devrait en offrir », dit-elle en riant. Elle m'a ébouriffé les cheveux qui n'avaient pas besoin d'aide pour s'ensauvager.

On rentrait à pied et, en arrivant au chemin des Bordiaux, un grondement nous a fait sursauter, j'ai cru qu'un avion allait s'écraser sur la citadelle. Rreze m'a pris le bras, je me suis retournée ; les quatre frères approchaient, imbriqués à califourchon sur une énorme moto, l'antiquité que Zef retapait dans son garage. La lenteur de la progression contrastait avec le raffut de plus en plus assourdissant. Les voir tous les quatre sur cet engin ancestral m'a procuré un long frisson.

En nous dépassant, Zef et Gjin ont hurlé : « Saroléa Atlantic 600 ! Elle roule, elle roule ! » et : « Qui vivra Véra ! » Rreze leur a crié quelque chose en albanais puis m'a promis que celui-là, il allait se calmer. Fatos et Beqir chantaient.

J'essayais de sourire et un rictus idiot se formait sur mes lèvres, je me voulais désinvolte et mes mains tremblaient. Je n'y arrivais pas : ces quatre frères à califourchon sur une vieille moto m'avaient rappelé les délires de Lucie dans la forêt, quand on s'approchait des ruines. Ses questions chuchotées : « Et quand ils reviendront, ça sera pas des chevaliers, et le cheval fée, Véra ? Il faut regarder les signes, on les reconnaîtra, dis, tu crois qu'on les reconnaîtra ? » Lucie, dans sa folie douce, aurait vu dans ces quatre frères les fils Aymon dont elle attendait le retour. Des réfugiés, bien sûr, et la Saroléa faisait un piètre cheval Bayard. Je m'embrouillais, son délire me suivait depuis si longtemps. Et si elle avait raison ?

La vieille moto ne pouvait pas porter une telle charge dans notre rue en côte. Devant la maison des Vanhamme, Zef a déchargé ses frères qui ont continué à pied. J'ai traîné, je ne voulais pas les rejoindre.

Rreze m'a saluée sur le pas de sa porte, elle ne m'a pas proposé d'entrer, Zef inspectait la moto dans leur cour, les trois autres étaient à l'intérieur, j'ai monté les cinquante mètres jusqu'à notre maison. J'avais besoin d'être seule, ça tombait bien. Trop de monde, trop d'artifices, besoin de lire du sec. Du local.

Lire quelque chose qui crisse. Michaux. J'allais faire une entorse à ma période américaine au sens large. *Ce fut une épopée de géants. Nous la vécûmes en fourmis. Nous triomphâmes ainsi.* C'était parfait, ça suffisait. J'ai déposé le livre.

Je suis montée à la salle de bains, les arbres étaient pleins de leurs feuilles, on ne voyait plus les voisins.

« Véra ! »

Gjin m'appelait sur le seuil, il ne frappait jamais, je suis descendue, j'ai ouvert la porte. Il avait son air de défi, le menton levé, les poings enfoncés dans les poches de son jean. Je lui ai proposé d'entrer, il a dit que ce ne serait pas décent.

— Je viens te présenter mes excuses : ma mère trouve que je t'ai manqué de respect, à Jambes.

— Quoi ?

— Avec la fille.

— Quelle fille ?

— Que j'ai embrassée. Devant vous.

J'aimais bien le voir là, à ma porte, un peu confus, maladroit, ce n'était pas fréquent, j'avais envie de le toucher, de partir avec lui, je ne savais pas comment faire, j'ai repensé aux bottes de sept lieues, j'ai profité de son malaise.

— Bon, tu t'excuses, je ne vois pas de quoi. Tu peux m'expliquer ?

— Je vous ai manqué de respect, à ma mère et à toi.

— Comment ?

— En embrassant une fille devant vous.

— Et ?

— Quoi ?

— Tu peux embrasser qui tu veux, non ? On est dans un pays démocratique. Et ? Et alors ?

— Et rien. Je te présente mes excuses, dit-il en plissant les yeux, méfiant.

— Tu veux m'embrasser ? M'offrir une compensation à cet affreux crime ? Œil pour œil, dent pour dent, langue pour langue ?

Il s'est jeté en arrière comme si je m'étais gorgonisée, il a reculé la tête : non, non, il me respectait, je n'avais que quinze ans. J'ai crié : Qu'est-ce qu'ils avaient tous avec mes seize ans ? Je n'étais pas une putain de Belle au bois dormant ! Je n'avais pas peur de la quenouille, bande de cons, ni du profond sommeil. Qu'on m'y plonge, dans un profond sommeil, qu'on me mette dans le coma ! Qu'on m'euthanasie, qu'est-ce que je fichais là ? Je ne voulais pas de leur putain de respect et qu'ils aillent tous se faire foutre avec leur putain de décence. Qu'il se la mette dans le slip, sa décence.

Il est parti en ricanant. J'ai claqué la porte.

J'ai regretté d'avoir un peu exagéré. J'avais essayé de draguer. Pas douée. Pourquoi ce n'était pas plus simple ? Je ne suis pas belle et en plus je ne savais pas séduire. Et Gjin aimait les grandes blondes, qu'est-ce que j'espérais ? Qu'est-ce que je ressentais ? Si le désespoir est compatible avec l'insolence, c'est ce que je ressentais à ce moment-là.

J'avais besoin de Michaux. *Nous triomphâmes ainsi. Succès par la porte basse.* Ouf. J'étais moins seule.

Papa continuait ses recherches via la Croix-Rouge, on avait retrouvé la trace du mari, il était passé par l'Autriche. C'est Rreze qui me l'a appris. Et elle était vraiment contente que j'aie bien accueilli les excuses de Gjin : il lui avait expliqué que j'avais été très honorée de sa démarche. Elle a ajouté que, quand le mari reviendrait, les choses seraient différentes, très changées (elle disait : trlrlès chongé).

6.

Ciney, déjà. Le train s'arrête. Le Condroz, les vaches, les petites vallées qui découpent la terre. Les routes ondulées. De grosses fermes en pierre grise. La lumière a changé depuis qu'on a passé la Meuse. Ici, elle a une teinte jaune. À Mortepire, quand le soleil est caché, l'air devient mauve.

Là-bas, il fallait partager mon père, c'était le prix à payer pour les plaisirs de la rivière et des forêts : j'ai appris à nager dans la Semois, près de la Vanne aux Moines. J'approchais doucement la rivière alors que Lucie s'y jetait, mes pieds s'enfonçaient dans la vase, l'eau glacée me faisait trembler, des cailloux me piquaient la peau, j'avançais dans les algues qui ondulaient, j'avais un peu peur de la vie cachée sous la surface, le courant appuyait sur mes jambes, il me poussait de côté, j'allais vers Lucie qui m'éclaboussait en riant, puis, d'un coup, je ne touchais plus le fond, je m'enfonçais, l'eau froide sur ma poitrine me coupait le souffle, puis je respirais, la liberté terrassait le danger, il n'y avait plus de frontière, rien que mon corps et la rivière ;

je n'avais plus froid. Lucie n'était jamais loin, elle me criait : « On baigne dans la même eau ! » J'ai vécu des courses pieds nus dans l'herbe humide, la pêche aux ombres et à la truite, l'odeur des foins coupés, celle de la vase à l'étang. J'aimais les bêtes domestiques et les bêtes sauvages, les fruits, la forêt, l'odeur d'humus et de pourriture, le beurre rance, les cris du crépuscule, le silence à la Roche des Fous. La fatigue après avoir coupé du bois. Le sommeil d'ours. Les nuits sans lune et sans étoiles, les ténèbres qui guérissent et qui tuent.

On prenait les vélos pour quitter la Grande Maison et le hameau, dévaler la route, partir vers l'est, Lucie avait un don pour la forêt, elle sautait par-dessus les ruisseaux, posait les pieds sur les racines et les cailloux. J'étais pataude, Dagon avait pitié de moi. Je me souviens d'une course dans les bois, elle avait franchi une goutelle d'un bond sans élan, sans effort, et quand je suis passée derrière elle, mon pied a atterri dans l'eau et ma tentative de rétablissement s'est transformée en chute ; prisonnière de la boue, je maudissais la terre, le chien est venu me lécher le visage. Lucie riait. Elle adorait les travertins de Lamouline, les cascatelles d'eau pure. Je préférais les chantoirs où les ruisseaux entrent sous terre pour resurgir plus loin, en silence, sans fariboles, ils me procuraient un apaisement, une fraternité inexplicable. Lucie prétendait que les bruissements de l'eau des forêts étaient un récit de fées, qu'il fallait leur rendre hommage, leur laisser un ruban ou une perle, que les fées de sources étaient les plus délicates, un peu pestes, disait-elle en baissant la voix. Moi, je faisais la sceptique, j'entendais les chutes rabâcher les lois de la pesanteur. Lucie me frappait : « Arrête de faire ta maligne, ça te va pas ! »

Un jour de mars, nous sommes parties au bois pour cueillir des jonquilles que nous allions vendre ensuite par petits bouquets liés aux touristes flamands. La brume montait de la rivière, c'était ce genre de brouillard aux relents soufrés, qui vous entête et estompe les couleurs. Un bûcheron dirigeait un cheval ardennais pour le débardage sur la pente au sol irrégulier, plein de rochers et de racines. Un tronc immense se déplaçait, tracté par l'animal. Le bûcheron criait : « Hue, Hoo. Bien, mon gamin. » Plus loin, trois hommes marquaient des arbres. J'étais fascinée. J'avais déjà vu un cheval des forêts, comme disait Lucie. Cette fois, la scène m'envoûtait. Je n'aimais pas que leur force soit asservie par les bûcherons, mais je savais qu'ils n'existeraient plus sans ces hommes, je me sentais pleine d'admiration et de pitié. « Hoo ! Gauche ! » Lucie m'a secoué le bras : « Je les connais, c'est des Charlots, c'est pas les quatre qu'on attend ! » Je lui ai demandé de quoi elle parlait, elle a rougi, m'a dit très vite que non, rien, elle racontait n'importe quoi. Elle a soupiré, je la décevais, elle prenait le ton de professeur que Claire me destinait quand je faisais la citadine. Lucie m'a expliqué que certains chevaux de forêt pouvaient être fée, celui-là en avait l'air, pas l'énergie, ils étaient rares, les chevaux fée. N'empêche, dit-elle, ces Ardennais, c'est les seuls à être revenus de la campagne de Russie sains et saufs. Ce Napoléon était un con de Charles, dit-elle en crachant de côté. Elle a répété plusieurs fois ses idées de retour, d'attentes, elle croyait à la légende familiale d'une façon délirante. Elle ne faisait de mal à personne, je contemplais ses égarements.

Je la trouvais bête, un peu bizarre, très belle et parfois pleine de sagesse ou d'érudition. Un drôle de mélange. Dans les heures qui suivaient notre arrivée à Mortepire, elle avait l'air d'être amoureuse de moi, elle me gobait. Je me sentais gauche et quand je lui demandais pourquoi elle me regardait comme ça, elle me répondait qu'elle faisait des réserves pour les mauvais jours, puis elle riait. Elle semblait connaître des choses qui m'échappaient, penser que je devais pressentir ce que c'était. Je les ignore encore.

J'admirais ses yeux verts et ses longs cheveux clairs qu'elle attachait avec des bâtons, ses poignets et ses chevilles déliés, l'ovale de son visage et un front, un front lisse, haut, sculptural. Une beauté stellaire. Mes pattes larges, mon poil dru et l'épaisseur rance de mes traits ressortaient quand je me tenais à côté d'elle face au miroir.

Un jour, elle a passé les mains dans ma tignasse brune et bouclée en disant que c'était une trace des Espagnols qui nous avaient emmerdés au XVIe siècle. Je lui disais que non, qu'elle se trompait : c'était la marque de ma mère portugaise, Rosa, qui m'avait légué cette toison indocile et sombre, ce teint bizarre. Lucie souriait. Elle voyait, dans mes yeux marrons, des petits points dorés qui allaient éclore, elle parlait de cuivre. J'avais beau scruter mes iris, rien n'y étincelait, on aurait dit des boulettes de terre fade, un regard de tabac chiqué. Et dans le miroir, on voyait tout de suite qui pouvait être la fée et qui, la sorcière.

7.

Gare de Jemelle. Le triomphe de l'industrie, les carrières Lhoist, l'usine à chaux. On se demandait comment les trappistes de Rochefort allaient préserver leurs sources. Dimanche ou lundi, je retournerai à l'hôpital. Pour en partir le plus vite possible. Je dois m'organiser.

On se moquait des gens du village qui nous traitaient de sorciers. Papa ne faisait pas de mystère : on suivait de vieilles lois et ils ne nous comprenaient pas, tant pis. On respecte les morts et les mourants par-dessus tout, pas de soumission à leur religion de mercenaires, on met tout en commun, la propriété c'est l'exception, sauf pour se protéger de l'extérieur. Selon Papa, les gens ne supportaient simplement pas notre liberté et notre loyauté, ils s'imaginaient que c'est de la sorcellerie ou des arriérations. Lucie disait qu'on était quand même différents, qu'on descendait de familles qui avaient résisté, on ne s'était pas laissé embobiner par les Romains, on devait être fiers. Tout ça m'embrouillait, la terre est ce qu'elle est, nous sommes différents, me disais-je, je ne savais pas tout. On s'occupait des bêtes, il n'y avait plus de vache depuis longtemps, on mangeait du lapin, du poulet, des œufs, des truites. Des légumes du jardin, des herbes, des pissenlits, la tétragone, des bocaux l'hiver, des provisions de la forêt : des champignons séchés, des châtaignes, des noix, des nèfles, des noisettes. On ne manquait de rien, Papa gagnait beaucoup d'argent et on en dépensait peu parce qu'on se méfiait des usines et de la chimie, on préférait la vraie nourriture. Le manger vivant, disait Lucie. Et bien sûr les fruits de morts. Les fruits du verger sous le cimetière.

On pêchait : il suffisait d'accrocher des sauterelles ou des vers à de vieilles aiguilles à coudre tordues. Un fil de nylon au bout d'un bâton. Lucie était capable de prendre un poisson à la main : elle observait une grosse truite à son poste, contre la berge, elle l'approchait par derrière, à contre-courant, et schlak ! Deux doigts dans les ouïes, elle la tenait. Je préférais les ombres au parfum de thym qu'il fallait manger très vite. On remontait de la vallée, on allumait un feu. Pas frotter, laisser le mucus pour que ça ne colle pas à la grille. J'ai été enfant à Mortepire. Nous étions presque une famille.

Presque.

Moi, ce que j'aurais aimé, c'est vivre avec Papa et Lucie à Mortepire, je m'en foutais de la ville. Je m'en foutais aussi de Mortepire, ce que j'aimais, c'était la forêt, Papa et Lucie. Je n'aimais pas Claire. Rien de naturel entre nous, chaque fois qu'on se retrouvait, on se jaugeait. Et elle ordonnait à Papa et à Lucie. Je lui résistais.

Un jour, un peu avant mes quatorze ans, j'ai entendu Papa et Claire parler de moi. Elle lui reprochait de me dénaturer, elle disait : « Vous pourriez vivre ici maintenant, il est temps qu'elle revienne. » Papa n'a pas répondu. Je suppose qu'il lui faisait son regard redoutable. J'ai entendu Lucie beugler : « Dénaturée ? Vous n'avez pas vu le poil à ses cuisses ? Avant de la dénaturer, faudrait lui faire un sacré lavage de cerveau à notre Véra ! » J'ai plaqué ma bouche dans l'oreiller avant de rire, pleine de fierté. Et de joie. En baissant le ton, Lucie a demandé quand elle pourrait m'expliquer. Papa a répondu seize ans, Claire a dit : « On verra. Peut-être jamais, ça dépend, je crois qu'elle n'est pas prête, je ne suis pas sûre. Je crois que je l'ai perdue, mais elle ne sera pas indifférente à nous. Pas à nous, à nous tous et à tout ceci. À toi oui, dit-elle, elle restera loyale. » J'ai supposé qu'elle parlait à Papa. Je déteste Claire. Je vais les retrouver. J'aurais peut-être dû appeler. Elles n'ont pas le téléphone, on peut laisser un message à la boulangerie du village. Il paraît qu'avant, c'était la guerre entre les gens d'en bas et ceux de Mortepire. Les rapports se sont détendus, civilisés. Ça tient beaucoup à Claire, d'après Papa : quand elle est devenue prof à Bertrix, les gens se sont calmés.

Mes vacances à Mortepire se ressemblaient. Claire était en congé tout l'été. Papa retournait à Namur les lundi et mardi, ça suffisait, à cause des vacances judiciaires, il travaillait sur ses dossiers près de nous le reste de la semaine. En bas, au village, des Flamands commençaient à acheter les fermettes, ils en faisaient des maisons de vacances, les gens râlaient. Nous, on devait protéger nos bois et les bords de rivière.

La Grande Maison surveille le hameau et la vallée, ses petites fenêtres laissent entrer peu de lumière et de chaleur. Dans la pièce principale, un vieux poêle Godin nous servait de chauffage, de cuisinière et de télévision. L'hiver, je passais des heures à regarder les flammes, les braises, les étincelles, je ne lisais pas. Dès octobre, il fallait entretenir le feu, le laisser couver toute la nuit, sinon la maison en profitait pour s'ensauvager : chaque pierre des murs redevenait un morceau de roche glaciale et sans pitié. La Grande Maison nostalgiait les sols originaires. Rien de ça au chemin des Bordiaux où la tuyauterie du chauffe-eau, le brûle-tout et les radiateurs électriques nous offraient un chauffage rapide.

Près de la porte d'entrée, une vieille photographie imposait la présence spectrale des habitants du hameau, ils m'attendaient dans leur cadre. À l'époque, ils étaient nombreux. On avait écrit une date à l'encre grise dans le coin : août 1935. Un paysan noiraud avec une moustache tombante trône au milieu de la cour, à sa droite une dizaine de femmes et trois hommes baissent la tête et, à sa gauche, un cheval de trait est monté par quatre gamins : Papa s'accroche à la crinière, il a bougé pendant la pause, son petit visage flouté est tourné vers les femmes, on le reconnaît à une inclinaison de la tête et des épaules, à une clarté, à sa blondeur. Alain, le père de Lucie, brun et large, le tient par le cou ; les deux autres petits semblent inquiets. Un soir, Lucie m'a donné leurs noms : Guy et Richard. Je lui ai demandé s'ils étaient quatre demi-frères. Elle a hoché la tête avec un air agacé, comme si je lui demandais si l'eau mouille : « Les quatre fils du 'Pa, ouais ! » Le vieux porte un chapeau de feutre relevé sur son front, il nous fixe avec un air de triomphe mauvais. Tout ce qui l'entoure, hommes, femmes, gamins, animaux, bâtiments et plantes, tout lui obéit, on le sent, il est comme un grand cerf dans une harde. Les trois adultes mâles derrière le groupe s'estompent dans la pierre des murs. Une vieille femme et une très jeune fille se tiennent bras dessus bras dessous, un bébé fourré dans leurs jupes emmêlées. Lucie m'a désigné sa mère, la petite Claire, elle a moins de deux ans sur la photo, elle s'accroche aux tissus de l'adolescente blonde contre la vieille et tend un doigt vers le cheval. Ou vers Papa. Je retournais souvent à cette photo qui me laissait un malaise envieux. Je n'osais pas interroger Papa ou Claire. Lucie me répondait des bougonneries incompréhensibles, la dernière fois, elle m'a demandé si je trouvais mon nez quand je devais le moucher. J'ai abandonné mes questions et j'ai cherché des indices.

J'occupais au premier étage une chambre à laquelle j'accédais en traversant celle de Lucie, il fallait descendre trois marches, c'était l'ancien fenil. J'y dormais dans des draps qui grattaient, sous des couvertures lourdes et humides, même l'été ; je ne parvenais pas à lire. Mortepire m'absorbait, il n'y avait pas d'espace mental pour la littérature là-bas. Quand Lucie me rejoignait dans mon lit, elle ne m'éveillait pas, je ne m'en rendais compte qu'au petit matin. Parfois, Papa criait pour nous éveiller, j'aimais l'arrivée de sa voix dans mes draps où nous étions comme des cerneaux de noix dans leur coquille. Lucie me taquinait : Papa leur racontait que je lisais au moins trois livres par semaine, que je dormais peu, trop peu. Elle voyait bien que ce n'était pas vrai, ou alors, je n'avais vraiment rien d'autre à faire que lire et avoir des insomnies, à Namur.

On ne pouvait pas consommer les fruits du verger, ils étaient destinés à la confiture de morts. Ils sont trop puissants, disait Claire. Cette puissance m'a réveillée une nuit, les mises en garde de Claire avaient le don d'exciter ma curiosité, Lucie n'était pas dans mon lit, j'entendais Dagon gémir dehors, c'était encore un jeune chien, il n'aimait pas rester seul. Je me suis levée, j'étais en chemise de nuit, un fin coton blanc, j'avais les pieds nus, la rosée les a trempés, j'ai marché sur une limace en traversant la pré, Dagon m'avait suivie, il me regardait en remuant la queue et les sourcils, il m'a léché le pied. Je me suis cachée contre le muret de pierres sèches qui soutenait la terrasse du cimetière, dans mon dos les schistes aigus me piquaient, me rassuraient et je m'y appuyais comme si une petite douleur pouvait me protéger. Des reines-claudes, qu'on appelait ringlottes, étaient mûres sur le sol, j'en ai ramassé une. Je redoutais l'effet du fruit de morts, j'en attendais un prodige, j'ai respiré profondément, plusieurs fois, avant d'oser croquer dans la prune, mes dents ont déchiré la peau robuste, le noyau a glissé dans ma main avec du jus, j'ai mâché la chair en fermant les yeux, rien n'est arrivé, le fruit défendu m'a paru ordinaire, je connaissais déjà son parfum de miel et de fleurs, c'était une bonne ringlotte, et puis ? J'ai lancé le noyau. Dagon a léché le jus qui avait coulé dans ma paume. On est entrés dans le cimetière, je suis allée devant la tombe de Rosa, c'était la plus récente. Dans notre cimetière, il n'y a pas de pierre tombale, pas de croix bien sûr, pas d'inscription. Les emplacements se succèdent par ordre de mort. De larges pierres plates, couvertes de mousse et de lichen suffisent à marquer le lieu de l'inhumation. Je ne sentais rien dans le cimetière, la tombe de ma mère, voisine de celle d'Alain, ne me parlait pas d'elle, j'aimais le romarin qu'on y avait planté. Dagon a poussé la truffe contre ma cuisse, sous la chemise de nuit, il voulait qu'on rentre. Claire nous attendait sur le seuil, elle m'a demandé si j'étais encore au cimetière et comment j'avais fait cet accroc dans le dos de ma chemise de nuit, j'ai dit je ne sais pas, une branche peut-être, en jouant avec Dagon. À son nom, le chien s'est mis à japper et à faire de petits bonds, il avait dans le sourcil un accent de complicité, je l'ai vu sourire en coin.

En relevant les yeux, je suis tombée dans un regard que Claire avait parfois quand nous étions seules, un regard qui m'égarait, qui me faisait tomber dans le chaos, une béance originelle, une fascination. Dagon a fait le chiot à petits gémissements, je me suis ruée sur sa fourrure, il a mordillé mes poignets, nous avons joué, j'étais saine et sauve.

Autour de la maison, Mortepire était en ruines, il ne restait que nous et de la caillasse, sauf au fond, derrière les clapiers, une remise entretenue, toute bardée d'ardoises bleutées et dont la porte verte était fermée à clé. Elle m'attirait, bien sûr, et Lucie prenait un air mystérieux quand je lui posais des questions.

8.

Je ne me souvenais pas de ce paysage, on arrive à Marloie. Aucun souvenir d'ici. C'est bizarre.

Je m'éveillais parfois au milieu de la nuit en les entendant bavarder dans la cuisine. Ils ne m'invitaient pas à ces veillées ; je ne les ai jamais rejoints, on n'en a pas parlé. Ils prononçaient des noms étranges : les comtes de Bar et de Luxembourg, Evrard de la Marck et ses fils, saint Walfroy, saint Thibaud (et toutes leurs conneries, disait Lucie), les Lowenstein et les Rochefort, les salopards blasonnés. Parfois, ils évoquaient des fléaux que je connaissais : Dagobert, Charles Martel (et tous les maudits Charles ! crachait Lucie), les guerres, les Prussiens, les boches, les nazis, Charlemagne (et tous les maudits Charles ! criait Lucie), les Romains, la peste de 1636 (sans les conneries à Saint-Roch, ajoutaient-ils en riant), Louis XIV, le choléra de 1866, Charles Quint (et tous les maudits Charles, répétait Lucie), les Espagnols. Labienus. Clotaire qui nous a faits demi-libres. Des siècles de violences auxquelles nous avions survécu, et cela me remplissait d'orgueil, je me disais que je pouvais y ajouter l'inquisition et la dictature de Salazar, par ma mère. Ils ne m'invitaient pas à leurs veillées, je n'en étais pas écartée, j'aurais pu descendre, les rejoindre, ils ne m'auraient pas chassée mais j'étais paralysée ; je me sentais limite, j'étais une frontière qui semblait à sa place. Une borne.

J'étais dedans mais dehors, avec eux à part. Pas seule. Un univers encastré dans ma propre peau. Je les entendais en bas, ça me suffisait, j'aurais un destin. Je m'endormais sans savoir comment ils terminaient et, le lendemain, Lucie m'éveillait, toute bourdonnante des escapades que nous volerions au temps des tâches domestiques et à l'entretien du domaine. D'autres matins, j'émergeais du sommeil, entortillée dans les jambes de Lucie, et je restais immobile jusqu'à ce que la voix de Papa nous parvienne.

Lucie travaillait, agile et lumineuse, comme si elle dansait. Elle était presque toujours pieds nus. Quand il fallait ramasser un torchon, hop ! sans se pencher, sans effort, elle le saisissait entre les orteils. Un geste de jambe et le torchon était dans le seau. Elle ouvrait les portes d'un coup de talon. Elle pouvait me prendre la main, mais aussi me saisir l'arrière de la cheville avec ses orteils, elle était partout à la fois, elle me tirait à l'eau, me retenait quand je trébuchais. Je l'adorais.

Parfois, je les quittais. Je prenais un vélo pour aller à la bibliothèque de Florenville, personne n'y voyait malice, ça n'intéressait pas Lucie, Papa comprenait. Je me ruais sur l'encyclopédie universelle, les livres d'histoire et dictionnaires spécialisés. J'y cherchais les noms inconnus que ma famille psalmodiait : les *de la Marck*, *Lowenstein*, *Childéric.* D'autres noms étaient moins accessibles, je devais les débusquer à la bibliothèque Moretus Plantin des Facultés universitaires de Namur : les grosses brutes de *Toxandrie, Clotaire* qui, selon les racontars de ma famille, nous aurait faits demi-libres. Demi-libres ? J'ai dû aussi chercher la signification de ce terme dans un ouvrage spécialisé. J'ai recyclé mes découvertes dans un travail d'histoire sur les Mérovingiens ; le travail m'a valu un 19,5/20. Au Bon Secours, 20 n'existait pas. Je n'ai rien appris sur notre identité. Sinon que nous étions les survivants de guerres, épidémies, invasions, barbaries et oppressions variées. Mais c'est le cas pour toutes les personnes qui nous entourent, tous les êtres humains sont issus de lignées de survivants. Tous les êtres humains sur cette Terre. Alors, quel est ce sentiment étrange sur ce que nous sommes ?

Un jour, en sortant de la bibliothèque, j'ai heurté le fils du docteur Lemaire. Je l'ai reconnu à sa couperose, son haleine chargée et la même voix de molosse que son père. « Nom de Dieu ! Saleté de gamine, tu peux pas faire attention ? » Je devais avoir l'air d'un lapin dans les phares d'un camion, je ne bougeais pas, muette. « La petite Véra ! Fais attention à vous, petite, et passe le bonjour à ton père. »

Que voulait-il dire ? Il a secoué la tête, ses babines ont flapoté dans l'air.

Un mystère liait Claire à mon père, je la détestais, je l'ai haïe après cet été-là. C'était le début des vacances, notre anniversaire approchait, Papa et Claire se rendaient à Avioth, nous laissant seules pour la première fois parce que j'étais malade.

Nous n'étions pas croyants, nous ne prenions part à aucune fête religieuse. Nous entretenions avec le père Joseph une relation distante et moqueuse, il avait été à l'école avec Papa, Alain, Guy et Richard, alors il accepterait de célébrer les naissances et les décès des mécréants, nous disait-il en souriant. Lucie le provoquait dès qu'elle pouvait.

Nous allions chaque année à Avioth pour nos anniversaires. J'adorais la Recevresse, le petit monument qui trône devant la basilique saugrenue, immense et gothique, qui s'élève au centre d'un village. J'aimais nos visites là-bas et leur poids mystérieux, tout recelait un secret, un destin caché, une mission qu'on ne m'a pas nommée.

Le sanctuaire à répit me fascinait. Claire dirigeait l'excursion à Avioth. Nous commencions par déposer des chardons et des fumeterres dans la Recevresse, devant l'église, nous laissions Claire nous guider, elle nous murmurait : « Votre naissance nous a comblés, partageons cette joie avec les enfants mort-nés. » Comme message d'anniversaire, on peut rêver mieux. J'aurais voulu lui cingler une réponse acide, mais ce moment précis contenait une telle intimité avec Claire, Papa et Lucie, qu'il m'apaisait d'une façon inexplicable, je ne pouvais pas le gâcher.

Nous entrions dans l'église. Nous nous dirigions vers la statue de la Vierge noire. Lucie se moquait des ex-voto ou des menottes laissées en offrande par des prisonniers libérés. Papa la réprimandait, il fallait respecter ces gestes-là, tant de gens étaient enfouis dans l'obscurité et la soumission, nous ne devions pas les mépriser. Claire pinçait les lèvres, Lucie levait des yeux et des sourcils moqueurs, je glissais une main dans celle de mon père, il l'accueillait d'une pression qui me laissait confuse et heureuse. Quelque chose de grand m'enrobait, nous étions tous ensemble et j'avais une place précise sans besoin de la comprendre. Nous restions de front devant la statue au manteau bleu et rouge. Claire chuchotait : « Qu'ont-ils fait de toi ? Qu'ont-ils fait de nous ? » Puis Papa nous prenait dans ses bras, il nous englobait toutes les trois, en silence, et la mélancolie me quittait.

Je connaissais l'histoire des sanctuaires à répit. Leur tradition sinistre. Les enfants mort-nés y étaient déposés, veillés, accompagnés de prières, scrutés par des parents pleins d'espoir et d'effroi. Le petit corps dont on guettait un frémissement y reprenait parfois un souffle de vie qui lui permettait d'être baptisé à toute vitesse avant de mourir une seconde fois, mais en allant au paradis puisque délivré des limbes par le baptême. L'Église avait condamné la pratique, puis l'avait tolérée.

Ces rituels emplissaient Lucie d'une fureur qu'elle déversa un jour sur le père Joseph qui avait arrêté sa deux-chevaux à notre hauteur. Le curé était un géant délicat, chargé d'un grand corps gauche et de trois paroisses, le premier semblait lui causer plus de soucis que sa vocation. Il avait des cheveux fous qu'il ne coupait qu'une fois l'an, et ça lui faisait, à la fin de l'été, une crinière grise qui lui donnait des airs de saint auréolé ou de bête mystérieuse selon la lumière. En octobre, il se dépouillait de sa toison, son crâne bosselé apparaissait et il ressemblait à un saule têtard.

Il roulait, comprimé dans une deux-chevaux verte, obligé d'écarter les genoux de part et d'autre du volant pour pouvoir conduire, et il s'arrêtait pour nous saluer quand il nous croisait sur un chemin. Parfois, il ouvrait la portière et en profitait pour étendre les jambes sur la chaussée, ce qu'il a fait ce jour-là avec un silence aimable, il se penchait vers le bitume, la tête tournée de côté, comme un condamné avant la hache. Sa position inconfortable n'attendrissait pas Lucie qui lui cherchait des poux, avec ou sans cheveux. Ces histoires de paradis, d'enfer et de limbes, disait-elle, ils les avaient créées pour faire peur et pour rendre con, les gens étaient prêts à faire n'importe quoi pour que l'âme de leurs enfants ne soit pas condamnée à errer au milieu de nulle part pour l'éternité alors que ça n'existait même pas, bande de Charles !

Et elle crachait.

Le curé nous regardait en souriant, il hochait la tête et faisait des mmh et des èèh pleins d'intérêt et de douceur. Il répondait à Lucie qu'elle avait raison : la peur éloignait de Dieu. « De la vie, ça éloigne de la vie, pas de Dieu, curé ! »

Il a conclu que c'était la même chose puis a poussé un mmh avant de rentrer les jambes dans la voiture, fermer la portière et redémarrer le moteur, mettant fin à un de leurs échanges habituels, il avait sans doute une messe à dire. Lucie ne supportait pas qu'on la prive du dernier mot, elle a lancé au père Joseph, alors que la deux-chevaux roulait déjà : « On peut pas s'éloigner d'un truc qui existe pas ! Bande de Charles ! »

Claire était plus nuancée, elle nous disait qu'au moins, quelque chose d'ancien, de bon et de grand vivait encore à Avioth, mais sous quel masque, avec quel emballage pathétique ?

Ce jour-là, j'étais malade. C'était l'année de mes quinze ans, j'allais lire le carnet. J'avais souffert d'une indigestion, et le trajet jusqu'à Avioth semblait trop risqué malgré les tisanes verveine-menthe de Claire qui a décidé qu'ils iraient à Avioth sans moi et que nous y retournerions plus tard en juillet, pas le 16, pas le jour de la procession, pas quand la Vierge noire serait vêtue de ce ridicule manteau de dentelle. Pour me consoler, Lucie a proposé de rester avec moi malgré le désaccord de Claire, Papa a plaidé notre cause et, dès qu'ils sont partis, Lucie m'a annoncé qu'elle allait me révéler un secret. Elle m'a traînée à la cabane. Nous avions fêté notre anniversaire ensemble, comme toujours, le 2 juillet : je suis du 3 et elle du 1er. Elle m'a montré, triomphante, la clé qu'elle a fait tourner dans la serrure de la porte verte.

Le bâtiment n'avait pas l'électricité, Lucie s'est dirigée dans la pénombre vers une lampe à huile posée sur une table, elle a gratté une allumette. Dans la lueur orange et grasse, la pièce était décevante : une table, deux chaises, un lit ancien et une étagère contre le mur. Et l'odeur, minérale, bleutée, coupante, de l'ardoise.

Lucie a pris un carnet mauve sur l'étagère, elle l'a lancé sur la table, elle m'a dit : « Lis ça, je surveille dehors. » Elle s'est postée sur le seuil. Alors, j'ai lu.

Je l'ai lu et, au début, je me réjouissais d'apprendre tant de choses sur notre famille, j'avais pitié d'Alain, le père de Lucie, une brute analphabète. J'espérais en savoir plus sur ma mère, Rosa. Je trouvais mon père trop docile. Je lisais, je ne comprenais pas tout, puis ça s'est gâté, ça m'a dégoûtée. J'ai jeté le carnet contre le mur, je me suis ruée hors de la cabane dans l'odeur ferreuse et violette, j'ai bousculé Lucie, il pleuvait. Je me suis cachée dans mon lit.

Le lendemain et le jour d'après, j'ai feint la maladie. Lucie venait dans ma chambre, je ne répondais pas à ses questions. Papa m'a interrogée en vain. À ma demande, il m'a ramenée à Namur. En quittant la Grande Maison, j'ai regardé une dernière fois la vieille photo sur le mur, les quatre gamins sur le cheval ardennais, la violence du geste d'Alain autour du cou de Papa, le triomphe mauvais du vieux patriarche. La main de mon père accrochée à la crinière du cheval géant. Je n'y suis jamais retournée.

J'ai passé l'été à Namur, je me suis habituée aux absences de Papa et de Mortepire. Lucie n'a rien dit. Papa n'a pas insisté, puis il y a eu la promesse d'y revenir, puis j'ai enduré le dernier semestre au Bon Secours.

J'ai eu seize ans, Papa m'a encore parlé de la pilule, il a demandé si je voulais qu'il m'accompagne. J'ai dit que je me débrouillerais. Je suis allée au planning familial : quelques questions, pas d'examen gynéco, prescription, pharmacie, Papa m'avait donné cinq cents francs, je suis rentrée à la maison et j'ai déposé la plaquette de contraceptifs à côté du percolateur, il n'a rien dit. Gjin allait bientôt partir, ça ne servirait pas pour lui, il avait été clair. Mes quatre mois d'amitié avec les Hoxha se terminaient avec leur départ, je devais passer à autre chose.

Papa m'a annoncé la visite de Lucie et Claire comme un cadeau. Ma cousine avait décidé d'arrêter l'école et de travailler, elles voulaient venir à Namur, voir notre maison, me retrouver.

Non merci. Je ne voulais pas les revoir. Quand elles sont venues, je n'étais pas à la maison, j'étais avec Gjin dans un bunker plein de vieilles seringues, de papier alu et de cuillères sales. Plus tard, Papa m'a demandé de ne pas oublier ma promesse. Il m'a demandé quand je la tiendrais, il a ajouté qu'on pouvait vivre entre-deux, aller et venir, que c'était ça, la vraie liberté. Un choix. J'ai dit à vingt et un ans, quand je serai majeure. J'ai vingt et un ans, je suis prête. J'y retourne avec cette obsidienne lisse et tranchante qui menace de me trancher la gorge de l'intérieur.

On arrive à Libramont, une demi-heure d'attente pour la correspondance. Je descendrai à Bertrix. Ou j'attendrai Florenville.

Qu'est-ce que je vais dire de ce putain de carnet à Lucie ?

III

1.

Octobre 1964

Maintenant, Renaud. Note tout. Ça aussi, oui, depuis que j'ai dit maintenant, tu t'arrêteras quand je dirai terminé. Écris tout. Même quand j'en peux plus, que j'en peux plus de ne pas respirer ou de tousser l'air qui rentre à peine jusqu'à mes poumons. Je ne vais pas te prendre des semaines, un jour ou deux, après tu fais ce que tu veux. Tu me dois le respect; je suis l'aîné et en plus je vais crever. C'est comme ça chez nous autres: le transi, il a tous les droits et je vais en profiter, je veux laisser cette trace-là. Je ne passerai pas la Saint-Martin et l'été prochain, vous mangerez ma confiture. On doit laisser une trace, notre nom peut pas s'éteindre comme ça, sans gosse, sans que quelqu'un sache, tu t'arrangeras pour la transmission, je veux qu'on sache, qu'on nous connaisse; je veux que notre histoire, elle reste de ta main. Parce que tu écris vite, et bien; c'est beau à voir, tu écris plus vite que moi je ne parle, peut-être même plus vite que je pense, Renaud. T'es beau à voir, t'as pas changé. Allez, oui, oui, écris ça aussi, tout ce que je dis, même quand je dis d'écrire, tu l'écris. T'es revenu. Ça va ta femme, elle est bien installée, à côté? Une Portugaise! Qu'est-ce qu'il en aurait dit, le 'Pa ? Saloperie de toux. Attends un peu, j'ai plus d'air, redresse-moi.

Tu vivras vieux, t'as pas respiré les saloperies dans la mine, tu fumes pas ; qu'est-ce qu'on va laisser derrière nous ? Est-ce qu'on va s'éteindre comme ça ? Les questions aussi, Renaud, toutes mes paroles, écris, tout, même ce que tu ne voudrais pas entendre, même ce qui va te gêner ou que tu ne comprendras pas. Parce que tu vas en entendre des laides et des choses que t'imagines même pas. Tu es le plus malin, on t'a envoyé aux études. Avocat ! Il y a des choses, Renaud, des choses que tu ne sais pas et que tu préférerais ne pas savoir. Où tu as trouvé un carnet mauve ? Nom de Dieu, j'ai jamais vu un si beau cahier. Qu'est-ce que tu crois ? Que je vais te faire un roman ? Quoi, tu en as un deuxième ? Écris, allez, t'arrête pas. Au cas où quoi, un deuxième ? Tu crois qu'il me reste des mois ? Non, je ne change pas de sujet, je ne suis pas comme toi, je n'ai pas appris à embrouiller les gens, je suis direct, je vais juste dire ce qui s'est passé, ici, chez nous, à Mortepire. Tu es notre explorateur, quand on a besoin, toi tu trouves et tu reviens, tu es toujours revenu, on t'a choisi pour passer les frontières, et à quoi ça va servir ? Moi, je suis resté ici à garder Mortepire. Qu'est-ce que ça va devenir ? Saloperie de toux. Je manque d'air que tu ne peux pas imaginer l'effet que ça me fait. C'est comme de ne plus respirer alors que je respire encore. Je m'étouffe, c'est mes poumons qui sont gâtés, ça me fait une odeur de rance dans le nez. Il y a bien trois mois que je peux plus me coucher, dès qu'on m'allonge, je m'étrangle. Elle te l'a dit, Claire ?

Attends, je me reprends. Tu te demandes bien ce que je vais te faire écrire, hein ? Qu'est-ce que j'ai en tête, qu'est-ce qu'il a dans la tête, Alain, y'a pas grand monde qui saurait répondre à la question, hein ? De parler à petits soufflets, ça me fatigue, je m'étouffe.

Pour raconter, il faut que je commence avant nous, quand le village tournait à rien, après la Grande Guerre. En bas, dans les vallées, y'avait eu les massacres en quatorze, les «atrocités», qu'ils disaient. Pas que les soldats. Les boches ont fusillé des innocents et des otages qu'ils traitaient de francs-tireurs. Nous, au hameau, on était sur la route de rien, on a pas de pont, pas de redoute, pas de richesse, que des bois et des terres pauvres, des pâquis, un bord de Semois, aucune raison de se faire emmerder par les boches. Y'a des gens du village qui sont montés s'abriter chez nous, c'est bien la seule fois. On les a laissé se calmer, le 'Pa dirigeait. On a même caché des soldats français dans le Rocher Fendu. Ils s'étaient retrouvés comme des cons derrière les lignes allemandes et on les a ravitaillés en barque avant de réussir à les faire passer par la Meuse. C'est l'époque où on a eu le plus à faire avec les gens d'en bas. Des couples se sont faits et, à l'Armistice, y'en a qui sont montés vivre au hameau. Pas beaucoup qu'ont tenu. Il nous restait des hommes : la guerre avait fait plus de morts en France qu'en Belgique, parce que nous, on était occupés, eux, ils se battaient.

On aurait dû rester entre nous, parce que, après la guerre, les étrangers nous ont amené la grippe espagnole. Connerie ! Des jeunes sont passés outre, les femmes ont pas survécu aux accouchements. Le hameau a tourné à rien. On avait résisté à la peste, au choléra, aux guerres et aux Charles de toute sorte. C'est pas une grippe qu'allait nous abattre.

Nom de Dieu, c'est fatigant de causer. Ça va, ta femme ? T'as fait un drôle de choix avec ta Portugaise. Je me demande ce que le 'Pa aurait pensé. Laisse-moi me reposer un peu.

Maintenant, vas-y.

À notre naissance, ça faisait dix ans, depuis la mort des jumeaux Letellier, qu'il n'y avait plus de bébé à Mortepire. Y'en a qui ont dit que c'était un sort de la veuve Letellier parce qu'on l'avait chassée, même si c'est de bon droit qu'on l'a chassée : veuve, pas d'ici, plus de gosses, elle n'avait pas sa place chez nous, sauf si un homme la reprenait. Personne en voulait. C'est pas bon qu'une femme étrangère se trouve comme ça sans homme chez nous, avec même pas un père ou un frère pour s'occuper d'elle. Personne en voulait vu qu'elle avait la poisse avec tout ce qui lui arrivait. Elle a foutu son camp, bon débarras, qu'on disait, et voilà qu'après : plus de gosse. Pourtant, la guerre était finie, la grippe était passée, le cimetière agrandi, on devait se refaire. Dix couples au moins voulaient un enfant au hameau. Les femmes allaient à la fontaine Madeleine la nuit de nouvelle lune et elles se mettaient toutes nues en écartant bien les jambes, que l'eau leur rentre en dedans. Il n'en sortait que du sang tous les mois. Elles clouaient des loques sur le gros tilleul près de la chapelle Sainte-Anne. Les maris, il paraît qu'ils s'acharnaient à monter leurs femmes, ils les foutaient tous les jours, plusieurs fois par jour, même que certaines, pour se donner plus de chances, elles restaient avec les jambes en l'air une heure après, histoire que la semence redescende pas, et il y en a qui revenaient au lit que leurs femmes avaient même pas encore remis le pied par terre pour recommencer, histoire de bien tout pousser au fond du ventre. Quoi, ça te dérange que je parle de ça ? Écris, c'est la vie, c'est notre histoire, Renaud. D'après ma mère, dans tout le village, c'était le boucan des sommiers, les grognements dans l'effort et des bruits qu'avaient plus trop à voir avec le plaisir ou l'amour. Et parfois des geigneries, vu que le corps est pas prêt à tant de frottages et qu'il y en avait qui crevassaient, à force. Ta grand-mère, Renaud, elle avait fait une crème avec de la cire d'abeille, du souci et de l'huile de noix pour un peu soulager les plus sensibles. Les fouteries faisaient un sacré raffut. Il paraît qu'on n'entendait plus les cloches du village dans la vallée. Les années passaient, les femmes desséchaient et les hommes devenaient méchants. Y'en a même qui accusaient la confiture de morts. Ils disaient que ceux de la vallée avaient peut-être bien raison, qu'on était des attardés, des dégénérés, des pas soignés et qu'on devrait aller de l'avant. Y'en a qui sont partis, ils voulaient du confort, de la ville, travailler à l'usine, on les a traités de Charles, la honte, après on en a plus causé. Je ne sais même pas leur vrai nom. Le 'Pa, il rachetait les bois et les pâquis aux partants, ils n'osaient pas demander un gros prix, ils étaient trop pressés de dégager une fois qu'ils avaient décidé parce que quand ils avaient décidé de se barrer, on le voyait et le 'Pa leur faisait peur. Il y avait aussi des parcelles qu'avaient été canardées, elles avaient perdu leur valeur à la coupe : pas moyen de vendre des bûches pleines de métal, ni de faire des meubles, pas même du papier.

De l'autre côté de la frontière, tout était empoisonné, ils ont laissé les forêts prendre sur les champs, paraît qu'il y avait de l'arsenic, du plomb, des poisons plein la terre. Une zone rouge, qu'ils disaient. À mon idée, il doit en rester, de la saloperie, ils ont fait exploser des munitions, des obus, ils ont enterré leurs crasses, ça ruine encore leurs gens. Avant ma naissance, y'a en qui se demandaient si c'était pas à cause de ça qu'on devenait stérile à Mortepire, si y aurait eu des saloperies dans l'eau ou dans l'air. Le 'Pa, il se foutait de leur gueule, il les traitait de cons, y'en a encore qui sont partis, devenus Charles.

Et un jour, ma mère a plus eu ses saignées, le 'Pa l'a clamé bien fort, que sa femme était prise, ça l'a excité. L'envie a ouvert le ventre des autres femmes, elles l'ont eu dans leur lit, on l'a su vite. Aja, ta mère, elle allait avec lui depuis l'âge de ses douze ans, on était pas regardants à l'époque, les filles, elles mûrissaient plus vite aussi. Aja, elle avait quatorze ans quand t'es né avec un mois d'avance, ce qui fait que t'es arrivé une semaine après moi. Comme si on devait s'apparier, toi et moi, Renaud. Le moche et le beau. Paraît que t'étais tellement petit que tu tenais tout entier dans la main du 'Pa, sans déborder, que t'étais tout fin et tout délié. On t'a appelé Renaud, en espérant qu'y en aurait encore, des garçons, et ça s'est fait ; y en a qu'ont reproché au 'Pa d'avoir forcé le destin, que c'est pour ça, les malheurs qu'on a eus après, ils disaient que Guy et Richard, ils auraient pas dû naître si vite après nous. On dit que le 'Pa est passé sur leurs mères aussi, qu'on est demi-frères, rien n'a jamais été prouvé et, de toute façon, on s'en fout. Et deux ans après nous, Claire est née, arrivée de nulle part, une Française qu'était restée au hameau avec un bon à rien, la voilà enceinte, elle accouche d'une fille, ça tombait bien, une aubaine disait le 'Pa et il a décidé tout de suite qu'on la mettrait avec un de nous. T'es là, Claire ?

Qu'est-ce qu'elle fout avec ta femme ? Dis-lui de pas m'énerver. Et voilà, ça me fait tousser. Bon, la Claire est d'ici, on s'est mis ensemble. C'est pas terrible. Mais tu le sais bien.

Plus rien depuis. Chaque femme a eu qu'un enfant. Et elle l'a gardé, c'est déjà ça. Sauf que Guy et Richard, ils ont pas duré finalement. On nous appelait les quatre. Et quand Claire était avec nous, on devenait « la main ». On nous a pas appelés les enfants ou les gosses ou les petits, ou plus tard les jeunes, non, nous, on était les quatre ou la main. On faisait un paquet de gamins. C'est chez nous, ici. C'est notre ban. T'es beau à voir quand t'écris, Renaud. Amène-moi la photo.

Attends un peu. Nom de Dieu, ça fait mal de crever. Il y a pas que l'étouffement. T'écris ça aussi, hein, c'est bien, faut tout marquer ; je crève, ça peut se savoir que ça me fait mal. Appelle Claire, pour une piqûre.

Reste, continue. Je t'ai pas dit de partir. J'en étais où ?

Fous le camp, je te rappellerai. Pour ce soir, c'est terminé.

2.

Libramont, il ne pleut plus. Attendre un quart d'heure avant l'omnibus pour Virton. Voie trois. C'est celui-là ? Oui, il est à quai, je peux m'installer. Des banquettes en bois. J'avais oublié. On le prenait avec Papa quand la Volvo était en réparation. À Mortepire, ils me tenaient à l'écart, je voyais bien qu'ils me gardaient à la frontière, je devais trouver un équilibre. On sait ce qui arrive aux gens de la frontière : ils se font massacrer en temps de guerre, et, quand la paix revient, ils doivent choisir entre la contrebande et la douane.

Lucie avait de l'assurance, elle provoquait les villageois. Le curé surtout. Elle l'apostrophait. Un matin, au pont Saint-Remacle, il avait ralenti en nous dépassant, s'était arrêté pour nous saluer, il le faisait toujours, notre impiété farouche ne le repoussait pas. Lucie lui a crié : « Hé ! Curé ! Pourquoi est-ce que vous changez la Trinité en losange avec votre signe de croix ? C'est vrai, quoi, vous dites trois personnes et il y a quatre points. Un : le Père/deux : le Fils/trois : le Saint/et quatre :

l'esprit ! Vous trichez, ils sont trois et vous en faites quatre, et moi je sais pourquoi, et toi, tu le sais, hein ? Curé ? » Il ne réagissait pas. Ça énervait Lucie. Et comme il hochait la tête, tout en patience en faisant des mmh bienveillants, elle a lancé : « Ha ! », ce qui a amplifié l'attente affable du curé. Il avait les jambes, le haut du buste et la tête hors de la voiture, il a sorti ses grands bras pour appuyer les mains aux montants de sa portière et il s'est déplié comme un piquet de tente.

Il était si grand qu'on ne voyait plus ses cheveux. Lucie se dressait sur sa provocation. Dagon et moi, on les regardait rejouer une scène rituelle. Lucie le haranguait en contre-plongée, développant encore sa théorie confuse sur le chiffre trois et le chiffre quatre, sur le fait qu'en se limitant à la Trinité, les chrétiens avaient perdu le plus important, qu'ils avaient trahi les quatre points cardinaux : le blanc de l'Est, le rouge du Sud, le vert de l'Ouest et le noir du Nord et de la nuit. Les quatre vents, les quatre mers. « Le plus important, Curé, que vous avez loupé avec votre soi-disant *la Trinité*, tu devines ce que c'est ? » Et le prêtre nous abreuvait de sa tranquillité teintée d'amusement pendant que Lucie montait le ton. Après un dernier Ha ! plein de suspense, l'explication finale arrivait, la démonstration de l'infirmité du signe de croix : le Père représentait le passé, le Fils montrait le futur et le Saint-Esprit était le présent. « Et il manque quoi, Curé, tu sais quoi ? Le quatrième qui vous manque ? Il manque la vérité du temps : le cycle, le retour ! Et comme les hommes le sentent, parce qu'ils ne sont pas si cons que ça, qu'il leur reste un peu de leur entièreté, un peu de sensations, même si on leur a bourré le crâne avec des conneries de Charles et de Christ, ils ont continué à se toucher quatre fois malgré votre Trinité. La voilà, la vérité ! Soi-disant la croix, mon œil oui. La Trinité ? Quatre fois se toucher ! Ha ! »

Le curé a dit qu'il y réfléchirait, mmh, oui, certainement, il y réfléchirait, il nous a appelées « Mes filles » et, à ma grande surprise, Lucie n'a pas réagi ; il a marmonné quelque chose à propos de Lilith et d'Ève, de la Vierge Marie et de nous, il a répété qu'il y réfléchirait, Dagon jappait en me sautant sur les cuisses, le père Joseph nous a fait un signe de la main, je crois qu'il nous bénissait en cachette, il est rentré dans sa voiture en marche arrière, comme un contorsionniste, Lucie lui a lancé qu'il savait très bien qui on attendait et que les Charles n'y changeraient rien. Le curé m'a regardée et, dans ses yeux, il y avait une demande. D'aide ? Mais pas pour lui. Une pitié ? Pour qui ? Dagon a aboyé, le curé a lancé le moteur et a disparu sur la route d'Azy.

Lucie m'a prise à témoin : « T'as vu comme je l'ai secoué ? Bam, bam, pffiou ! » Je n'étais pas convaincue de sa victoire, mais je ne voulais pas abîmer sa joie. J'ai mimé un accord. Quel cycle, quel retour ?

3.

Maintenant, vas-y.

Ça m'a fait bizarre quand t'as relu les trucs d'hier. À la fin, je me répétais, hein ? Et t'as embelli, c'était du beau français, je sais bien que je parle pas comme ça, Renaud, pas moi, arrête de prétendre, j'ai pas honte de qui on est. Je veux que t'écrives comme je cause, pas en bon français. Je veux pas faire croire que je suis autre chose que ce que je suis. D'accord ? Je suis pas analphabète. J'ai pas honte. T'as écrit que j'allais pas te prendre des semaines, moi je me souviens bien, c'est pas ça que j'ai dit. J'ai dit que j'allais pas t'emmerder des semaines. Faut que tu respectes. Après, c'est vrai que ça m'a fait drôle de m'entendre causer. Avec ta voix en plus.

Allez ! Faut qu'on avance, y'a pas beaucoup de temps et toi t'as pas le choix. On est les deux derniers et Claire m'a pas fait de jeune, on a personne derrière nous et je veux pas que notre nom et notre histoire on les perde.

Je m'en fous si je me répète, écris tout, Renaud, tout j'ai dit. Claire, je l'ai mariée parce que le 'Pa l'a voulu, il disait qu'on devait s'apparier : moi avec la seule fille du hameau qu'avait rien à voir avec notre famille. Elle a pas d'attirance pour moi, je lui rends bien, on a essayé quand même de faire des gosses, ça a pas marché. Attends. Je dois respirer, je deviens lent, une vraie levure, tu seras patient. Mes poumons, c'est plus que deux merdes séchées de charbon de bois. Ils sont déjà transis, avant que j'aie passé outre.

Le 'Pa, il disait que vous trois, le Guy, le Richard et toi, vous iriez chercher une femme pour la ramener ici. S'il avait su ! Il était fier de vous, le 'Pa. En bas, au village, ailleurs, on vous aurait traités de bâtards. Mais ici, y'avait que la fierté du 'Pa, il avait vaincu la malédiction, il a forcé le destin, il nous a appelés comme les quatre Aymon, il s'est cru tout-puissant, et voilà qu'on doit réparer, hein. On a résisté aux Bar et aux Luxembourg, Evrard de la Marck et ses fils, saint Walfroy, saint Thibaud, les Lowenstein et les Rochefort, les salopards blasonnés, tous les maudits Charles et tous les partis Charles qu'ont pas tenu.

Faut que je parle de nous cinq. On nous appelait La Main. Le 'Pa, il disait que moi j'étais le majeur, le plus grand, celui qu'avait rouvert le passage dans le ventre d'une femme. Ouais, le majeur, marre-toi, on sait où le foutre, hein ?

Merde, saloperie de toux, même rire je peux plus. De parler à petits soufflets, ça aide. Toi, tu montrais le chemin, t'étais l'index, t'as toujours vu plus loin. Le 'Pa, il te mettait au-dessus de nous pour voir clair. Pour regarder par-delà, t'as été son préféré, on le sentait bien. Nie pas, c'est comme ça. Ça va pas me faire braire. T'es son fils qu'est venu d'une femme toute jeune et toute fraîche. Moi, je suis que le fils de sa femme qu'il avait à la maison comme un vieux matelas. T'es beau et t'étais son préféré au 'Pa, faut dire les vérités.

Après, c'est quand même à moi qu'il a passé le relais, comme on dit. Et ma mère, tu sais quoi ? Ma mère, sa femme depuis quarante ans, il la connaissait pas vraiment, le 'Pa, tout occupé qu'il était avec ses plans. De l'autre côté, y'avait Guy, occupé à pavaner, comme l'annulaire avec ses bagues, et puis Richard, le petit doigt, le curieux, le rapporteur, le feignant qu'a mis une fois de trop son nez où il fallait pas. On avait un chemin déjà dessiné, hein. Claire on l'appelait la petite Poucette, elle est arrivée deux ans après nous.

Saloperie de poumons. L'air que je respire, c'est comme du buvard, je sais pas expliquer ça autrement. Je suis fatigué, Renaud, j'ai mal. Parle-moi un peu pendant que je me reprends.

On a grandi bien serrés, hein ? Soudés. Où elle est la photo ? Dis à Claire de m'apporter la photo.

On était une belle compagnie, hein. Le Pa' nous a obligés d'aller au village, de descendre de notre ban, c'était l'obligation scolaire et fallait pas qu'on vienne mettre le nez dans nos affaires, fallait rester droits, descendre à l'école jusqu'à nos quatorze ans, qu'est-ce qu'on s'est emmerdés, en classe, sauf toi, parce que t'y as pris goût, aux livres et au calcul. Guy, il appréciait pas quand les filles te tournaient autour, même à sept ou huit ans, je m'en souviens bien, avec ta gueule d'ange, tes cheveux blonds et tes yeux verts et bleus, tu les rendais dingues, les filles. Tu faisais rien pour. Tu portais les mêmes culottes en hiver et en été, mal attifé avec le vieux trench du 'Pa, tu parlais pas beaucoup, tu faisais pas le malin, tu regardais pas souvent dans les yeux, puis d'un coup, quand tu fixais, on aurait dit que t'avais de l'aimant dans le sang et que les filles étaient en fer ; Guy il était jaloux, on formait la main, fallait pas se déforcer, je savais remettre Guy dans sa ligne pour qu'on se divise pas. On devait warder les uns sur les autres, pas vrai ? Personne pour nous défier, en bas, au village. Tous des gros polaques. Pour nous parler non plus y'avait personne. Les filles devaient se tenir à distance, à la sortie des classes, elles faisaient un potin comme des mouches à miel quand t'approchais : leurs frères, leur père, leur mère, le curé leur interdisaient de nous parler et ça les agitait. Richard les espionnait, on rigolait bien de ce qu'ils racontaient sur nous.

La fois qu'on avait gagné le concours de pêche dans toutes les catégories, ils ont dit que c'était pas normal, et ils prétendaient qu'on faisait des messes noires, qu'on prenait les vers autour des tombes pour faire les appâts et ils faisaient un signe de croix. Pour le coup, ils avaient raison, c'est là qu'on les prenait, les vers. Ils disaient qu'on utilisait les fruits en bas du cimetière pour en faire des potions ou je ne sais quoi. Quels cons ! C'était juste de la confiture, notre confiture de morts. Ils en finissaient pas de nous vouloir du mal ; comme ils croyaient qu'on jetait des sorts, ils renonçaient. Ils avaient peur. Sauf peut-être Joseph et Maurice qu'en savaient plus, qui se tenaient à carreau, leurs pères qu'avaient descendu au village après la Grande Guerre, ils étaient Charles, pire que les polaques, mais ils nous foutaient la paix. Après le concours de pêche, on est remontés au hameau par la voyette, avec nos quinze truites et trois ombres qu'on devrait manger tout de suite avant que la chair tourne, c'est Guy qui les portait, tous mélangés dans sa musette, tout gluants, prêts à se faire griller et bouffer, les truites, on allait en fumer, on riait sur le chemin, on a attrapé des cerises pour faire le dessert, tu te souviens ? Claire essayait de rester à notre pas : «Attendez-moi, attendez-moi les garçons», qu'elle disait. Tu cotais nos meilleurs coups, tu disais qu'on pourrait encore améliorer les appâts. T'en avais jamais assez, Renaud. Tu vois plus loin. On était en troisième primaire quand Poucette, elle est entrée à l'école des filles et on a vu qu'elle serait aussi maligne que toi : à la fin de sa première année, elle lisait déjà mieux que le Richard. C'est qu'une fille. Nous, on ratait des années, toi pas, t'es passé en secondaires à onze ans. Puis y'a eu encore les Allemands, encore l'exode, on s'est tenus tranquilles. On a tous raté les examens cantonaux sauf toi, ça nous arrangeait de rester à l'école primaire pour attendre les quatorze ans et travailler, pas aller en ville. T'es parti à Bertrix tout seul avec le bus, tu t'es jamais plaint. Après t'as été à l'internat à Bastogne. Nous trois on a choisi la toiture, ou le bois, on est devenus scailteux, débardeurs, bûcherons ; on travaillait avec le 'Pa. La pauvre Claire, elle est restée un an toute seule à l'école du village. Paraît qu'elle en a bavé quand on n'était plus là. Les polaques d'en bas, ils lui ont mis des schlaunayes, ils se croyaient débarrassés de nous quatre. On a dû descendre leur expliquer qu'ils pouvaient compter sur nous, y'a eu des blessés, ils ont compris. Claire, elle a fini ses primaires avec pas un gosse pour lui parler, comme une lépreuse. Toute seule. Après elle a continué ses secondaires à Florenville.

La guerre, c'était peu de chose par ici, on s'était vite habitués à l'Occupation, si on les emmerdait pas, ils se tenaient bien, les Allemands. Il paraît que les pères cachaient des petits Juifs à l'internat, tu le savais ? T'en as vu, toi, hein, Renaud ?

Qui c'est qu'aurait cru qu'Aja, ta mère, elle passerait outre à pas trente ans, qu'elle partirait avant le 'Pa. T'es revenu de l'internat pour la voir mettre en terre et t'es retourné à Bastogne, plus de mère, et la guerre qu'en finissait pas. On s'est demandé, avec Guy et Richard, si tu reviendrais, si t'allais pas nous lâcher, faire le Charles. Mais non, t'es toujours revenu. Attends.

T'es là.

Attends un peu que je me reprenne. Je m'étouffe, nom de Dieu. Vous en boufferez, de ma confiture. Avant de crever, j'ai tous les droits, Renaud, tu dois me faire mes volontés. Et d'abord de continuer à écrire, faut que je raconte, qu'on laisse une trace. Après je te ferai une demande qui va pas te plaire.

Le bourg, on devait parfois y aller, pour des papiers, j'aimais pas. Toi oui. Le bus passait dans la vallée au pont Saint-Remacle, y'avait rien qui montait au hameau, au lieu de prendre par la voyette jusqu'au village, on descendait la pente raide, avec des marches taillées dans le schiste. Fallait dévaler le passage des sangliers par tous les temps. Au gel, l'ardoise glissait comme des algues, on attachait des fils en laine avec des gros nœuds autour des bottines. Tu te souviens ? Après, on attendait au méandre, près du pont Saint-Remacle où les Allemands avaient massacré des otages en quatorze. Guy, il était couillon, il entendait des fantômes, la trouille le prenait. Y's'mettait à braire. On se disait que t'avais été bien courageux de faire le chemin tout seul, en hiver encore plus. Après t'avais persuadé le 'Pa de te mettre à l'internat, chez les pères. Je sais pas comment t'as fait. Il misait sur toi. Ta mère elle avait rien à dire et elle t'obtenait le meilleur. En un sens, il a eu raison, le 'Pa, tu l'as pas déçu, t'es toujours revenu, Renaud, t'as fait ton devoir, t'as été notre envoyé. Le poète, qu'elle disait ta mère. T'as dû en baver, pas facile, hein, de pas trahir. Ta Rosa, je sais pas, c'est une connerie, pour moi. T'es allé chercher une malade. C'est con. Parce que je vais crever et va falloir que tu restes, Claire peut pas continuer toute seule. Me regarde pas comme ça. C'est pas toi qui vas me dire ce qu'est important ou pas. Je me plais à raconter ce qui me vient. Faut en profiter, j'ai de l'air aujourd'hui. T'en fais pas, tu l'auras, ta surprise.

Le 'Pa, il voulait nous mettre tous bien à l'abri avec ses bois. Comment il a deviné que ceux de Bruxelles et les Flamands, ils seraient prêts à payer des mille et des cents pour venir chasser ou pêcher chez nous ? Il savait utiliser la loi mieux qu'un notaire. Paraît qu'il a passé des heures et des jours aux archives pour trouver des preuves et bien fixer les terres et les forêts qu'étaient à nous. Il a payé des géomètres, des forestiers. Pour toi, il avait des plans. Nous, on travaillait, on lui remettait notre argent, Guy râlait, on savait même pas où ils passaient, nos salaires, le 'Pa, il fallait lui obéir. Quand il est passé outre, tout était en ordre et on nous craignait pour deux générations à manquer de rien, qu'il disait. Moi, je devais rester ici pour gérer tout le monde. Sauf qu'on était de moins en moins, entre ceux qui foutaient le camp dans la vallée, dans les villes, et les vieux qui crevaient. Et pas un bébé derrière nous, on n'a pas fait de jeunes. Guy tournait à bourrique, il voulait du confort, une vie moderne qu'il disait. Il tournait à Charles. Montre-moi la photo.

Merde, je vais me reposer un peu. J'suis tout hodey. Il se fout de ma gueule, le docteur Lemaire, il veut me mettre de l'oxygène à l'hôpital, comme si deux cailloux dégueulasses dans ma poitrine allaient tout d'un coup devenir bien tendres. Qu'il se contente de nous donner de son sirop, ce tocard. Pour ce matin, c'est terminé.

4.

Le train démarre. Les touristes flamands parlent fort, ils boivent de la Chimay au goulot, ils fument.

Des Ménapiens en vacances. De bonnes têtes de Ménapiens.

Il y a un groupe de scouts dans le wagon. Je suppose qu'ils descendront à Bertrix, ils aiment les prairies du côté d'Herbeumont, les kayaks sur la Semois, ils sont tout excités dès qu'ils voient une colline ou une vallée encaissée. Quelle tête j'ai, moi ? Une sale tête de Condruze ou d'Atuatuque. Après six semaines d'hôpital psychiatrique. Une putain de sale tronche d'Atuatuque croisée avec une zombie.

Les gens du village se plaignaient des Flamands et des Néerlandais qui achetaient les petites fermes désertées, qui débarquaient chez nous avec leurs coffres pleins de nourriture et de réserves. Quoi, leurs magasins étaient moins chers ou de meilleure qualité ? Ils avaient peur qu'on les empoisonne ? Ils venaient acheter nos maisons dans nos villages, puis ils vivaient en vase clos, pas bonjour, pas au revoir, pas de courses à l'épicerie. Les jeunes du coin galéraient à cause des prix de l'immobilier qui s'envolaient, quand ce n'était pas pour les résidences secondaires, c'étaient des travailleurs frontaliers au Luxembourg.

Lucie et moi, on s'intéressait aux Flamands, ils pouvaient nous rapporter de l'argent de poche. On visait le rustique, le local. On ramassait des bois de cerf au printemps et des bois de chevreuil à l'automne. Les touristes adoraient, ils nous les achetaient jusqu'à quatre cents francs. Lucie fabriquait des peignes, des petits bijoux, des cuillères et des jouets dans les bois abîmés. Devant l'*Auberge de l'Ange Gardien*, à Orval, on a eu un succès fou près des autocars. Le tenancier nous a chassées. On s'est réinstallées un peu plus loin, au carrefour des routes pour Margut et Virton. Le garde champêtre est arrivé, un vieux fonctionnaire rougeaud et paresseux. En fonction de l'effet sur sa tranquillité, il pouvait se montrer intraitable ou arrangeur. Là, il nous faisait la leçon, c'était quoi ce trafic ? On vendait, comme ça, sans autorisation ? Lucie baissait les yeux en grommelant, moi, j'ai argumenté : que nous reprochait-il ? On n'était que deux gamines ! Les touristes aimaient le pittoresque, nous ne faisions pas de concurrence à l'abbaye qui vendait la bière, le fromage et des articles religieux. J'ai prétendu en avoir parlé avec le père abbé ; il m'a crue, a dit qu'il vérifierait, ne l'a jamais fait. J'ai ajouté que ça soutenait le tourisme local qui en avait bien besoin. Il nous a laissé faire. Lucie adorait la débrouille, chiner, revendre, récupérer des matériaux, trouver des baies et des herbes. Elle se moquait de mon côté citadin, ce jour-là, elle m'a gratifiée d'un « Bravo et merci ! ».

Je n'avais pas l'habitude des remerciements.

Le plus étrange des remerciements, je l'ai reçu plus tard, après ma désertion de Mortepire, c'était un vendredi. La tava chez les Hoxha.

On était au milieu du mois de juin, il me restait une semaine d'examens avant d'être libérée du Bon Secours. Alléluia ! Nous avions mangé sans Gjin, personne ne savait où il était. Sa mère se lamentait : il ressemblait trop à son père, un voyou. Au lieu de le charger, Fatos (ou Beqir) a pris sa défense : il se cherchait, il respectait la famille, il n'avait pas encore digéré ce qui s'était passé à Skopje. Beqir (ou Fatos) a évoqué « le mari », Rreze lui a envoyé un regard sombre, suivi d'un claquement de langue et d'un sifflement entre les dents, réprimande aussi immuable que la tava.

Je n'ai jamais demandé ce qui s'était passé à Skopje.

Je m'étais dégagée de l'école, j'allais moins en bibliothèque, j'aimais les Hoxha, je traînais parfois en rue pour observer les autres, leur vie. J'y voyais Gjin, accompagné de garçons et de filles marginaux, ils fréquentaient la maison des jeunes, un repaire sulfureux où des animateurs organisaient des activités culturelles et sportives sans être dupes de l'intérêt premier des jeunes : traficoter. J'ai lu les programmes de stages et de sorties, les annonces de concerts et de soirées. Je n'y suis jamais entrée. Les bruits et la musique, les amours furtives, l'écho d'une vie différente m'arrivaient pêle-mêle. Un jour, Gjin est sorti au moment où je passais et une énergie folle m'a sauté dessus. Je lui ai demandé ce que c'était.

— The Clash.

— C'est pas du rock ?

— C'est du punk.

— C'est désespéré.

Il m'a regardée sans rien dire. J'ai ajouté : c'est presque violent mais ça contourne. Et je suis partie.

Jusque-là, je m'étais peu intéressée aux jeunes de mon âge, à leurs loisirs, aux groupes. Gjin connaissait tout le monde, il allait de l'un à l'autre comme s'il était leur hôte. En mai, pendant les saints de glace, quand il fallait reprendre son manteau d'hiver pour traverser la neige fondante, il se promenait en chemise, se contentant d'enfourner ses mains rougies dans les poches de son jean, les flocons gras et lourds l'évitaient.

Il sortait dans les concerts, les soirées de rhétos, les cafés à la mode ; je l'observais de loin, parfois je le croisais, il lâchait alors la fille qui l'accompagnait, s'éloignait d'un groupe pour me saluer. Il ne m'a jamais laissé croire que je n'étais personne. Je n'avais pas l'habitude de me sentir exister comme ça, dans le réel. Il me gratifiait d'un sourire miné et sa dent manquante m'endésirait : j'avais envie de glisser ma langue dans cette béance. On se faisait la bise et je le taquinais sur sa mauvaise mine qui contrastait avec son assurance ; je singeais ses airs byroniens, sa séduction maniaque et ses cernes de tuberculeux. Un jour, je lui ai demandé si cela faisait partie de son arsenal de séduction avec les filles. Il m'a répondu par l'agaçant : « Qui vivra Véra. » Il se laissait faire, il riait et ça marchait, je m'en allais, pleine de soif et d'oppression, drapée dans ma distance moqueuse, le bassin incandescent et la tête à l'envers.

À l'école, il m'est arrivé un truc incroyable : Astrid m'a parlé. Je la voyais approcher, hésiter, je préparais ma défense. En sortant du cours de math, elle m'a demandé si je le connaissais : « Il paraît que tu es copine avec Gilles ? » Elle agitait sa blondeur mince et athlétique dans une tentative ridicule de légèreté amitieuse, mais il y avait derrière son assurance un brin d'inquiétude. Elle me regardait comme un chihuahua impatient dans sa décapotable. Voir Gjin traverser une rue pour me saluer me conférait un intérêt, une valeur mondaine qui pouvait contrer mon ostracisme. Je ne savais pas quoi répondre, dans quel but, avec quelle conséquence, je me suis donc contentée d'un grognement et d'une secousse. J'ai demandé à Astrid si elle allait mieux. Je ne sais plus ce qu'elle a répondu.

Ce soir-là, Rreze manifestait plus d'inquiétude que de colère, elle se demandait comment les choses se passeraient quand le mari serait retrouvé et qu'ils devraient vivre ensemble, Gjin et lui. Un soupir.

Rreze s'est tournée vers moi et m'a dit : « C'est notre plus fragile, notre chien fou. » Elle disait chion fou. Je devais la rassurer avec quelque chose, les mots ne venaient pas. Elle a ajouté : « Reprendre au début », ça faisait un bruit rassurant de main malaxant des graviers par ennui : « Rrreprrondrrre au débout. »

Zef m'a ramenée à la maison après le repas ; je leur avais fait remarquer que, tous les jours, je me déplaçais seule, y compris le soir et le matin, dans l'obscurité. Mais Rreze n'en démordait pas : s'ils m'invitaient, j'étais leur hôte, je devais rentrer chez moi en sécurité. C'était sacré et sans appel, une loi de l'hospitalité, sa voix prenait des accents acérés, je ne discutais plus, je me laissais toujours raccompagner.

J'ai fait signe à Zef par la fenêtre, je me suis retournée et la maison m'a enrobée, un livre m'attendait : j'avais commencé *Absalon, Absalon !* et je me réjouissais de m'y replonger. *Vous comprenez, je ne le vis jamais. Je ne l'ai même pas vu mort. J'ai entendu un écho mais pas le coup de feu.*

Des grattements dans le mur de l'appentis m'ont distraite, j'ai écouté. Nous avions souvent des souris ou des fouines, ça pouvait aussi être un rat remonté de la Sambre, j'irais voir demain.

Je me concentrais sur Faulkner. *J'ai entendu un écho mais pas le coup de feu.* De nouveaux bruits. Des clappements. Un son tremblé, irrégulier. J'ai regardé la pénombre et ses points lumineux derrière la vitre. La Meuse, ses coteaux et sa vallée avaient disparu. L'éclairage des rues et du pont redessinait l'espace, l'eau du fleuve ne miroitait pas, elle se confondait avec le noir qui anéantit, j'avais une conscience aiguë de tout ce qui existe et que nous ne voyons pas, envie de m'obnubiler dans la dissolution du paysage et de ne pas entendre ces crissements qui venaient d'en bas, je voulais habiter les murs. Nous n'avons pas de rideaux, Papa et moi n'y pensions pas. Je voyais dans la vitre le reflet de mon visage mêlé aux lumières de la ville sans la ville, aux lumières de la vallée sans la vallée, aux ponts et à l'écluse sans le fleuve. Je ne craignais pas l'obscurité, au contraire, elle me plaisait, mais je n'avais pas envie de m'occuper d'un problème réel, une souris, un rat, une fouine. Je voulais me bâfrer de Faulkner : *J'ai entendu un écho mais pas le coup de feu.* Je ne pouvais pas éteindre le bruit, je voyais les crissements, il fallait y aller. J'ai déposé mon livre, je me suis levée, je suis descendue à la cave, j'ai branché la baladeuse, elle m'a éblouie. En tenant haut la lampe au-dessus de ma tête, j'ai tourné la clé de la porte qui donnait sur l'appentis.

Les rongeurs ne gémissent pas, ils ne claquent pas des dents. J'ai vu Gjin après avoir contourné la brouette. Tapi dans un coin, entre le congélateur et le mur, enroulé dans la bâche qui nous servait à recueillir les noix, il grelottait, pâle et luisant comme une chair de crustacés.

J'ai accroché la baladeuse à un clou, je me suis accroupie à côté de lui, j'étais calme. J'ai posé la main sur ses cheveux, malgré la sueur, ils étaient incroyablement doux. Je les ai caressés. C'est le manque ? Il n'a pas répondu.

— On n'a pas de calmants, pas de somnifères, tu veux que j'appelle quelqu'un ?

— Non. Vous avez quoi ?

— De l'aspirine.

— Fait chier.

— Du sirop pour la toux. Oui, et même une préparation du bon docteur Lemaire. Pas mal de codéine dedans. Papa fait de vilaines bronchites. Il est très fort ce sirop, on en a trois flacons.

— Ok.

Je suis montée dans la cuisine, les sirops se trouvaient à côté de la confiture de morts, j'ai pris aussi un pot de coings-verveine, je me suis tournée vers la fenêtre. Un train passait sur le pont du Luxembourg. Les fenêtres illuminées des wagons formaient une longue luciole au-dessus de rien, comme un vaisseau spatial dans le néant où coulait une rivière. Le fleuve invisible m'attirait et je devais me convaincre de sa permanence, tout me semblait ralenti, cotonneux, plus rien n'importait. J'ai ramassé le plaid dans lequel je m'enroulais pour lire.

Je l'ai rejoint, couvert, redressé, je me suis assise à côté de lui ; il a pris une bouteille, en a bu la moitié. Nous avons attendu, collés l'un à l'autre, il puait. Une odeur fétide et doucereuse. Il s'est relevé après un quart d'heure en disant que ça ne l'aidait pas beaucoup, il a plié la petite couverture et glissé les deux flacons de sirop dans ses poches, sa chemise trempée de sueur lui collait à la peau. Je me suis mise debout face à lui, je lui ai dit de prendre de la confiture de morts, il a ri. J'ai insisté, j'ai ouvert le pot, j'y ai glissé deux doigts pour y prendre le mélange coings-verveine que je lui ai fourré en bouche. « Ça va t'aider », lui ai-je dit malgré son ricanement et son odeur d'étable.

Ses yeux noirs ouvraient sur un gouffre, ils ne reflétaient pas la lumière grise de la baladeuse. Mats et creux. Un grand vide qui m'attirait. « Tu sais, j'aurai seize ans dans trois semaines. » Il a souri et s'est approché de moi, il m'a dit merci et m'a embrassée d'un baiser bref. Il avait les lèvres sèches, il s'est détourné, j'ai foncé contre sa sueur puante et, quand il a tourné la tête, surpris, j'ai forcé sa bouche. Ça sentait encore le thym et l'eucalyptus. Le bon sirop du docteur Lemaire. Il se laissait faire, j'ai trouvé, du bout de la langue, l'espace vide de la canine, je cherchais l'abîme, il m'accueillait sans répondre, j'ai senti sa main sur ma joue, une caresse mutilée, puis il m'a repoussée très doucement. Avec tendresse, sans désir, il a répété : « Merci. » Il a replié la couverture, me l'a tendue et s'est faufilé hors de l'appentis. Je me suis retrouvée toute seule, cruche et refusée avec mon plaid et un pot de confiture de morts. Quoi ? C'était tout ? Le mythe de la femme maternant un jeune ténébreux ? Je n'en voulais pas de son remerciement, je n'en voulais pas ! Quelle conne, nulle !

Dans l'escalier, je me suis cogné l'épaule au mur. Je l'ai frappé. J'ai claqué la porte de la cave, je me suis fait mal au poignet, j'ai juré ; je me suis affalée sur une chaise et j'ai attendu que le temps me calme. J'ai cherché une imprécation mais y ai renoncé, de peur, pour la première fois, que ma rage devienne réalité, peur de lui causer du tort, j'avais conscience de sa douleur. Je me suis contentée d'un bref « Qu'il aille se faire foutre » sans trop savoir ce que j'entendais par là.

Je suis retournée à Faulkner : *J'ai entendu un écho mais pas le coup de feu ; j'ai aperçu une porte close mais je ne l'ai pas ouverte.* J'ai souvent relu *Absalon, Absalon !* à cause de ce passage qui me résiste. Ce qui vient après le point-virgule, je le ruine malgré moi, je ne comprends pas.

Quand Papa est rentré, le lundi matin, je voulais lui mentir. Prétendre que j'avais cassé les flacons. Je n'ai pas pu. Je lui ai dit que Gjin n'allait pas bien, que je lui avais donné notre sirop du docteur Lemaire. Il a regardé par la fenêtre, vers le pont des Ardennes. Il a dit : « Tu feras attention à toi, les violents te troublent. » Je n'ai pas compris et ce n'était pas nécessaire, Gjin n'est pas violent, le message était passé, je lui ai parlé d'*Absalon, Absalon !*. Il a souri, il venait de m'acheter la trilogie des Snopes ; les titres m'ont donné le vertige : *Le Domaine, La Ville, Le Hameau*.

J'ai passé mes derniers examens au Bon Secours comme on règle la note d'un hôtel pourri. Adieu !

Monsieur Hoxha, le mari, se trouvait en Suisse, Rreze me l'a expliqué le vendredi suivant sur un ton ambigu. Mon père les avait bien aidés avec la Croix-Rouge. Elle comptait rejoindre son époux avec les garçons : ils parlaient le français et l'allemand, le serbo-croate et l'albanais. Gjin se débrouillait dans toutes sortes d'autres langues (le russe, le turc, l'anglais et maintenant le néerlandais). Zef avait obtenu son diplôme de mécanicien, Fatos et Beqir recevraient une bonne éducation en Suisse. L'eldorado pour des réfugiés d'Europe de l'Est. Je lui ai dit qu'ils allaient me manquer. Tous.

Elle m'a passé la main sur la joue. Ce n'était plus pareil, sa paume avait perdu de sa présence, elle se projetait ailleurs, elle m'a juré qu'on ne changerait rien, *ici*, avec la tava tant qu'ils vivaient *là*. Elle venait de glisser d'ici à là en parlant de notre vie, j'entendais l'éloignement. J'observais l'ébauche de mon deuil, je me repliais déjà.

Le souper a été agité, ils discutaient en albanais, ils m'oubliaient, je m'étais habituée aux sons de cascades et d'éboulements graciles, les grr, leurs tss et les dz, les œu. Je savais que le « babaïn » dont ils parlaient était leur père. Gjin est arrivé à la fin du repas. Il avait appris, il leur répondait en français en me jetant ses regards obscurs. Et oui, il les suivrait en Suisse, évidemment. Zef haussait le ton. Gjin a soupiré, il a répondu : « C'est notre père. Il aurait pu nous chercher. On n'était pas cachés. On verra. »

Rreze a émis un léger tsss, pas de claquement de langue, pas de gifle, pas de rire. Fatos ou Beqir m'a raccompagnée. Cinquante mètres dans un crépuscule indolent et tardif. Fade. L'absence de couleur présageait leur départ, l'odeur des plantes et de la terre grimpait notre impasse pour m'arnaquer, je n'étais pas dupe. Je n'allais pas me laisser impressionner.

J'ai dit bonne nuit, Beqir. Je venais de remarquer qu'il avait les sourcils plus arqués que son frère. J'ai ouvert la fenêtre, j'ai regardé l'odeur des fleurs de tilleul pourrissantes, je l'ai injuriée : pour qui tu te prends, à venir m'entêter quand je veux me protéger d'une autre perte ?

5.

Maintenant reste là. Écris. Saloperie de schistose. Tu m'entends ? J'arriverai pas à parler plus fort. Rapproche-toi, je vais continuer. Allume, je vois plus. T'es là, Renaud ? T'écris ? Je vois plus bien. Manque de force dans mes yeux. On se croirait dans la mine.

C'est bien. Tu respectes.

J'en étais où ?

Quand le Guy a tourné Charles, on l'a oublié. Paraît qu'il s'est installé au Luxembourg avec une femme paralysée des jambes. Paraît qu'avec sa pension d'handicapée luxembourgeoise, elle gagne mieux qu'un ouvrier belge qui travaille ses quarante heures la semaine.

Pendant que t'étais aux études, je me suis engagé aux ardoisières. Seize ans. Fort comme un bœuf et patient, j'avais tout ce qu'il fallait. Le 'Pa avait besoin d'argent frais et, après journée, j'aidais encore au hameau ou sur un toit. Y'avait pas besoin de somnifère pour dormir, ça non : le soir, je roupillais avant de toucher le matelas. J'ai jamais été fendeur, comme les jeunes qu'on mettait d'abord à la refente, pour qu'ils s'habituent à la pierre en les testant un peu avant de les faire descendre. Moi pas : direct au fond, dans le noir, la poussière, les explosifs, l'humide. Dix degrés, jamais plus et jamais moins. En hiver, je voyais la lumière que le dimanche. Le demi-froid, l'humide et la poussière, ça nous a cassés. J'ai encore l'odeur dans le nez. Marcher plié dans la saiwe. J'ai fait porteur, j'avais le bon balancement, j'ai remonté des pierres de quatre-vingts kilos le premier jour. Dans les tunnels et sur l'échelle. On m'a pas cherché, les gars du village avaient fait notre réputation, pas de sale blague, pas d'amitié non plus. Être de Mortepire, ça te condamne à rester tout seul quand t'es en dehors du hameau. Sauf toi, Renaud, t'as réussi à vivre à la lisière. Et le 'Pa approuvait. Il m'avait dit de me tenir bien à l'écart. À la mine, je me mêlais pas aux autres scailtons. Ils se faisaient des défis, des blagues ; ils fêtaient la Sainte-Barbe, je les enviais pas. Tous les jours, après travail, ils allaient au café boire la goutte, du genièvre, pour faire descendre la poussière qu'ils disaient, n'importe quoi. Des saoulards, y'en a un qui buvait avant de descendre ; un matin, je lui ai cassé une patte, histoire qu'il descende pas, qu'il nous mette pas en danger. Les autres respectaient, ça s'est su, y'a plus eu de pochard au fond.

À Mortepire, on nous traite de toute sorte mais y'a jamais eu un poivrot chez nous. Le Maitrank aux fêtes, de l'eau le reste du temps, on a pas besoin de s'abrutir. On reste bien dans le vrai, bien plantés, bien agrégés. On fait pas de manières. Le gros Maurice, tiens, il picole, ça lui réussit pas. Quoi, tu savais pas qu'il est de chez nous ? Je te l'ai déjà dit, fais pas le surpris. Son grand-père l'est parti d'ici. Ils ont dit pour devenir docteur et voilà le Maurice qui soigne les tracteurs. Ah merde, pas rire, ça m'étouffe ; ils vont tous avec le manque de notre ban dans leur cœur. Et la picole, ça les aide un peu. Nous, on manque de rien tant qu'on est bien serrés, bien dans le respect. On a pas peur. J'ai pas eu peur de la poussière, de l'humidité, du noir, des accidents, d'être là-dedans avec tous ces polaques. Moi, j'avais peur de rien, la poudre noire, les explosions, les galeries serrées comme des culs, les échelles dans les boyaux étroits, les yeux qui s'abîmaient, tout ça, j'en avais pas peur et aujourd'hui ça m'crève, mais j'ai pas encore peur.

De parler de la mine, j'étouffe. Je t'ai jamais raconté la mine, hein ? Je veux laisser savoir ce qui a compté avant de passer outre. Attends, redresse-moi. Y'a l'croque-mort qu'a préparé ma boîte ? Parce que ça va pas tarder.

Du bois tendre, hein ? Un qui se défera vite, que je me jute dans la terre. Écris tout, j'te dis.

Ouais, t'as raison, j'ai jamais parlé autant de ma vie.

J'en ai rien à foutre de ta femme. Claire a qu'à s'en occuper. Oublie pas qui t'es, le respect que tu me dois. Et ta Rosa elle va pas plus mal que moi. Et elle est pas d'ici.

Écris, Renaud, t'arrête pas. Y'a plus que nous deux. Tu vas rester tout seul avec Claire. Non, Rosa, elle compte pas.

Tu garderas le carnet, hein ? Bien à l'abri, que ma trace reste, que notre histoire, elle soit pas perdue. Je veux laisser notre nom et notre vie.

J'ai pas eu de bon temps, tu sais, à la mine pendant que t'étudiais à l'université. Les gars du fond, ils rêvaient d'un jour devenir porion, de mettre de l'argent de côté, d'aller profiter de leur pension en Espagne. Les craboteurs, les débiteûs, même les abbateûs, ils s'y voyaient. Moi, je suis resté porteû, toutes les journées à porter l'basa. Des années à les regarder se battre, se lancer des défis. Un jour, y'a un ouvrier qui s'est fait mettre une dalle de trois cent soixante kilos sur le dos, il a fait deux mètres et, quand il l'a déposée, les veines des yeux ont claqué et il est devenu aveugle. Pour un pari, ils étaient capables de n'importe quoi. Pour des blagues aussi : graisser un manche, taper de la bouse dans une gamelle. Mais emmerder un gars de Mortepire, ils l'auraient pas fait parce que c'étaient que des gamins naïfs, même les vieux, et ils croyaient que je pourrais leur transmettre des maladies, faire crever les bêtes de leur ferme ou rendre leurs bonnes femmes folles. Ils croyaient qu'on pourrait mettre le feu à distance si on voulait se venger. Je restais de mon côté et ils me cherchaient pas, vu notre réputation. Ils savaient qu'ils pouvaient compter sur moi, je faisais mon ouvrage, je trouvais le chemin dans les galeries quand la lampe s'éteignait, j'aidais si besoin, je me mêlais pas. La poussière me rentrait dans le nez, j'avais beau me laver, il me sortait encore du noir par les yeux le dimanche matin, après le bain.

T'es toujours revenu, Renaud, même quand t'étais aux études, et quand t'es allé plus loin qu'en ville : à Namur, puis à Louvain, à l'université, pendant que moi je portais mes dalles froides, mouillées, coupantes. Pendant que je remontais des tonnes d'ardoise sur mon dos tous les jours. Tous les jours à monter une échelle de trois mètres avec mes cent kilos d'ardoise sur le dos. J'avais le bon balancement, et toi, à Namur, à l'université, et après chez les Flamands, à Louvain pour finir ton droit, tu suivais les plans du 'Pa.

Tu avançais dans tes études, tu revenais parfois chez nous avec des filles qui se pendaient à ton bras en faisant des manières. Tu les amenais pas au hameau, non, seulement à la cabane de chasse. Tu nous présentais pas, fallait pas qu'on se mêle, c'était aussi la volonté du Pa' et on voyait qu'il avait un plan, on se contentait de vous regarder de loin, on se résignait à vous saluer au coin du bois. Je t'ai espionné. Écris-le, t'arrête pas. Je vous espionnais. Ça te fait drôle ? C'est pas fini. Tu verras, je me suis pas gêné, je vous espionnais au bois quand tu les tripotais, et quand tu les baisais dans la cabane aussi.

L'année qu'on nous a monté l'électricité, c'est l'année des grandes grèves, à la mine, y'en avait qui voulaient arrêter le travail, des syndicalistes et tout ça, moi, j'en avais rien à foutre des syndicats, j'me tenais bien tranquille et qu'on essaye pas d'm'empêcher de gagner notre pain, dahet. Nom de Dieu. Je m'étouffe, t'entends ça ? Qu'est-ce que je disais ?

Ah oui, il me faut parler de Richard et de Guy. Guy, y'a rien à dire. C'était un con, ça a fait un Charlot. Y s'a trouvé une handicapée luxembourgeoise pour l'entretenir, il cause peut-être même allemand, à c't'heure. Bon débarras, Charles.

Richard croyait encore qu'on devrait se battre avec les gars du village, il les surveillait, il voulait les truander, il était resté ardoisier, un bon scailton, il réparait les toits, il fourrait son nez partout. Dès qu'il avait un pignon à refaire, il en profitait pour fureter autour. Comme un chien. Il reniflait les entrées de portes, les étables, les fentes dans les murs et dans les culs des filles. À force de se fourrer aux huches, y'a un mari qui l'a surpris, qui l'a chargé avec une fourche. Le Richard, il a filé à la rivière, y voulait s'débiner, c'était au Tombeau des Chats, ousque la rivière est plus avan.

Il suffit pas de savoir nager quand la Semois est grosse et qu'y a des mauvais courants. Il s'est noyé. On l'a cherché toute la nieutie. L'est réapparu à la plage du Trou de la Dame, c'était bien son genre.

Mort comme tout.

J'en peux plus, fous ton camp.

6.

Bertrix, je ne descends pas, j'irai jusqu'à Florenville, j'espère qu'il y aura un bus. Sinon je marcherai. Combien ? Dix kilomètres ? Deux bonnes heures. J'ai beaucoup marché, avec Gjin, pendant ses dernières semaines à Namur. J'avais seize ans, les Hoxha préparaient leur départ pour la Suisse. Gjin ne voulait pas de moi, il était en forme et avait décroché, grâce à ses contacts à la maison des jeunes, un travail d'étudiant au musée de la Forêt, à la citadelle. Il y surveillait, de dix à dix-huit heures, des animaux empaillés mis en scène sur des végétaux en plastique. Je montais avec lui, à pied, par les Tiennes, on appelait ça ma promenade. Il prenait les choses, les gens et le temps comme ils étaient, aussi indifférent à la chaleur qu'au froid et au vent.

Et à moi.

Il portait depuis le printemps des chemises à manches longues et une veste étrange qui ressemblait à un smoking. On grimpait des talus pour couper les lacets du sentier. Il n'avait pas l'air de transpirer. Des gouttes de sueur glissaient le long de mes flancs, j'ahanais, mes joues brûlaient, elles devaient être violacées par l'effort tandis qu'il avançait d'un pas glissé. Je crois que j'aurais pu monter plus longtemps que lui, mais avec ma force grossière, ce pas lourd de cheval de trait, je me sentais minable. Endurante et minable.

Le ridicule ne m'empêchait pas de lui proposer de me déflorer. « Tu es comme une sœur, disait-il avec patience, et cela m'énervait encore plus. C'est une question d'honneur. Même si je voulais, ma mère me tuerait ou elle m'obligerait à nous marier ! T'imagines ? » Je n'imaginais pas et j'essayais de le convaincre : Rreze n'en saurait rien, si ce n'était pas lui, ce serait un autre, n'importe qui, n'importe comment. Je serais à l'athénée, l'année suivante, école mixte, je lui jurais que ce serait le premier qui passe, n'importe qui. N'importe quoi. Je prenais la pilule.

— Ne fais pas ça, Véra. Tu n'en as pas besoin.

— Et toi, tu es mal placé pour donner des conseils de besoin ou de dépendance !

— Qui vivra Véra ! dit-il et je lui trouvais un sourire affable, patient et distant, comme celui du père Joseph quand il joutait avec Lucie.

Il m'agaçait. Je me disais que je devrais trouver d'autres techniques de séduction que l'insistance, l'argumentation ou la menace. Mais franchement, je ne me voyais pas glisser les doigts dans mes cheveux, sourire en coin et battre des cils. J'avais essayé devant le miroir et c'était terrifiant.

Papa m'avait appris que Claire et Lucie viendraient bientôt à Namur. Pour me voir. Ça faisait un an que je n'allais plus à Mortepire et, à cause du carnet, je n'en avais pas envie. Ni de voir Claire. Lucie me manquait. Papa avait répondu : « Elles viendront dimanche. »

J'ai décidé d'éviter cette rencontre, j'ai demandé à Gjin de me cacher. Il ne travaillait pas ce jour-là, je voulais qu'il me rende ce service, qu'il m'évite de les voir, il me devait bien ça. « Tu veux vraiment ? » Oui, je le voulais, je voulais qu'il m'emmène où lui se planquerait s'il devait échapper à quelque chose, j'aurais pu aller à la bibliothèque, mais elle fermait le dimanche, j'aurais pu aller n'importe où. Je ne voulais pas être seule. Pour une fois.

Nous avons grimpé le coteau par les Tiennes, nous avons bifurqué dans un layon. Il m'a montré, dans le bois de la Marlagne, derrière la citadelle, un bunker plein de seringues usagées, de graffiti et de loques abandonnées, ça sentait l'urine et la poubelle. Nous nous sommes installés sur un lit de feuilles mortes, à vingt mètres de là. J'avais un sac à dos, une couverture, un pique-nique. C'était ridicule, un pique-nique, dans cet environnement, nous avons mangé et fait la sieste. Gjin a posé la main sur mon coude, c'était bizarre, un geste d'infirmier envers une vieille femme, ou de policier pour une ivrogne. Je faisais semblant de dormir, j'espérais. Il tenait le bas de son corps loin du mien, je reculais les jambes pour le toucher, il s'éloignait. « Arrête, on dirait deux aiguilles qui font la course autour de l'horloge. » Une dernière tentative : j'ai projeté mon bassin en arrière, je me suis plaquée à son bas-ventre, il s'est relevé et il est allé se poster à l'orée du bunker. Je n'avais pas le truc pour séduire. « Je le ferai, tu sais, je le ferai, si ce n'est pas toi, ce sera n'importe qui, n'importe où, n'importe comment. » Je me suis levée, j'ai rangé le panier de pique-nique.

La lumière diminuait, une fille est arrivée, Gjin lui a parlé, j'ai reconnu la blonde de la kermesse, il ne l'embrassait plus, ils sont entrés dans le bunker, je suis restée sous les arbres, des voix approchaient, un groupe est apparu, quatre garçons et une fille, ils m'ont sifflée, j'ai frissonné, Gjin est sorti, il leur a crié de me foutre la paix, il leur a désigné le bunker, il m'a fait un signe de tête et nous sommes repartis.

En descendant, il m'a parlé de ses doutes, il n'avait pas d'avenir, il ne supportait pas Skopje, le passé. Je lui ai conseillé de mettre à profit son don pour les langues, à Bruxelles ou à Genève. Je lui ai dit qu'on était complémentaires :

— Tout le monde t'aime et tu es malheureux. Moi, j'aime tout le monde et je suis malheureuse. Et on fait les malins comme si on ne le savait pas, comme si on n'était pas affreusement malheureux. Et perdus.

— Tu devrais prendre quelque chose pour te calmer.

— Mais non, là aussi on est complémentaires : tu as besoin de produits et de gens pour fuir je ne sais pas quoi et moi j'ai besoin de réalité pour survivre. Donc tu devrais me dévierger, on se compléterait du tonnerre de Dieu ! Et c'est sans risque puisque vous partez.

— Arrête, Véra !

J'ai renoncé. L'argumentation psychologique ne fonctionnait pas non plus. On est rentrés, descente silencieuse et facile par les sentiers. Papa n'a rien dit à propos de Claire et Lucie.

7.

Rreze préparait les caisses et les valises, ils ne possédaient pas grand-chose. Ils allaient me quitter et je prenais conscience de la place qu'ils avaient occupée dans ma vie pendant quatre mois. Je n'étais pas capable de dire au revoir, je n'avais pas appris à faire ça.

Depuis lors, j'ai évité l'amitié, ça fait trop mal quand ça s'arrête : le manque, le vide, la solitude. Je préfère que ça ne commence pas. Je préfère mon isolement aux risques de l'abandon.

Je préfère ma liberté stérile à l'espoir et à la souffrance de l'arrachement.

J'ai évité leur départ, une camionnette s'est arrêtée devant chez eux, j'ai grimpé le coteau, je suis retournée au bunker, toute seule, histoire d'être loin, de ne pas les voir me quitter. J'espérais que Gjin vienne m'y rejoindre. Il n'est pas venu. J'espérais que les autres, ceux que j'avais vus de loin, que je croisais parfois en ville, j'espérais que ceux-là déboulent, m'agressent, me fassent du mal, m'apprennent à me résigner. Il n'y avait personne, je suis restée quelques heures, seule entre les murs de béton sale, à respirer les odeurs d'urine et d'humus.

À mon retour, le chemin des Bordiaux n'avait pas changé. J'aurais voulu qu'il soit ravagé, j'imaginais les arbres flétris, l'herbe grisée, la route craquelée. Non, notre chemin subsistait dans sa verdeur joyeuse. Quand je suis entrée dans la cuisine, Papa regardait par la fenêtre, la Meuse méandrait, les arbres bavardaient avec des nuages blancs qui se précipitaient vers l'est, les camaïeux de verts tapissaient le coteau, je me souviens même que des cons d'oiseaux chantaient. Comme si c'était le moment de chanter, dis-je tout haut. Papa a posé la main sur mon épaule. « Ils t'embrassent, ils ont promis de donner des nouvelles. » Je n'y croyais pas. Papa non plus. Nous avons regardé la vallée, il s'appuyait sur moi et cela me permettait de sentir que j'existais, c'était la preuve, la preuve chaude, douce et vivante que je n'étais pas rien.

Plus tard, Marie-Jeanne a loué la maison à un jeune couple : une femme enceinte et un homme mince, je les ai observés. Ils étaient calmes et bien élevés, les Vanhamme allaient être contents. Le couple ne voulait pas du mobilier de la vieille Madeleine. J'ai demandé à Marie-Jeanne si je pouvais récupérer la table de la salle à manger. C'est devenu mon bureau, il occupe la moitié de ma petite chambre, j'y travaille sur le chêne ciré où, pendant quatre mois, j'ai mangé de la tava tous les vendredis soir,

Madeleine avait pris soin de ces planches pendant des dizaines d'années et elles servent.

Une carte postale est arrivée de Genève en septembre. Écrite par Zef, je crois, il travaillait dans un garage BMW et Gjin avait des petits boulots d'interprète pour l'Unicef. Les jumeaux commençaient un lycée technique. *La famille vous remercie.* Il ne parlait pas de Rreze ni du père.

J'ai terminé mes études secondaires à l'athénée, où de nombreux élèves étaient plus bizarres que moi, ce qui m'a permis de passer inaperçue, à mon grand soulagement.

J'ai tenu ma promesse : le premier venu m'a dépucelée, il s'est révélé volontaire, gentil et efficace. En se rhabillant, il a dit : « Voilà », j'ai demandé si c'était fini, il a dit oui, et en partant : « Merci. » J'ai répondu : c'est moi qui te remercie. Je ne me souviens pas de son prénom. J'ai connu d'autres garçons, je me suis améliorée, avec un peu de concentration, j'ai atteint la zone du plaisir, puis des orgasmes mécaniques, c'était facile. Pour jouir, il suffisait de décrocher : je pensais à Gjin, à sa main mutilée, à sa caresse et à son baiser dans l'appentis, une histoire que je me racontais en la prolongeant, mais je me sentais toujours gauche, parfois décalée, comme aux cours de gymnastique, toujours la même question. Qu'est-ce que je fous là ? Rien n'a de sens.

J'aurais accepté un certificat médical perpétuel pour tout. Mais j'ai continué à exister et à étudier.

Mads me manque.

8.

Encore un an pour terminer mes études. J'ai testé l'alcool une seule fois, je me suis réveillée dans mon vomi avec un poignet foulé, ça n'a amusé personne. Je n'ai aucun souvenir de l'ivresse, je ne bois plus jamais. La science repose : quand je me concentre sur mes cours, sur mes labos, je suis là où je suis, ça me calme. Je me laisse étreindre par les bâtiments vieillis, installés dans une ancienne abbaye, le long de la chaussée romaine. Leurs murs de briques irrégulières, le parc décati.

Les filles sont peu nombreuses en faculté d'agronomie, on a un sacré choix de garçons, il suffit de proposer d'aller faire un tour et on sait à quoi s'en tenir. J'ai appris à identifier au premier baiser ceux qui me conviennent. J'ai évité les empoigneurs, les agrippeurs et les hésitants périphériques, les charitables et les narcissiques. Le premier baiser me donnait une information immédiate sur l'intérêt du gars et sur notre compatibilité. Cette année, il y a eu Mads et c'est devenu beaucoup plus simple.

Après deux ans d'agronomie générale, j'ai dû choisir une spécialisation, rien à foutre de la brasserie, de l'agriculture ou de l'agroalimentaire, j'ai tiré à pile ou face : foresterie ou tropicale ? Face : tropicale. Papa était un peu déçu, je le voyais à l'inclinaison de son cou, aux omoplates qui pointaient sous sa chemise, à ses yeux qui devenaient gris, les paillettes d'or ternissaient, l'argent s'oxydait, pas un reproche, pas de conseil et je me suis inscrite en foresterie. Papa m'a approuvée d'un rire métaphysique, plein de recoins somptueux et d'échos de temps passés.

Cette année, on nous a annoncé des travaux pratiques de géologie en sous-groupe. Ils appellent ça « le terrain ». On nous avait répartis sur deux sites : le Fond'Ry des Chiens à Nimy et la Roche à l'Appel près de Muno. Pas de chance, on m'avait inscrite à Muno qui est à quelques kilomètres de Mortepire. Impossible. Quoi, je ne sais pas, peur d'approcher Mortepire, d'être happée par la forêt, de reconnaître des lieux, d'être reconnue par quelqu'un, de ne rien reconnaître, de plonger dans la rivière et de vouloir y rester pour toujours, de croiser Lucie, une laie, une odeur, je ne sais pas.

La secrétaire m'a conseillé de demander un changement de groupe à l'assistant, monsieur Hansen, notre maître de travaux pratiques en géologie. Elle m'a indiqué le chemin pour son bureau, il n'avait pas de poste de téléphone, il occupait une des anciennes cellules de moine, peu aménagées, au deuxième étage des vieux bâtiments. « Il paraît que le recteur a promis des travaux l'année prochaine, on est à l'étroit, ici», dit-elle en montrant les dossiers qui débordaient des armoires.

Monsieur Hansen n'avait pas bonne réputation, on le disait froid et exigeant, mais l'aile des anciens dortoirs possédait un charme délabré qui lui valait des légendes, ça compenserait. Je ne savais pas qu'il y avait des bureaux occupés au deuxième étage.

Dans le petit parc, une pièce d'eau croupie regrettait des grandeurs passées en essayant de refléter le ciel malgré les feuilles mortes qui maculaient sa surface. Octobre filait doux et la porte du vieux bâtiment en brique était ouverte, le grand hall donnait sur trois ailes. J'ai pris l'escalier monumental qui s'arrêtait au premier palier, j'ai ensuite trouvé, au fond du couloir, des marches maigres qui permettaient de monter sous les toits. Le domaine des frères convers, me suis-je dit, il y avait aussi des castes chez les gens de Dieu, nom de Dieu. Nom de Dieu!

J'ai grimpé dans une odeur de poussière humide, je suis arrivée dans un corridor sombre, je n'ai pas trouvé d'interrupteur. Une double porte blanche se détachait dans l'obscurité. J'ai poussé un de ses battants étroits pour entrer dans un sas tout à fait noir. J'ai trébuché sur un encadrement que je n'avais pas repéré sur le seuil, je me suis accrochée à des planches sur le côté, ça a fait un boucan infernal. J'ai tâtonné, une autre porte s'est ouverte face à moi, une silhouette en contre-jour m'a demandé:

— Qu'est-ce que tu fais dans le placard?

— Ah, je suis dans un placard ? Je cherche monsieur Hansen.

Il me regardait alors que je ne pouvais pas le voir, il a dit :

— Trouvé.

— Je voudrais changer de groupe pour les travaux pratiques, en deuxième ingé.

— Suis-moi.

J'ai trébuché sur le second encadrement, me suis accrochée à un mur.

Une pièce au plafond bas, pleine de livres et de dossiers bien rangés sur le sol en piles régulières ; je me suis retournée vers le placard, j'y ai vu les étagères latérales. Un parfum végétal troublait l'odeur poussiéreuse du bâtiment.

Il s'était assis devant une fenêtre minuscule, à contre-jour encore, derrière un bureau. Je restais debout, je lui ai demandé s'il fallait toujours passer par un placard pour entrer chez lui. « C'est quoi ton problème ? » On m'avait prévenue : froid et exigeant. Je lui ai dit que je connaissais déjà la Roche à l'Appel, je voulais découvrir autre chose, curiosité intellectuelle, motivation. J'avais préparé un joli monologue : le chaos de blocs de poudingue, les trois périodes géologiques séparées par leurs discordances. Le cycle calédonien et le cycle hercynien. Je n'ai rien laissé au hasard. Il s'est éclairci la gorge, j'ai écouté ses explications ironiques. « On a mis toutes les filles dans le même groupe. Pour votre confort, il y a eu des plaintes l'année dernière, assieds-toi. » Je lui ai dit que je m'en foutais des garçons ou des filles, du confort, je voulais aller au Fond'Ry des Chiens par intérêt scientifique, je n'avais pas peur des garçons, je voulais voir l'Eau Noire et l'Eau Blanche, leur confluent, je ne voulais pas perdre mon temps : je connaissais la Semois par cœur.

Pendant que je parlais encore, il avait allumé une lampe, s'était penché dans un tiroir, en avait extrait un paquet de feuilles ; il a biffé mon nom sur la liste de la Roche à l'Appel, il m'a inscrite à Nimy, m'a fait signer « pour accord », a griffonné une autorisation pour le secrétariat. Je devais signaler le changement, une question d'assurances, m'expliqua-t-il en relevant la tête, et c'était réglé.

J'avais cru qu'il faudrait insister, j'avais préparé un entêtement inutile qui me laissait désœuvrée. Alors, je me suis assise et je l'ai observé. Il se laissait faire, ou peut-être qu'il m'observait lui aussi. Son visage dysharmonique me plaisait : les pommettes trop hautes, la mâchoire asymétrique. Sa lèvre supérieure saillante lui faisait une moue de gamin qui prépare un baiser. Le nez aquilin, les yeux enfoncés sous des sourcils bruns et des cheveux châtains, une face composée d'éléments disparates et d'âges différents, un paysage biscornu, le chaos des poudingues. Trois périodes séparées par leurs discordances, il avait une tronche de grand intérêt géologique. « Autre chose ? » J'ai rougi, j'ai fait non de la tête. Et quand il a souri pour la première fois, un éclat a lissé ses reliefs chaotiques. « Tu peux sortir par la porte. Sauf si tu aimes les placards », dit-il.

On s'est levés, il était plus grand que je ne l'aurais cru. Il m'a entraînée dans le couloir, qu'une ampoule anémiée a éclairé de son mieux. J'ai vu les autres petites portes brunes, discrètes dans le mur brun, j'ai dit : des portes caméléon ! Il a encore souri, il était à quelques centimètres de moi, je sentais son parfum d'herbe coupée, quelque chose de très vert et très triste ; j'avais envie de le toucher, d'habiter son odeur. Bon signe. Alors, je lui ai proposé un café pour le remercier, il m'a invitée à le boire chez lui, j'ai accepté, je ne sais pas pourquoi ; il m'a dit de l'appeler Mads et de le tutoyer, j'ai demandé si j'avais bien compris, il a fait oui, et j'ai été heureuse et surprise qu'une invitation puisse être si simple, puis je me suis dit que les types bizarres étaient très confortables.

Sur le chemin, je lui ai demandé d'où il venait, comment il était arrivé à Gembloux. « Danemark. » Il parlait bien français, presque pas d'accent. « Grand-mère française. L'Europe et ses réseaux », dit-il. Je lui ai répondu que ce n'était pas nouveau : Gembloux dont nous foulions le sol en marchant avait connu de grandes batailles. La guerre en 1940, un massacre de Marocains, d'Algériens, de Français et d'Allemands. L'affrontement des gueux contre Don Juan en 1578, Espagnols, Autrichiens et Italiens, les gueux des Pays-Bas. La bataille de Sabis, César et ses troupes qui incluaient les traîtres Bellovaques et Eduens contre les Nerviens, à Gembloux encore.

La terre est pleine de vieux sang, ai-je ajouté, le sang de l'Europe et de ses réseaux. Partout. Tu connais sûrement Waterloo, les tranchées de l'Yser, les villes bombardées. N'importe où, tu peux découvrir les traces de la violence et de la cupidité. Il écoutait mon plaidoyer antimilitariste, j'ai conclu, bavarde et agitée, sur la violence des hommes. Là, j'ai fait une pause, je m'emballais, comme avec les Hoxha, comme à *L'Oasis*, quelque chose me poussait à déverser des bordées d'informations que j'avais glanées à la bibliothèque et lors de mes longs étés à Mortepire. J'avais pourtant relégué ces vindications historico-politiques dans mon adolescence, j'étais adulte, bordel de merde, vingt ans, qu'est-ce qui me poussait à me sentir gamine à nouveau? «Je ne t'emmerde pas?» Il n'a pas répondu.

Je le tutoyais et je me suis tue. J'ai remarqué que je ne me sentais bien qu'avec des étrangers. Ou des gens de passage. Ou des sans lieu. Sauf Papa et Lucie. Ou avec le passage sans lieu de gens comme Papa et Lucie. Je me suis embrouillée toute seule. Puis j'ai envoyé ces pensées stériles au caniveau, il y avait des feuilles mortes, les marronniers déjà, puis j'y ai vu les pieds de Mads. De grands pieds. Son pas ouvrait une page blanche devant moi. Il n'a pas réagi à mon silence et on est arrivés placides chez lui. Le laisser faire maintenant.

Mads a ouvert la porte de son appartement, il a demandé: «Tu veux visiter?», on a traversé une petite pièce à grands pas; il a dit: «Salon» et sa voix a bondi entre les murs et les fauteuils comme un chien curieux, j'ai repéré le canapé où je m'installerais pour le café ; il a enchaîné : « Cuisine » quand nous sommes passés derrière une cloison, j'ai vu le percolateur ; il a désigné la salle de bains dans le couloir et le mot a humé la pièce sans y entrer. L'appartement débouchait dans une chambre immense qui donnait sur les serres de la faculté. « Chambre », ça a rempli tout l'espace, l'odeur d'herbe coupée m'envoûtait, ça n'avait rien à voir avec un café, ça se dilatait, nous entraînait vers le lit, il a levé une main accueillante, sans pression, sans demande. Quelque chose était possible, une liberté. J'ai posé ma paume contre la sienne, j'ai avancé d'un pas. J'ai bêtement glissé le nez dans son aisselle, il n'a pas réagi, il attendait et j'ai habité son attente, calme, suspendue à son odeur végétale.

C'était le même apaisement que quand on peut s'asseoir après une journée de marche, qu'on mange après avoir eu faim, qu'on pisse après s'être retenu trop longtemps, un soulagement indescriptible qu'il a transformé en désir par gestes très lents, il a demandé : « On peut bouger ? Tu veux ? » Oui, je voulais. Une heure après m'avoir changée de groupe, mon maître de travaux pratiques me faisait profiter de sa forme physique, de ses caresses taciturnes, de sa générosité et de son expérience. Je suis partie de chez lui surprise. Je n'avais pas dû me détacher pour jouir, au contraire, le réel m'avait adoptée, mais dans un lieu enclos, un repli bien caché. En sécurité.

Le lendemain, je suis retournée à son bureau, j'avais drôlement envie de recommencer pour voir si ça fonctionnerait encore. J'ai frappé à la porte brune, il a ouvert, il a eu l'air surpris, j'ai demandé s'il préférait que je réapparaisse dans le placard, abracadabra ? Ou si ça lui posait problème que je revienne si vite, s'il avait cette croyance débile que la femme doit attendre que l'homme la recontacte. « Non. Tu veux ton café ? » J'ai eu envie de le mordre, ça ne se fait pas et je l'ai mordu. Nous n'avons pas pris la peine d'aller jusqu'à son appartement, le bureau avait une clé et le placard un verrou. Il n'y a pas eu de café. Ça fonctionnait encore.

9.

Mads n'est pas mon petit ami, les assistants ne sont pas censés coucher avec les étudiantes. Il a créé un no man's land en dédoublant ma frontière. Son appartement est devenu un refuge, un territoire dans lequel je suis invisible des deux fronts, où je peux me détendre. Il ne cherche pas à dominer ni à posséder. Il a la caresse mélancolique, le sexe généreux. Une profonde tristesse dans la joie, il dit que c'est typique des Danois, un côté Harald à la dent bleue, j'apprécie, ça me détend, on peut être complexe et ça simplifie le réel, ce n'était pas très clair, je ne comprenais pas, mais je me laissais embarquer.

Je me suis habituée à son air soucieux et à sa tristesse, je n'en souffrais pas : il ne m'entraînait pas dans ses glissements de la sérénité vers l'apathie dégoûtée. Mais nos rencontres devenaient parfois plus obscures, mélancoliques et, dans le plaisir, les noirs se mordoraient de teintes irrationnelles. Il pleurait parfois. On n'en parlait pas, on parlait peu. Sauf ce jour-là. On était au lit, il était encastré derrière moi, sa main encore prisonnière de mes cuisses. Il voulait m'expliquer cette tendance à la dépression, une sorte de tare familiale, un handicap. Il voulait me faire comprendre quelque chose, parce qu'il en sortait, de cette fichue dépression et qu'il ne fallait pas que je m'inquiète. Je ne m'inquiétais pas. À sa naissance, le grand-père avait demandé à ses parents : « Vaut-il mieux un petit-fils qu'un suicide ou un meurtre ? » Sa grand-mère en avait ri. Le jour où il a reçu son diplôme et une bourse européenne pour un doctorat, lors du souper familial, sous le regard attendri de sa grand-mère et de ses parents, Mads avait entendu son grand-père lui dire : « Félicitations pour ce diplôme et cette bourse, mais ils ne t'aideront pas à trouver une place sur cette Terre, nous sommes une anomalie, toi et moi. » La famille était habituée à son humour noir, ils l'ont trouvé pendu dans le grenier le lendemain.

Chez eux, m'expliquait-il, on regarde le ciel et, s'il pleut, on se désole. Quand le soleil revient, il permet aussi de se lamenter sur la fin inévitable du beau temps : il ne faut jamais rater une occasion de désespérer, c'est un trait culturel, mais chez les Hansen, c'est pathologique. J'étais détendue, un peu étourdie. J'ai marmonné : *Quand le ciel bas et lourd pèse comme un couvercle.* Je me suis retournée en dégageant sa main, il me lançait un regard de cabillaud congelé, j'ai précisé : Baudelaire. Tu n'aimes pas la poésie ? Non, il n'aimait pas, d'ailleurs, chez eux, à part les cantiques au Temple, on n'apprenait rien par cœur. Il a soufflé doucement sur mes seins, tout près, j'adorais ça, je sentais la tiédeur et l'humidité de son haleine. Il a fait une moue qui a amplifié le chaos hétéroclite de son visage, comme si le fil qui avait servi à coudre le patchwork allait céder. Non, rien à faire de la poésie, il ne la comprenait pas. «Je connais quand même deux phrases, attends. Je traduis: *Calmes les vagues et les vents/Dans le repos nocturne de la forêt.* » Je trouvais ça magnifique, je l'ai enjambé, il avait l'érection généreuse, et j'ai murmuré que je n'avais jamais vu la mer, j'ai regretté d'avoir dit ça, qu'est-ce qui me prenait? Il m'a attrapé le menton, il plissait les yeux, mais je m'étais déjà enfoncée sur lui, pas envie d'autres confidences, revenir au calme, calmes les vagues et les vents. Par réflexe, j'ai engouffré son pouce que j'ai mordillé, j'y trouvais ma propre odeur, j'avais peur et j'essayais de comprendre ma peur, je n'étais plus assez là, je pensais trop, il s'est remis à parler, je ne voulais pas, j'ai posé une main sur sa bouche, il l'a écartée, il trouvait incroyable qu'une fille comme moi ne connaisse pas la mer. Il pourrait m'emmener à la mer du Nord. Je savais nager? Ça m'a gênée, il y avait de la pitié dans son regard, des projets aussi et j'ai compris ma peur. J'ai craché son pouce, bondi du lit, je lui ai dit que je n'avais pas besoin qu'il me paterne, ça m'emmerdait, si c'était pour dire des conneries, je préférais qu'il se taise, espèce d'Harald à la dent bleue le taciturne; je me suis écartée, rhabillée, je suis partie sans colère, c'était la peur d'un lien, je mimais la colère quand j'avais peur. Et puis une autre peur a remplacé la peur, et ça faisait beaucoup : et si c'était fini ? Et si on ne faisait plus l'amour, est-ce que je vivrais encore ce qu'il m'avait fait découvrir ? C'était un manque anticipé.

Je l'ai croisé le lundi à la sortie du labo, il avait l'air perplexe, les yeux mi-clos, les pommettes aux aguets, la lèvre en proue, il m'a demandé si je n'avais pas, par hasard, éprouvé *un long ennui* et si je n'avais pas une sorte de couvercle sur la tête, comme disait le poète dont il avait oublié le nom. J'ai souri, des étudiants passaient dans le couloir. Il a proposé cinq heures chez lui et, à cinq heures une, tout était réparé, simple : la reddition, les caresses, les relâches et les tensions, les soupirs et les silences, les cadences, le temps suspendu, nos odeurs, le plaisir, rien de commun avec les orgasmes mécaniques. Rien qui ressemble à mon premier baiser. Ni à la journée au bunker. Ni au désir obstiné que je portais à Gjin. Je ne pensais presque plus à lui.

Les garçons de mon âge n'avaient plus d'intérêt. Après quelques mois, Mads m'a donné une clé de son appartement, j'ai refusé, je ne voulais pas m'engager, pas me lier, il m'a rassurée : c'était seulement pratique, un moyen pour lui de ne pas devoir stresser s'il était retenu au bureau et que je l'attendais. J'ai accepté. À condition que ça n'implique pas une sorte de promesse, de fidélité. Non, il ne se priverait pas de coucher avec d'autres filles, je pouvais être rassurée et il ne me demandait rien. « La liberté, dit-il. C'est une clé qui ouvre et qui ne ferme pas. » Une liberté théorique dont je n'ai pas eu besoin.

La foresterie me décevait, ils nous apprenaient à jardiner la forêt. En futaie ! Jardinée ! Cultiver des sapins de Noël. Je m'étais inscrite en foresterie, pas en sylviculture ! Le but était toujours le même : un maximum de profit pour un minimum d'effort, rien à voir avec les souvenirs de notre symbiose avec Mortepire ; je me planquais, je comprenais, je pouvais régurgiter la matière et les techniques avec un peu de dégoût, je pressentais que j'étais une infiltrée, une taupe, un agent double.

Papa approuvait ma réserve. J'en ai parlé à Mads, il était en phase mélancolique, il a grommelé : « Le triomphe des requins, partout, et ce sont les violents qui le prennent. » J'ai reconnu un titre de Flannery O'Connor, je lui ai dit : *Et ce sont les violents qui l'emportent*, c'est un texte magnifique. Il a dit que non, c'est dans la Bible, « Matthieu, je crois, c'est terrible. C'est vrai. » Ce jour-là, ses caresses taciturnes devenaient plus sombres, le plaisir prenait un goût de saccage et, plus tard, quand il est sorti de la dépression, il a expliqué que mon imperméabilité à ses ténèbres le rassurait. « On dirait, dit-il, on dirait que, quand je suis de l'autre côté, tu me tiens par un fil, tu me rappelles que je peux revenir. »

Il m'offrait un pli géologique virtuel. Il ne semblait rien attendre et il m'accueillait. Il ne me reprochait pas mes absences et je ne m'offusquais pas de ses tristesses, j'étais bien chez lui. Je me laissais aller, tant pis si je récitais de la poésie, des anecdotes historiques ou des petits délires, tant pis si j'étais maladroite et poilue, rien ne le dérangeait dans ce que j'étais, incroyable aubaine réciproque. À force, j'ai baissé la garde. Tout à fait là, plus besoin d'imaginaire, à l'abri du no man's land.

À condition que je reste attachée à l'absence d'entrave, nous nous convenions.

Ma vie avec Papa était simple : il travaillait, j'étudiais, nous lisions et, quand il passait les week-ends à Mortepire, j'allais chez Mads.

10.

Maintenant, je vais te le dire, le secret. Qui va pas te plaire. Y'avait plus que nous deux, Renaud. Je travaillais à la mine et toi tu faisais l'avocat. Tu suivais je sais pas quel coup tordu du 'Pa. C'était après les brames, t'avais ramené la même fille, ça faisait trop de fois la même. La chasse pas encore ouverte. La cabane chauffée par le poêle, la cabane de la parcelle qu'on a près de la Roche à l'Appel. J'ai passé la nuit à vous regarder. Y'avait un peu de brume, ça sentait le terreau, le champignon, la fumée. Tu vois, Renaud, j'ai l'odeur qui me revient malgré ma propre pourriture. Je me tenais derrière la fenêtre, en me penchant, je vous voyais dans le fond. Ce que tu lui faisais, Renaud ! Comment tu la prenais dans tous les sens !

Écris, lâche pas, t'es obligé.

Nonné ! C'était pas la première fois. Tu l'as laissée pour aller mettre une bûche dans le poêle. T'es passé à pas un mètre de moi, derrière la fenêtre. T'étais tout nu. Tu venais de la foutre et t'étais déjà prêt à recommencer. T'as regardé vers le bois, est-ce que tu m'as vu ? Non ? T'y es retourné. Vous parliez pas beaucoup, trop occupés, elle était bruyante, la Bruxelloise, pas en paroles. Elle beuglait comme un âne quand tu la prenais par le cul. Et toi, t'en avais jamais assez. J'en ai profité pour me faire du bien. Quoi ? Y'a pas de mal à profiter, ça vous a pas empêchés, que je sache. Après j'ai tourné en rond, j'avais froid, je râlais. Attends.

Nom de Dieu. De l'air. Mes poumons dégueulasses.

J'étais jaloux. Continue d'écrire, Renaud, c'est pas parce que je te dégoûte que tu dois manquer à ta charge.

J'ai exagéré.
Salope de toux. J'ai plus d'air.

J'étais jaloux.

T'expliquerai plus tard. Trop dur aujourd'hui.

Je veux dormir. Pour ce matin, c'est terminé.

J'ai pas envie de partir avec ça sur le cœur. J'ai pas peur de l'enfer, ni de l'éternité, on n'y croit pas, hein ! Y'a que not' chair et nos os qui vont retourner à la terre, au grand compost général, le jus va se filtrer jusqu'à la rivière, on va se faire terreau, sève, fruit, confiture. La mémoire. Le respect. Ce que tu écris pendant que je parle, faut que ça dure. Qu'on sache qui on était parce qu'on a pas de gosses derrière nous. Notre nom doit rester, notre histoire. La malédiction qu'ils croyaient les Charles. Qui c'est ce gars-là qui crève en radotant et l'autre qui écrit. Moi, à part les comptes qu'il fallait tenir, j'ai pas tracé une ligne depuis les primaires. Je saurais même plus. Que j'ai marié Claire qu'est prof, ça faisait marrer les gens, je le sais bien. Elle me traite pas de haut, manquerait que ça, parfois, elle est pas fière de qui je suis. Ce qui compte, c'est qui on est, tous ensemble, hein ? Et tu sais ton devoir. Notre respect.

T'arrête pas, hein Renaud, t'es lié. Faut me faire ma volonté qu'est la volonté du transi. Je sens déjà plus mes jambes. T'as pas le choix.

Attends, j'ai plus d'air. Trop de fatigue. Attends.

11.

Les travaux pratiques approchaient : le séjour au Fond'Ry des Chiens. J'en ai parlé à Papa. Il s'étonnait de ma tranquillité à l'idée d'un week-end avec d'autres étudiants. J'ai haussé les épaules, je lui ai dit que j'avais une relation avec notre maître de travaux pratiques. « Une relation ? » Ça brasillait résineux dans son regard, je ne comprenais pas sa joie, j'ai bredouillé quelques informations sur Mads, les seules que Papa aura connues : Mads Hansen. Assistant, thèse sur le radon dans l'anomalie uranifère de Daverdisse. Ça ne lui suffisait pas : « Et ? » Danois. « Et ? » Et il présente sa thèse en septembre prochain. « Et ? » Et il est fort, mélancolique et doux. Rationnel et dépressif. Il croit qu'il n'aime pas la poésie.

Je ne voyais rien d'autre à dire. Papa a posé la main sur mon bras, j'ai senti sa fatigue et sa joie, il a dit que la douceur et la force étaient très importantes pour nous, que je reconnaîtrais une odeur, un signe, parfois cachés derrière une anomalie ; je ne sais pas s'il a dit tout ça, mais je l'ai compris. Ses yeux grésillaient, j'ai détourné le regard et nous avons contemplé la vallée, le fleuve qui s'obstinait à rejoindre la mer du Nord, le pont ferroviaire sur la Meuse. Tout reprenait sa place, il s'appuyait sur ma rencontre avec Mads.

Au Fond'Ry des Chiens, la cohabitation forcée avec les étudiants était pénible : rivalités de territoire, démonstrations de grandes gueules, beuveries. Deux jours parmi des mâles immatures. Nous logions dans une auberge de jeunesse, j'étais la seule fille. Mads nous encadrait, il était dur à la tâche, exigeant, rigoureux. Pas sympa disaient les étudiants. Pas sympa du tout. Le modèle « observation-information-hypothèse-planification-prélèvement-analyse » répété des dizaines de fois nous abrutissait. Il appelait ça du drill, il voulait qu'on développe des réflexes aussi fiables que le chien de Pavlov. J'étais la seule à saliver.

Je l'évitais, nous avions convenu de nous retrouver à l'arrière de la camionnette technique du département de géologie quand les autres se seraient couchés, tard dans la nuit. Je m'impatientais.

Les étudiants échangeaient sur leurs lieux d'origine en picolant, la soirée traînait et ils m'ont interrogée : d'où est-ce que je venais ? Ils ne situaient pas mon accent. J'ai répondu prudemment Namur et un gros gars de Bertrix a éclaté de rire : à un moment, il s'était demandé si je n'étais pas une des Bayard de Mortepire. Il a expliqué aux autres que cette bande d'australopithèques foutaient la trouille aux gens du coin. Des dégénérés qui se reproduisaient entre eux depuis des générations. « Ils ont des rebouteux, dit-il, qui peuvent faire ce qu'ils défont. Moi, je suis pas naïf, mais il y a parfois des choses bizarres. Y'en a qui disent que c'est une sorte d'hypnose sur les gens qui y croient. Mais sur les objets ? Mon père racontait qu'un jour, en ville, une des femmes Bayard a laissé tomber son panier de noix dans la rue, des gamins l'ont moquée, c'étaient des copains à mon père, et ils ont pris des noix pour filer avec. C'était pas bien méchant. La femme a rien dit mais elle a levé l'index comme ça, doucement, vers les gamins qui ont foutu le camp, y'en a un qui s'est retourné et il a pissé dans ses culottes, et il a vu qu'elle a pointé sa ferme, ils ont lâché les noix dans la rigole. La femme a tout ramassé. Le lendemain, y'a une remorque qu'a dévalé vers eux, dans leur cour, sans raison. Rien de cassé, ils ont eu le temps de se planquer, mais une sacrée trouille. Ils ont pris ça pour un avertissement, y'a pas un gars de leur génération qu'aurait fait le malin avec une fille de Mortepire. Bon, ajouta-t-il, je suis quand même rassuré que tu ne sois pas de là, tu vas pas me foutre le mauvais œil si je te colle la main aux fesses ! »

Les autres se marraient. J'ai précisé qu'à défaut de mauvais œil, je pouvais lui foutre un poing dans la gueule. Il a bredouillé : on lui avait dit que j'étais plus accessible, moins regardante au début des études. J'avais un copain ? J'avais un amoureux ? Je m'étais casée ?

Mads ouvrait une bière, impassible, ses pommettes curieuses proches des yeux : il écoutait. Je caressais la manche de mon coupe-vent qui reposait comme une dépouille sur le dossier de ma chaise. J'ai dit, en fixant le gros gars de Bertrix, qu'à l'abbaye de Maredsous, ils avaient encore un exorciste qui pourrait peut-être casser la malédiction du célibat de certains. Ils se sont tous moqués de lui puis ont évoqué les guérisseurs, coupeurs de feu, sourciers, rebouteux et autres radiesthésistes de leur coin. J'avais développé une sorte d'aïkido communicationnel, quand quelque chose allait me déséquilibrer, hop ! je le renvoyais à l'émetteur. Mads m'observait avec un détachement forcé.

Cette nuit-là, on a roulé jusqu'au confluent de l'Eau Noire et de l'Eau Blanche, on ne voulait pas qu'un étudiant nous surprenne dans la camionnette en sortant pisser. La nuit nous entourait, elle ne dormait pas. Avec Papa, quand j'étais petite et qu'on roulait vers Mortepire dans le noir, les phares éclairaient devant nous et je pensais qu'au-delà, la route s'arrêtait, qu'il y aurait un précipice, un abîme, que Papa, moi et la Volvo, on tomberait dans le néant, avalés par le sol, qu'on se retrouverait encapsulés au centre de la Terre dans notre voiture. Une géode. Et plus je regardais la lumière des phares, plus je voyais le néant au bout. J'ai toujours senti que quelque chose me tirait vers le centre de la Terre, une force infernale. Quand je marche dans le noir, je m'attends à ce qu'une faille s'ouvre sous mes pieds, qu'on m'attrape par la cheville pour me ravir. Chaque fois que je tombe, je suis surprise du sol, de cet arrêt brutal contre une surface. J'ai toujours l'impression que je vais traverser cette croûte, disparaître dans la profondeur. En fait, je l'ai toujours espéré. Je voulais me perséphoner.

Mais sur la route, avec Mads, j'avais une confiance crétine, je ne pensais même pas à la fin du faisceau de lumière, l'obscurité et les arbres nous protégeaient. On était pressés, nos caresses cherchaient à soulager l'impatience, elles nous rendaient plus fébriles, il a loupé un changement de vitesse, on a frôlé un muret, on s'est calmés jusqu'à un petit terre-plein. Là, on a fait vite : trop de tension accumulée.

On a repris la route vers le confluent de l'Eau Blanche et de l'Eau Noire, Mads a dit : « C'est ici, tu m'as parlé de ça quand tu as voulu changer de groupe », on ne voyait rien du tout, pas de lune, pas de lampadaire, alors on s'est couchés à l'arrière du combi de la faculté pour recommencer, il a essayé de me faire parler de la Roche à l'Appel et de Mortepire. Il y avait du jeu dans ses questions, il suspendait une caresse, arrêtait un mouvement, cassait le rythme, me laissait pantelante dans sa curiosité, je ne voulais pas m'approcher de Mortepire, j'avais fait des progrès en dissimulation, je glaçais mon cortex et j'embrasais le reste de mon corps, ce chaud-froid m'excitait, je luttais pour le droit d'exister, d'être en lien et de jouir malgré Mortepire. Il insistait : C'était quoi, cet endroit que j'avais soigneusement évité ? Est-ce que je ne l'aurais pas un peu escroqué avec mon changement de groupe ? Est-ce que le placard avait fait partie d'une tactique australopithèque ? Qui vivait du côté de la Roche à l'Appel ? Il cherchait une réponse. Il avait de sacrés arguments, il enflait mon désir, il jouait avec mes nerfs, aux confins, j'étais chauffée à blanc mais tenace et mutique, les confins me ravissaient, je pouvais les laisser durer, j'y étais chez moi, je n'ai rien révélé, c'est lui qui a craqué. À mon grand plaisir.

L'Eau Noire, résurgée de peu, coulait à quelques mètres, on pouvait sentir son odeur de rivière acide, plus loin l'Eau Blanche qui gargouillait ses eaux crayeuses, on s'est abandonnés.

Il m'a taquinée : Les étudiants se posaient des questions. J'avais un copain ? un amoureux ? Je m'étais casée ? Je lui ai cité Artaud : *Et l'amour ? Il faut nous laver/de cette crasse héréditaire.* Il a soupiré.

On n'avait pas envie de rejoindre les chambres de l'auberge de jeunesse, on s'est enfoncés dans un sous-bois. Je retrouvais les sensations de la marche de nuit parmi les arbres, comme avec Lucie à Mortepire, les pieds prudents dans la mousse et les fougères, les odeurs. Nous nous sommes allongés dans une sapinière, il faisait frais, on était là, avec nos bottines de marche aux pieds, les sexes dénudés à la va-vite, le tapis d'aiguilles crissait dans mon dos, le tissu de mon coupe-vent m'isolait de leur piquant, ça sentait la résine et le champignon. Le plaisir est revenu très lentement, en mouvements paresseux, on avait le temps, on bougeait à peine. Deux mammifères placentaires accouplés dans la forêt.

Je regardais les étoiles par-delà les branches de sapins, les noirs colorés apparaissaient : noir rouge des troncs, noir bleu de l'air, noir jaune du ciel, j'entendais le silence des animaux, le souffle de Mads dans mon oreille, il a dit : *Dans le repos nocturne de la forêt.* On est restés immobiles, j'ai dit : Ne bouge pas. Et tout grandissait au point de disparaître : la forêt, la peur, la distance abolie entre Mads et moi, tout m'entraînait dans une expansion tranquille. Le froid humide m'a distraite, j'ai pensé à la maison : Papa connaissait son existence, ça m'a paru bizarre. Fort. Et doux. Papa sait que je suis avec cet homme cette nuit. J'ai poussé mon bassin plus fort contre les hanches de Mads, il a dit : « On peut bouger maintenant ? » Tout a disparu, il n'est resté que le plaisir.

Le lendemain, le gars de Bertrix souffrait le martyre : une grosse diarrhée, rien de bien grave, pas de sort, un coup de bol, il me regardait en biais, il allait me foutre la paix celui-là. J'étais assise derrière Mads qui me caressait la cheville en conduisant : j'avais glissé le pied entre sa portière et son siège, c'était discret avec mon coupe-vent posé sur mes genoux comme une couverture. Les étudiants à moitié endormis cuvaient leur bière. On a écouté la radio dans la camionnette, les infos parlaient d'une catastrophe nucléaire en URSS, l'incendie était maîtrisé, deux morts, un nuage se dirigeait vers l'Europe de l'Ouest mais rien d'inquiétant, Mads a lâché ma cheville, augmenté le volume. Puis il a coupé la radio. Un gars a rigolé : « Pas de chance, m'sieur Hansen, ça va brouiller vos résultats sur le radon à Daverdisse… » Mads n'a pas répondu, on n'avait plus envie de rire, il a serré ma cheville, très fort et ce n'était plus une caresse.

Mads m'offre son hospitalité. Je m'éveille abritée. Comme quand, avec Lucie à Mortepire, nous étions deux cerneaux de noix dans leur coquille, la coquille dans sa bogue. Quand il entortille ses doigts dans mes cheveux ou dans mes poils, je me sens animale. Il décrit la nature du sol et ses dépressions avec le même calme qu'il fait un café, désinvolte, il se promène nu dans l'appartement, ça me rassure et je commence à l'imiter. Depuis le Fond'Ry des Chiens, on est moins prudents.

Papa n'en a plus parlé, je crois qu'il attendait que je l'évoque la première. Quand je découchais en dehors des week-ends, je prévenais Papa de mon absence et, la nuit, collée à Mads, il m'arrivait de lui envoyer un petit message télépathique : je suis bien, je suis libre. Il a ouvert une zone dans laquelle je suis entre parenthèses, libérée de la malédiction des frontières. Quelque chose entre nous qui ne ressemble pas à l'amour.

Un matin, des aboiements nous ont éveillés, j'étais fatiguée, je me sentais fragile comme une bulle mais protégée, j'ai dit : *Avant l'aube, un chien aboie, les anges commencent à chuchoter.* « C'est de qui ? » Je ne savais plus. Je ne sais pas.

Il m'a demandé de répéter, il développait un goût inattendu pour la poésie, ça me touchait. Il voulait que je lui récite le poème en entier, pour voir, pour étendre une émotion qu'il sentait, là, disait-il en posant ma main sur sa gorge. Impossible. Je retiens des vers, pas des poèmes, pas toujours les noms des poètes. Pour ça, il faut que j'aille dans les livres, que je fouille, que je m'y vautre et alors je suis embarquée dans le rythme, dans la beauté longue, un vertige qui ne me laisse pas de mémoire ; ce que tu sens, là, dis-je en appuyant la main, c'est tout ce que je peux faire avec les vers isolés qui me servent de bouée de sauvetage, qui me sauvent la vie. Il a soupiré : des vers isolés ? Des vers solitaires ? Et il s'est mis à rire. Son audace m'a médusée. Et attirée. Rire de mes détresses ? Quelle bonne idée. J'ai dit : « Ton français s'améliore. » J'ai ajouté que je n'étais pas très douée pour la réalité, que je préférais souvent l'imaginaire, que je m'échappe dans la littérature, que j'ai peur de la vie. Il m'a interrompue : « C'est faux, Véra, les poèmes sont très réels. La preuve : ils me font bander, regarde. »

Est-ce que c'est fini ? Papa n'a pas rencontré Mads. Depuis mes quinze ans, depuis le carnet, je ne lui partageais plus tout. Il n'aurait pas dû mourir. Je n'ai pas encore pleuré.

Le train s'enfonce dans la forêt. Il pleut. La Semois ! Déjà ? Où ? Le domaine des Épioux ! Du millepertuis couvre le sol. C'est un antidépresseur selon Claire, il chasse la mélancolie, elle préparait des tisanes pour Papa, Mads pourrait en profiter. Les Épioux. Le château du maître de forges, les bas fourneaux, la platinerie de la Forge Roussel, tous abandonnés, la pièce d'eau nappée de vapeur.

Des étangs, des aulnes. Des goutelles dévalent les pentes pour se jeter dans les bras l'une de l'autre et l'acharnement des ruisseaux à rejoindre la rivière, le Tamijean se faufile vers la Semois. La mousse sur les troncs, sur les roches, ce vert surnaturel. Les lichens fantomatiques des rochers. Des méandres et des couloirs d'ombres, la transparence des brumes. J'avais oublié.

Et l'odeur ? Bon sang, cette fenêtre s'ouvre comment ? L'odeur de l'humus. Pourquoi est-il différent des autres forêts ? Comment j'ai pu vivre sans ça ? Je ne voulais pas savoir et voilà que j'ai envie de comprendre comment un paysage peut me charmer. Des gouttes entrent par la fenêtre entrouverte. La Semois, encore, une autre boucle. La rivière m'observe de ses eaux poissonneuses. On a pêché ici. Avec Lucie. On entrait dans l'eau glacée pour approcher à contre-courant des berges herbeuses. À force de penser comme eux, j'entendais le chant des ombres, mes poissons préférés, leur chair au goût de thym est si fragile qu'il valait parfois mieux les relâcher. Ils aiment le graveleux. Ils restent en bandes, au fond, il fallait les aguicher. Méfiants. Frétiller, on pêchait et j'étais un poisson, j'étais le courant et avec Lucie, nous étions la rivière. Puis un banc d'ombres m'emportait. Pas passer la Vanne aux Moines, Oh ! ça non, pas la passer ! Il paraît qu'on prend la mouche trop vite. Méfiants. Gaffe ! Allez, on reste groupés, ondule, ondule. Les filles d'un redoutable viennent, on le sent, elles approchent. Attention, attention. Elles nous prennent, aïe, pas assez méfiés, aïe, gaffe les gars. On nous poinçonne. Après, quand on a eu mal, aïe, ça pique ; ouf ! elles nous relâchent. Bizarre, vite, vite, ondule, ondule, s'éloigner, rejoindre la bande. Groupés, vite, ondule, ondule. Nage, nage, face au courant. Personne pour le moment ? Slalome, slalome. Dire qu'il y a des cons qui nous prennent pour des hotus. Allez, les gars, faites face au courant, frais, frais, tout ce qui passe, ici. Oups une branche. Eh ! vous voyez là-bas ? Près de l'arrivée du tributaire ? Des vifs argents ça brille, ça miroite. Elles sont des dizaines. Eh ! les filles, ça frétille ? Stupides, agitées, nombreuses, pas farouches les ablettes. L'eau pure, l'eau pure. Tout ce qui nourrit vient dans le courant. Nage, nage. Et les grosses mémères, seules, planquées, qui guettent à leur poste, elles se cachent. Eh ça va, les truites ? Nous, on n'a pas peur, on va en bandes, on bascule. L'été, quand il fait chaud, on cherche la fraîcheur des fosses profondes. Les fonds graveleux. Gaffe, gaffe, les mecs, nous, les ombres, ils nous cherchent, et ces cons de rusés, on ne comprend pas pourquoi, parfois, quand ils nous attrapent, aïe ! ils nous relâchent.

Si je pouvais sauter du train, j'arriverais à Mortepire en dix minutes, à travers bois.

12.

Où j'en étais ? T'écris ? Ah oui, t'étais à l'université, tu ramenais des filles de tes études, des filles d'avocats, de notaires, le 'Pa se renseignait sur elles pour mettre ses plans en route. T'y allais de bon cœur, je crois même que t'étais sincère avec elles, ça les excitait encore plus quand tu leur disais de pas s'attacher. Tu le savais que tu faisais la pute, hein, Renaud ? Si le 'Pa il voyait que t'as fini par marier une Portugaise réfugiée qu'a pas de fortune et plus de famille, il ferait péter sa tombe. Malade en plus. T'as vraiment tiré le gros lot. Et quand je pense qu'elle va me survivre. Saleté de poumons.

La fille de l'université qu'est venue trois fois, elle était pas dans nos plans, et t'avais l'air d'oublier qui t'étais, Renaud, tu croyais que tu pouvais choisir, tu regardais ailleurs que not' ban, et elle te collait comme pour te bouffer. Et ça on n'aimait pas. Le 'Pa m'a dit de te pister. De warder. Aujourd'hui, c'est plus pareil, on n'est plus que nous trois, avec Claire qui m'a pas fait de gosse. Je compte pas ta Rosa, avec son cancer, elle va pas nous aider non plus. Y'a plus grand-chose à protéger. Qui c'est qu'aura tout ça ? Et le 'Pa, il a passé outre juste après ce que je te raconte maintenant, il a pas vu venir sa mort, c'est pas comme moi. Il a pas préparé la suite. Moi, je vais vous gâter. Il voulait pas que tu t'en ailles ou que tu partages not' ban, tu devais rester notre entre-deux, à la frontière qu'il disait. C'est pour ça qu'on t'a payé les études, pour les arrangements avec la loi.

Je l'ai attendue, la fille, près de la grotte Saint-Hubert. Elle devait passer par là pour retourner à l'arrêt de bus. Elle m'avait pas vu arriver. Elle m'a souri. L'était 'core toute secouée de tes œuvres. C'est pas compliqué de faire un assassin, tu sais.

Écris ! Tu t'en doutais ? T'as pas l'air surpris. On mange nos propres bêtes, on saignait des porcs, on cogne des lapins contre un coin, on coupe des têtes à des poules. C'était pas plus difficile que ça, fallait une plus grosse barre, y mettre plus de force, c'est tout. Rester bien concentré quand elle m'a regardé dans les yeux et que j'ai vu qu'elle comprenait. J'ai levé la barre, je devais continuer. J'y ai boqué la tête. Après, quand je l'ai tapée dans la brouette, son cou pendait. De la mine, je connaissais une galerie abandonnée près du Rocher au Chat. Un creusage qu'était tombé sur des doubliss. Pas possible à exploiter, que du schiste pourri et des cavités. Un petit tunnel bien noir, avec sa pente à quarante-cinq degrés, je l'ai comblé de gravier par-dessus le corps. J'ai amené des sacs de mortier ; j'en ai coulé ce qu'il fallait, qu'un charognard vienne pas nous la sortir de là. Saloperie de toux, t'entends, je crève, et personne pour m'achever, moi !

Je l'ai pas forcée.

Après, comme elle venait en cachette de son père, personne a pensé à la chercher au fin fond des Ardennes, il paraît qu'ils ont fait des battues dans la forêt de Soignes à Bruxelles. Et toi, t'as rien dit, Renaud, t'as rien demandé non plus, avec la mort du 'Pa, on avait à faire, j'ai pris la relève. Je me suis rendu compte après.

Attends, j'ai besoin de ma piqûre, va chercher Claire. Dis-lui de ramener le sirop du docteur Lemaire. Continue d'écrire, Renaud, t'as pas le choix.

Pourquoi, pourquoi ? T'as rien d'autre à dire ? Oui, t'écris ça aussi. M'emmerde pas, Renaud… Vous savez bien que le 'Pa, il avait ses plans. Toi, tu le comprenais. Pas moi. On lui faisait confiance, pas vrai ? On obéissait. Pas vrai, Claire ? Me regarde pas comme ça, chabraque ! Sois bien contente qu'on t'a pris chez nous, avec ta mère qu'arrivait de nulle part. Tu vas pas faire la loi chez nous.

J'aime pas comment tu me parles, Claire. Qu'est-ce qu'y'a ? C'est quoi, hein ? Ta voix, Claire, Oh ! ferme ta gueule. Je t'ai jamais fait cet effet-là, moi. Alors, vous avez couché ensemble ? Comment que j'ai pas deviné avant ? Ça fait longtemps ? Avec ta pauv' femme qu'est à côté, Renaud, c'est dégueulasse. La pauv' Rosa. Écris, écris ta propre traîtrise. Tu te prends pour le 'Pa ou quoi ? Tu veux tout. De l'air ! de l'air !

Continue, t'as pas le droit d'arrêter maintenant. Écris, je crève et toi t'écris ! Pas le choix, oublie pas. Oublie pas qui on est. Vous avez du culot, hein. À vous relécher pendant que je crève. Et que la pauv' Rosa se repose à côté.

IIII

1.

La veille, on avait pêché des ombres, leur chair tournée m'avait rendue malade, à cause de ça on n'était pas allées à Avioth et Lucie m'a fait lire le carnet. J'avais cru y trouver une belle histoire, ma famille, quelque chose sur ma mère, Rosa.

Une horreur.

Je l'ai jeté contre le mur, je ne pouvais pas poursuivre. Je me suis enfuie de la cabane dans l'odeur du schiste, j'ai bousculé Lucie, il pleuvait. Coagulée dans mon lit, le lendemain et le jour d'après, j'ai feint la maladie. Lucie n'a rien dit, elle se glissait dans ma chambre, je ne répondais pas à ses questions. Papa m'a ramenée à Namur, le médecin a parlé de migraine. J'ai eu mes premières règles et je ne suis plus retournée à Mortepire. Les rêves ont commencé. Papa voulait que je les comprenne, mais parfois je ne m'en souvenais pas et souvent je n'arrivais pas à les trier.

Papa a demandé ce qui s'était passé. Il a proposé de m'y ramener, il n'a pas insisté, il n'insistait pas. Jusqu'au jour de la promesse. Qui a vitrifié un morceau de mes quinze ans. La promesse que je dois tenir. Qui me porte. Pour trouver quoi ? Lucie et Claire, la tombe de mon père. Je préférerais l'avoir près de moi, dans le congélateur. Fish stick. Je pourrais être vraiment folle. Avec un grand-père complètement mégalo. Lucie, qui est peut-être ma demi-sœur, délire. Papa aliéné à ce pervers agonisant, le sale voyeur assassin. Par quelle force ? Un défenseur des droits de l'homme, pourquoi accepter ça ? Pour un hameau, une histoire, des principes, la vieille loi, disait Papa quand il parlait de Mortepire. Et Claire couchait avec lui pendant que ma mère mourait à côté, drôle de loi. Hérédité, relations troubles, mon Œdipe pas résolu, normal que je sois désaxée. Si Papa m'a tenue à l'écart, c'est pour que j'échappe à ce merdier, je ne suis pas sûre d'y arriver. Mads ne me trouvait pas bizarre, lui.

Après, je choisis. Si je peux.

Bon sang, qu'est-ce que c'est beau ici. Le contrôleur est passé avec un grand sourire, il n'a demandé les billets à personne, il se balade. Quelle forêt. Pauvre Rosa, toute seule dans la petite maison, avec son cancer sous le bras. C'est une image terrible, la jeune Portugaise, malade, délaissée par son mari. Et mon père qui obéit à la fée Carabosse et au sorcier maléfique, mon père, qui faisait le larbin d'un connard et qui couchait avec Claire pendant que ma mère souffrait à côté. Je ne peux pas le haïr, ça me dégoûte, et Lucie, je l'adorais.

Le passage à niveau de Martué ! On arrive à Florenville. Je ne me souvenais pas que la gare était si petite. Deux voies, une cabane, loin du village.

Merde ! Plus de bus. Le dernier passait à cinq heures, je vais au centre à pied, je ferai du stop pour rejoindre Mortepire. Ou je marcherai. J'aurais dû descendre à Bertrix.

2.

Marre de cette bruine, du sol glissant, de l'eau qui ruisselle au bout de mon nez, je n'ai pas de mouchoir. Je dois contourner une camionnette orange garée sur le trottoir devant le *Bar des Cuestas*. Qui peut bien acheter ce genre de van ? Ça me donne envie d'un expresso. Les cafés de l'hôpital ressemblaient à de la tisane. Un désir physique de chaleur et de puissance ressuscite dans ma bouche. Envie de goût. De force. Mads me manque. Après. Me concentrer sur Mortepire.

La porte du bistro hurle contre le sol, je dois la forcer, trois hommes appuyés au comptoir me dévisagent sans gêne ; le garçon fait un signe de tête, je commande un café, bien serré, je vais au bar prendre une serviette en papier dans le distributeur, je me mouche, pas poli, je m'en fous, j'enlève mon coupe-vent, je le pose sur le dossier de la chaise ; je m'assieds près de la fenêtre, mes cheveux sont pleins de gouttelettes et, en y passant la main, les mèches s'imprègnent d'eau, je m'essuie les doigts sur mon pantalon. Les rideaux jaunis sont couverts de graisse et ponctués de cadavres de mouchettes. Il fait chaud et humide, la fumée de cigarette me pique les yeux. La machine à café émet des bruits de locomotive à vapeur qui interrompent les conversations des buveurs. Ils me jettent des regards curieux, je dois avoir l'air d'un chien mouillé. Une jeune fille, seule dans un bar, pas bien vu par ici, ça signifie quelque chose, ils m'évaluent entre deux phrases sur les risques d'inondation.

Je sors *Malpertuis* de mon sac à dos. *Leurs voix y retomberont à plat, comme les rumeurs dans le désert, et jamais ils n'y diront que des choses lugubres, méchantes ou désespérées.* C'est quoi ça ?

Le roman qui me lit ?

Je vais à Mortepire et ça commence à s'embrouiller.

Le garçon m'apporte le café sur un petit plateau rectangulaire qui doit dater des années soixante. Des traînées brunes maculent l'extérieur de la tasse, rappelant un service précédent. Un éclat dans la faïence m'irrite les lèvres, le café épais traîne un arrière-goût de cacao, du marc s'y est glissé. Délicieux.

Le téléphone sonne et le garçon retourne derrière le bar, il répond, je l'entends dire : « Oui, il est là. D'accord, madame, j'y vais. »

Les trois clients se marrent : quoi, c'est encore la femme du Doc' qui a appelé pour Maurice ?

Et ils reprennent leur conversation sur le temps et les rivières : la Rulles a déjà débordé, s'il pleut encore, la Semois va suivre.

Le serveur prépare un expresso dans un chuintement de vapeur digne de la Lison de Zola. Il emmène le café dans la salle, il me contourne. Je n'avais pas vu l'homme qui dort, la tête sur les bras, dans un coin sombre derrière moi. Deux centimètres de bière plate traînent dans son verre d'Orval. Le garçon le secoue : « Hé, Mo ! Hé ! Mo ! Maurice ! » Il relève la tête, je le reconnais, le fils du docteur Lemaire, l'héritier du bon sirop, son père avait soigné Lucie, le jour où elle avait une angine. Et lui, il a choisi de réparer les moteurs, pas les hommes.

— C'est votre mère qu'a téléphoné. On vous demande à Azy, pour chez Ida. Vous deviez y aller en fin de tournée, paraît.

— Une tournée ?

— Je parle de l'autre tournée. Pas celle que tous les clients attendent depuis des années, hein les gars ? dit-il en se retournant vers les clients.

— Très drôle. Putain de vieux taco chez Ida, j'en ai marre de le retaper, un D22, bordel, j'y arrive chaque fois, incroyable, un D22. Café !

— Le voilà. Noir, bien serré, hein ?

— Mmh, un deuxième, fainéant, t'aurais déjà dû le préparer, tu connais tes clients, ou non ?

— Faudra bien ça, Mo, dit le garçon en haussant les épaules et le ton, il m'adresse un clin d'œil en passant et va préparer un autre expresso.

Le fils du docteur Lemaire boit sa tasse d'une traite, il grimace : « Chaud, bordel ! », il regarde le verre d'Orval, le caresse, hésite, il enroule les doigts autour du pied avec un geste d'amant fétichiste. Le garçon s'est approché avec le second café, il le pose sur la table et dérobe le verre et la bouteille de bière, il les range sur le plateau. « Cent cinquante francs. » Maurice se tortille sur la chaise, fouille sa poche arrière, en extirpe deux billets de cent francs, soupire profondément, semble se rendormir, puis il trouve une inspiration nouvelle, qui l'éveille tout à fait : « C'est du vol, j'ai pas terminé mon Orval, tu vas foutre les restes de bière dans les carbonnades, je parie. Sale voleur. Profiteur, opportuniste ! Espèce de Français. Escroc ! »

Un des gars au bar renchérit :

— Bien dit, Mo ! On doit se méfier des Français, ils sont pas comme nous et ils traînent des maladies.

— Ah bon, je savais pas que tu couchais avec celui-là aussi, dit son voisin en désignant le serveur.

— Je couche pas avec lui, mais il laisse des traces. Là où il est passé, faut attendre l'effet des antibiotiques pour pouvoir se servir.

Ils rient. Le barman leur crie de la fermer.

— C'était ton quatrième, Mo, t'as du boulot, tu dois aller voir Ida. De toute façon, elle était plate.

— Ida ?

Le garçon veut rendre cinquante francs, le mécanicien les refuse : c'est bon comme ça, qu'il garde le pourboire, ça lui a fait du bien d'engueuler quelqu'un, ça l'a réveillé, mieux que le café, une putain de bonne injure, ça requinque, y'a pas à dire. La conversation reprend au bar. Le tracteur, chez Ida, c'est un ancêtre, un jour il y aura peut-être un antiquaire pour le racheter et ça vaudra cher. « Un mécanicien, c'est pas un magicien, putain de D22 », grommelle Maurice.

Il se bat avec la chaise qui essaie de le retenir, il vacille, il s'accroche à la table, il sort une plaquette de sa poche poitrine, en extrait un cachet et le met en bouche, il glisse la dernière gorgée de café par-dessus en grimaçant, le bas de son polo remonte sur son ventre.

Debout, son visage est éclairé par le plafonnier, ses cernes boursouflés m'impressionnent, on dirait des rognons sous ses yeux. Des pommettes cramoisies, des zébrures mauves sur le nez. Son visage en camaïeux de pourpre ressemble au comptoir d'une triperie, ses yeux sont bruns comme des caillots de sang. Il me voit. Il fronce les sourcils, il me reconnaît, son regard change. « La petite Véra de Mortepire ! » Les autres se taisent. Ils me fixent. Ça y est, ça recommence. La frontière.

— Tu fais quoi, là ? me demande-t-il en s'appuyant à ma table.

— J'y retourne.

Silence des mâles du comptoir. Maurice me demande si je suis en voiture, si j'attends ma cousine. Je bravache : non, personne ne m'attend, pas besoin, je compte marcher. Il me propose de m'emmener. « Si ça ne t'embête pas d'attendre cinq minutes à Azy pendant que je trafique le tacot de la vieille Ida. Dites, les gars, vous êtes témoins que j'emmène cette jeune fille chez elle, hein ? » dit-il en se retournant.

Je prends mon sac à dos et mon coupe-vent, on sort du bistro sous les regards où se mêlent la curiosité, la peur et un peu de haine, je crois entendre « congélateur » dans leurs chuchotements. Puis « notaire ». Il ne pleut plus. Je me sens gamine, peut-être parce que son père m'a soignée, quand j'étais bébé. Il m'ouvre la portière.

L'odeur de cigarette, d'alcool et d'huile de moteur m'accueille dans l'habitacle. Il prend une flasque entre les sièges, boit une gorgée. « Allez ! En route, nom de Dieu ! » Il démarre, on roule cinquante centimètres. La camionnette tombe du trottoir. Il cale et tourne vers moi sa face de boyaux. « Saloperie de merde. »

3.

On traverse Florenville par soubresauts et virages nerveux. Quand un piéton lent ne s'écarte pas, il klaxonne et jure. On passe devant la bibliothèque, il se met à crier : « Tu te souviens, quand t'étais toute gamine, t'as failli me rentrer dedans avec ton vélo ici même, tu te souviens, t'avais l'air terrible. » Je me souviens, je ne réponds pas. Fixer la route, me préparer à Mortepire.

Près de l'église, la vallée s'étend à nos pieds, plate, jaune et verte, joyeuse, aérée malgré le temps maussade et la chaussée mouillée. La Gaume présente ses collines bien alignées sur l'horizon, les cuestas, le paysage ondule comme un matelas pneumatique, une invitation à la douceur. On est loin des ravines désordonnées qui entaillent le schiste bleu, à quelques kilomètres d'ici. La Semois a inondé des pâtures, elles sont constellées de larges flaques. Les vaches ont l'air de s'en foutre.

On accélère dans la descente vers les prairies, il plisse les yeux, les écarquille. Il donne un coup de volant pour éviter un tracteur caché derrière un tournant. « Nom de Dieu, saloperie de paysan de mes deux. J'ai appris pour ton père. T'as fait causer le peuple dans le coin, Petite. Tu voulais le garder ? Vous êtes de sacrés numéros, hein, en haut, des putains de résistants. » Il a un rire gras et sonore d'où suintent une joie désabusée et quelques postillons. Je ne réponds pas, la route sinue entre les champs. Arrivés à Laiche, nous tournons à droite. Nous longeons la Semois en crue, j'ai l'impression d'avancer à contresens : la rivière se précipite vers nous, elle charrie des branches, des feuilles, des brindilles, un bidon en plastique, nous croisons même un ballon de foot. Nous gardons le silence jusqu'au pont. « Ah, dans la famille, vous avez de la volonté, hein, dit-il en riant encore et il frôle une brouette posée sous une haie au bord de la route. Saloperie de brouette ! Connards de paysans. »

Nous nous éloignons de la rivière, une petite ferme d'Azy stocke son tas de fumier devant la façade, ça me touche. Plus personne ne fait ça. Maurice me dit de rester dans le van qu'il gare sous un chêne. « Ils sont capables de me demander de passer plus tard s'ils savent que tu es là-dedans. Ils ont encore peur de vous, ils croient que vous pouvez jeter des sorts. Réparer un D22 ! Je suis mécanicien, pas magicien. » Il prend une caisse à outils à l'arrière et titube vers la porte qu'on a ouverte.

J'attends.

De grosses gouttes tombent du chêne et résonnent dans l'habitacle. Qu'est-ce que tu essaies de me dire ? Je baisse la vitre.

Des odeurs de purin entrent, j'aime bien cette suspension organique, cette attente de bovin, je sais où je vais mais j'ignore ce que je dois y faire. Au pire, je me contente de brouter. Ou de ruminer mon arrivée à Mortepire sans dignité : en voiture et avec ce Maurice bitu. Je lui demanderai de me déposer au pont Saint-Remacle.

Il avait dit cinq minutes, j'écoute les bruits de mécanique qui parviennent de la grange, ça dure un quart d'heure et le voilà, il a réparé un moteur. Et s'est enfilé un Maitrank si j'en crois le nouveau parfum de son souffle. Il a lancé un sac en plastique dans le coffre, on dirait un sac poubelle. Un poulet, m'apprend-il : ici le troc fonctionne, heureusement qu'ils ont la pension de son père pour vivre, sa mère en a marre des lapins et des poulets, elle n'a plus de place dans le congélateur. Il s'interrompt, se racle la gorge : « Désolé, j'ai pas voulu parler de ton congélateur, et puis merde, on s'en fout, t'as dû en entendre des vertes et des pas mûres, hein ? » Il me scrute avec ses caillots bruns qui flottent sur leurs rognons. Quand il ne parle plus, sa bouche continue à trembloter, comme la créature d'un marionnettiste aphone. Il tourne la clé de contact, cale, prend une gorgée à sa flasque. « Faut faire descendre le Maitrank, trop sucré, putain, ça me déconcentre. En route ! Saloperie de camionnette ! Je te monte là-haut ? » Je lui demande de me déposer au pont Saint-Remacle : je préfère grimper à pied. Il propose encore : on peut monter par la route. Je préfère le sentier. Avec ce type bourré qui insiste, je tangue : le risque d'averse et ma fatigue me font hésiter.

Je tiens bon : qu'il me dépose dans la vallée. Il range la flasque entre les deux sièges et démarre.

Nous quittons Azy par la crête, les prairies d'un côté et la forêt de l'autre zigzaguent pour échapper aux coups de volant grossiers et aux injures : « Une route de merde ! », nous dépassons la ferme des Quatre Vents, le chemin boueux dissimule ses nids de poule sous des flaques. « Une putain de route de merde ! », on redescend dans la vallée, elle est plus profonde, sombre, ardennaise, on sinue le long de la rivière qui lèche le pied des arbres, des méandres embâclés créent des mares. Aulnes, peupliers, saules, ils sont lacustres pour quelques jours. « Saloperie de crue ! Tu veux vraiment pas que je te monte au hameau ? » Un non de la tête lui suffit cette fois. Il se gare près du pont qui me rappelle le carnet. Je descends du véhicule, les arbres s'égouttent, tout est flou, je ne vois pas bien, c'est quoi ? Je plisse les yeux, je suis déjà embrumée de Mortepire. Maurice me hèle, son visage panaché sorti par la fenêtre : « Hé, fillette ! Fais gaffe à toi. Te laisse pas prendre. » Il fait un piteux demi-tour, cinq manœuvres ponctuées de jurons, il crie dans l'habitacle, je ne comprends pas. Il fronce les sourcils, il s'arrête, coupe le moteur, il descend par torsion, glissade et redressement. « Attends. Tu sais… Je devrais, commence-t-il en plongeant dans la portière pour y prendre sa flasque et boire une gorgée qui coule le long de ses commissures, bordel de Dieu, je devrais te dire que c'est dur, là-haut, c'est pas facile d'y rester, mais le quitter, le quitter pour toujours, personne, pas un seul couillon de nulle part y est jamais revenu après l'avoir quitté, tu es la première, fais gaffe à toi, nom de diable. Et on va être quelques-uns à te regarder faire. » Je lui demande à quel titre il me donne ces conseils lumineux. « Cousin, grogne-t-il. De loin, mais on est cousins, bordel de merde. » Son grand-père s'est barré pour une vie normale, et même deux générations après, la putain de faille que ça laisse dans leur vie, le trou que ça fait dans le cœur des Charles, quand on renonce, rien qui répare. Le manque.

Il prend une autre gorgée à sa flasque. « Mon père disait que vous êtes sa seule faute déontologique, tu sais, Petite, mais on ne regrette pas ! » Il ne me laisse pas le temps de répondre ni de questionner, il plonge dans la camionnette, disparaît dans le premier tournant, je n'entends plus le bruit du moteur. Rien d'autre que la rivière qui glisse et la forêt qui s'ébroue.

Mortepire m'a enrobée.

Des nuages noirs filent vers l'est. Je m'approche du pont Saint-Remacle. Un peu plus loin, en face de l'îlot aux saules tortueux, un canard fouille la vase sous les aulnes, il me voit, me fixe puis reprend son travail, le cul à l'air. Les aulnes sont les arbres de la mort. On les a remplacés par des peupliers presque partout. Pas ici. Pas ici. La Semois a noyé les pieds des saules, inondé les berges. Des branches flottent à la surface dans le courant rapide, les nuages glissent dans le ciel sombre, à contresens de la rivière, j'ai le vertige.

Un coup de vent agite les arbres et de grosses gouttes m'atteignent. Bien visé, l'aulne.

Des orties géantes et des ronces masquent le sentier. La mousse et le lichen couvrent le sol et les pierres, les marches taillées dans le schiste. Le vieux panneau *PIÈGES ATTENTION DANGER* est décoloré, écaillé, envahi par l'écorce vigoureuse du tronc sur lequel il a été cloué. La plaque métallique se fait bouffer par le chêne, vengeance végétale. Mortepire engloutit lentement. Mortepire pourrait me phagocyter. Mortepire m'observe. Me voilà.

J'écrase des tiges pour monter les marches irrégulières. À ma gauche, le roncier est si dense, si caractériel que les sangliers doivent l'éviter, ça me fait rire, j'imagine la laie : « Vous frottez pas à ces psychopathes, les enfants ! » Je me fais des films, histoire de garder la tête claire, ça ne va pas durer.

Un bruissement dans le fatras d'épines, un son léger. Un rouge-gorge est tapi dans le roncier, la finesse de ses pattes au milieu des piquants me trouble, comment peut-il entrer et sortir de là sans blessures ? Il hoche la tête, il se moque de moi.

Les petites plumes bleu-gris qui entourent l'orange frémissent dans le vent. Je me retourne, une brume légère monte dans la vallée, effaçant mon passage, je reprends la montée dans la lumière sourde et la végétation mouillée. Une bauge, la terre fouillée, retournée, creusée. Les marches deviennent plus hautes, plus étroites, elles se confondent avec des rochers qui affleurent, noirs, verts, grisâtres, grès brutaux et quartzites.

Le layon débouche sur un replat : le verger, ses fruitiers, son sol riche, si près, en bas du cimetière. Des reines-claudes pourrissent sur le sol avec une odeur aigre-douce de putréfaction compotée, les pommes d'août doivent encore mûrir, c'est un temps entre deux fruits.

Papa est enterré là-haut, je transpire, mes joues brûlent, je pourrais quitter le sentier, aller voir les tombes. Un aboiement racle l'air, trop grave et trop faible pour effrayer, je me tourne vers le haut du sentier. Dagon déboule, noir, énorme, maladroit, tremblant comme un séisme, grondant comme le tonnerre et j'entends sa joie. Dagon. Son arrière-train cafouille : des rhumatismes comme sa mère il y a quinze ans. Oh, le gros chien, tu es vieux, tu vis encore ! Tu pues ! Oui, vas-y, jappe, couine. Il me saute sur les hanches, fourre le museau contre mon ventre. Je secoue son échine, je poigne dans sa fourrure, elle est rêche, je lui tends la main, il la lèche, mordille, il veut jouer, il recule, ses pattes avant atterrissent durement sur le sol, il gémit, il est faible, il a mal, il essaye de sauter ; il s'assied et penche la tête, soulève un sourcil, il hésite, il réfléchit puis il se précipite derrière moi, bondit un demi-tour. Je crois qu'il cherche Papa. Il aboie, il hurle. « Dagon ! Arrête ! » C'est la voix de Lucie, je monte les derniers mètres du sentier, le long du cimetière, j'irai plus tard, j'irai voir les tombes. Lucie de dos, accroupie, en train de renforcer le muret de pierres sèches derrière lequel la Grande Maison me juge. Le hameau murmure, Lucie travaille. Tout me semble plus petit et plus propre, bien rangé, la grille qui donne sur le chemin carrossable est ouverte, le châtaigner fronce les feuilles.

Lucie se redresse, elle ne se retourne pas, elle dit : « Voilà. » Elle le dit très bas et je l'entends, elle dit : « Enfin. » Elle se penche calmement pour ramasser un maillet. Elle a les cheveux si longs que sa tresse lui caresse le bas du dos, ça ondule des éclairs dorés. Je fourre les doigts dans ma tignasse rugueuse. Le chien court vers elle, lui saute dessus, elle le repousse avec le pied. « Dagon ! Dégage ! » Elle se relève en tournant, sa tresse fend l'air, sa jupe se déploie, Dagon s'écarte, comme soufflé par une force centrifuge, Lucie s'immobilise. Une mèche blonde lui barre le visage, elle ressemble à Papa. C'est une femme. Une Bayard, je ne suis plus aveugle, elle est dure. Elle relève les yeux, son regard est plein de paillettes argentées, dorées, cuivrées, des métaux venus du ventre dangereux de la Terre, je les vois de loin, ça me paralyse, alors son visage se transforme, la brutalité disparaît, elle se met à rire, elle court.

Garder la tête claire, elle me plonge dessus avant de parler, me serre, m'enlace, me soulève, me voilà drapée de cette fille blonde, caressée, emballée, sa tresse va nous ligoter. « T'es là ! Véra ! T'aurais dû me prévenir, je t'aurais attendue à la gare. Oh, Maman va être contente. T'es venue en train ? De Bertrix ? Comment ? » Je dis que Maurice m'a croisée à Florenville, il m'a déposée au pont, en bas. Elle rit, recule, pose les paumes sur mes joues, me parle de signes, je réponds par des hochements de tête. « Tu es là ! Tu es là ! Il ne pleut plus, tu as arrêté la pluie ! Tu es toute seule ? Papa parlait d'un homme, de ton université, Mads je ne sais plus quoi. Il a des frères ? Drôle de nom, drôle de langue. Allez, il peut venir d'où il veut, si tu le choisis, c'est le bon. Quelle couleur, ses yeux ? Tu sais, ça peut compter pour nous, pour se refondre. On a résisté aux comtes de Bar et de Luxembourg, les salopards blasonnés, les maudits Charles, à la grippe espagnole, toutes les guerres, on fera avec, viens on va aller voir Maman, tu es arrivée comment, avec Maurice, mais avant ? »

Elle me frotte le crâne, m'embrasse le visage, je voudrais l'arrêter. Impossible. Elle sent la camomille. De quelle couleur sont les yeux de Mads ? Je ne sais pas. « Tu es sortie, tu es revenue, ah ma sœur, ma sœur ! Te voilà, tu es là, ils t'ont libérée ! » Elle m'étourdit, je perds patience : Arrête,

Lucie, laisse-moi respirer, je n'étais pas prisonnière. Elle m'étreint encore, très longtemps, je me laisse faire, sa peau est sèche et douce, agréable comme de la craie tiède, cette odeur de camomille et de quoi ? Je transpire, elle me tire par le bras vers la maison. « Des signes, des signes, le cycle de sept ans, tout se met en place, tu es là ! (un baiser sur le front) C'était dur, j'étais toute seule, j'aurais pas dû rester toute seule, avec maman dans la remise, ça m'a fendillée, schistée, j'étais pas prête (ses lèvres dans mes cheveux), il manquait ta partie. Avec Maman qui peut plus rien expliquer. Personne pour aider, même plus Maman, qu'est plus tout à fait vivante, tu vas voir, Maman, dans son lit médical, avec des gloups, plus de voix, plus de gestes, rien que des grimaces et des tics, pauvre Maman, et Maurice, il a dit quelque chose, tu as remarqué quelque chose ? » Je ne vois pas, je lui dis que non, rien de spécial, à part de faire gaffe, et puis, pour rire, il a dit deux fois qu'il n'était pas magicien.

Lucie s'arrête, elle lève les bras au ciel. « Des signes, des barrages, Maugis finira par accepter, il résiste, il voudrait revenir mais il n'est pas prêt non non non, il ne suffit pas de revenir, il faut le bon moment. » Elle m'entraîne vers la maison, elle jette le maillet dans un seau en passant, le bruit est métallique, brutal : acier contre zinc. « Les tics de Maman, c'est le signe d'une vieille douleur, de ta perte aussi. Véra, y'a plus que nous deux maintenant, j'ai assez attendu, on va se retrouver et faire ce qu'il y a à faire, à nous deux, ensemble, chacune. On va se blinder, se rassembler, on sera bien compactes, fermes, serrées, des sœurs pour de bon ; j'étais toute seule, triste comme un brochet malade. Et te voilà, tu es revenue, Véra, tu vas nous expliquer le dernier jour de Papa, ses derniers mots, c'est important. »

Elle m'étouffe, je recule. Attends, Lucie, j'ai besoin d'air. Je regarde autour de nous. Dagon s'assied sur mes pieds, il me lèche la main, je regarde autour de nous. Dagon me lèche la main. Je ne vois rien. Je regarde Dagon. Qu'est-ce qu'on répète, qu'est-ce que je fais là ? J'ai le vertige, il me lèche la main, je suis là. S'accrocher au réel. Dans le quartier de ruines, plusieurs bâtiments ont été restaurés, les murs dégagés de la végétation, en parler, les murs, du concret.

— Vous avez fait des travaux ?

— Oh, ce n'est pas grand-chose, ça m'amuse, ça ne coûte rien, y'a des pierres plein les bois et je trouve des ardoises, dit Lucie, en revenant m'enlacer et poser la tête dans mon cou.

Dagon gémit en se levant. Le toit d'une annexe est couvert de tuiles, c'est nouveau ?

— Là ? Des tuiles piquées sur un chantier, ça donne bien, non ? Des archéologues ont découvert un truc romain à Chameleux, ils sont tout excités, s'ils voyaient ce qui remonte par chez nous après les grosses pluies, ils seraient intéressés. Viens, viens, allez, dépêche-toi. T'es super grande ! Tu as, tu as, dit-elle en posant les mains sur mes hanches, tu as changé, là. Je le savais. Viens ! Viens, on va près de Maman, elle est dans la remise. Me regarde pas comme ça, tous les matins, je la conduis et je la ramène à la maison le soir, elle veut y aller. Comment on fera en hiver ? Oui, ça va, entre aussi, Dagon !

Elle ouvre la porte avec le pied.

— Tu vois, on ne ferme pas à clé, la porte reste ouverte, la vieille loi de l'hospitalité, sauf qu'y a personne qui monterait ici de nos jours. Mais ça va changer. Maman ? Maman ? Véra est revenue, tu l'avais bien dit, regarde, c'est Véra, notre Véra.

Je reste sur le seuil, un néon indécis diffuse une lumière verdâtre. Lucie m'attrape le poignet, de l'autre main, elle allume un plafonnier, elle m'entraîne devant Claire, immobile dans une chaise roulante, son visage forme une grimace figée, le regard fixe et désaxé, un œil de caméléon tourné vers l'extérieur, elle a maigri, je ne la reconnais pas, le carnet mauve est sur ses genoux. Lucie se penche, sa tresse balance entre elle et sa mère comme un pendule, elle glisse une cheville contre la mienne, me voilà appareillée à elles, prisonnière.

— On dirait qu'il n'y a plus que l'enveloppe, hein ? Regarde, elle s'agite, dit Lucie en libérant mon pied. Hé, Maman ! Hééééé, tu fais des petits sourires. Si, regarde bien, Véra, le mouvement de la bouche vers le haut, elle fait jamais ça, donc elle t'a reconnue, allez ; embrasse-la, les tics, c'est les vieilles douleurs parce qu'il y a plus le cerveau et l'âme existe pas, mais notre énergie, elle est vivante, on doit bien regarder, bien comprendre, il n'y a que le carnet pour la calmer. Elle en aurait des choses à te raconter, viens, je t'expliquerai.

— Qu'est-ce qui s'est passé ? Qu'est-ce qu'elle a, Claire ?

— Maman, la pauvre, il a fallu que ça arrive tout de suite après l'enterrement. Maman avait dit : Je le rejoindrai et après il faudra un nouveau cimetière, tout se défait. J'ai promis que non, pas question d'aller au village, qu'on aura une autre dérogation, une extension, que j'y arriverai, que toi et moi, on recommencera le destin, Maman me croyait pas, ça m'énervait, elle disait : Véra va revenir pour nous expliquer les derniers jours de Renaud, ses dernières paroles. On avait besoin de savoir, t'es pas revenue, on est allées au village, Maugis nous a aidées pour te chercher, on nous a dit que tu restais à l'hôpital, on a téléphoné. L'enterrement, on l'a fait sans savoir, Maman a dit ça ne fait rien, on attendra et le lendemain, pas de chance, d'un coup, comme ça, elle a perdu la tête et tout son côté gauche, en une fois, paf, sans prévenir, rien. À midi, elle pelait des carottes. À midi une, elle regardait dans le vide, un œil vers Luxembourg et l'autre vers la France, avec la bouche de côté, la carotte par terre, sa main droite qui tenait encore le couteau ; une attaque, quoi, rien de mystérieux, une attaque, juste un mois qu'elle avait sa retraite et le jour d'après l'enterrement. Paf ! Elle ne parlera plus. Trop de solitude, trop de fêlures. Et puis on doit trouver les quatre, ça va commencer, oh ! je suis contente, tu es là ! Ils te l'ont dit à l'hôpital, que je t'ai appelée? Viens, viens me raconter les derniers jours de Papa.

— Non, laisse-moi arriver, bon sang. Je dois d'abord terminer le carnet.

— Papa et Maman l'avaient promis, que tu reviendrais, Véra! Tu dois me dire les dernières paroles de Papa, c'est important, très important, on a dû l'enterrer, comme ça, sans savoir, oh, je ne te reproche rien, non, mais les dernières paroles de Papa, Maman les attend, tu vas…

— De quoi tu parles? Je voudrais terminer le carnet.

— De Maman, et de Papa. Comment ça, tu n'as pas lu tout le carnet?

— Qui?

— Arrête, Véra, ma Véra, t'as lu, t'as pleuré, t'es partie en courant, t'as compris? Tu l'as pas lu jusqu'au bout? T'as compris, quand même. Toutes les deux. Qu'on est jumelles.

— Papa couchait avec ta mère, alors, on est peut-être demi-sœurs. J'ai étudié la génétique, Lucie. Me raconte pas de conneries: t'as vu tes cheveux? Blonds! Tu as les yeux bleus. Ta mère et Papa aussi, impossible qu'ils génèrent une noiraude, je suis brune comme ma mère, les gênes de ma mère. Brune de partout. T'es folle, hein, toi? Putain, vous êtes dingues, ici! Je vais me barrer, c'est pas possible! Lâche-moi. Tu me fais mal.

— Merde, demi-sœurs, d'accord, demi-sœurs jumelles, alors. Je croyais… Tu t'es arrêtée où? T'as pas lu tout le carnet ? T'as pas lu jusqu'au bout ? Tu t'es arrêtée où ? T'as lu quoi ?

— Que ta mère couchait avec Papa pendant que la mienne était toute seule, malade, à côté. C'est dégueulasse.

— Merde.

— Et que ton père est un assassin.

— Merde, merde.

— Quoi ? Ça ne peut pas être pire ?

— Merde, merde, merde, merde.

— Quoi, Lucie, quoi ?

— Merde. Tu dois le terminer, Véra, je t'attendais, je croyais que tu… Alors, on n'est pas encore… Il faut reprendre le carnet mauve. Lis-le, lis-le. Termine. Sinon, on pourra pas recommencer, se coller, se réparer. Oh ! Véra, Papa croyait aussi que tu savais et, moi, je t'attendais, toute seule, fendue, schisteuse. Oh ! Véra, le carnet, tu vas terminer le carnet. Je le prends, Maman, oh, tu entends, Véra, notre Véra, elle n'avait pas lu jusqu'au bout.

— Tu me fais peur, Lucie. De qui tu parles là ? Lâche-moi, je te dis. Dégage ! Dégage aussi, Dagon.

— D'accord, je recule, regarde, je le prends, Maman, c'est pour Véra, voilà, bien, le voilà, le carnet mauve, prends-le, tu te souviens, c'est encore moi qui te le donne, lis-le, tu ne peux pas refuser. Tu promets de pas partir, de pas t'enfuir, hein, tu promets ; je reste là, à côté de toi, tu comprendras, on va se resouder, se retrouver, pas schisteuses, pas brisées. On sera blindées, rassemblées. Je t'expliquerai tout.

— Putain, Lucie, c'est toi qu'on devrait mettre à l'hosto, t'es dingue. Tu me fais peur. Donne-moi ça. Recule.

— Là. Voilà, je reste ici, près de Maman. Tu dois lire jusqu'au bout, promets-moi. Après, on prendra les décisions. Ensemble, bien serrées.

4.

J'aime pas comment tu me parles, Claire. Qu'est-ce qu'y'a ? C'est quoi, hein ? Ta voix, Claire, Oh ! ferme ta gueule. Je t'ai jamais fait cet effet-là, moi. Alors, vous avez couché ensemble ? Comment que j'ai pas deviné avant ? Ça fait longtemps ? Avec ta pauv' femme qu'est à côté, Renaud, c'est dégueulasse. La pauv' Rosa. Écris, écris ta propre traîtrise. Tu te prends pour le 'Pa ou quoi ? Tu veux tout. De l'air ! de l'air !

Continue, t'as pas le droit d'arrêter maintenant. Écris, je crève et toi t'écris ! Pas le choix, oublie pas. Oublie pas qui on est. Vous avez du culot, hein. À vous relécher pendant que je crève. Et que la pauv' Rosa se repose à côté. On se demande qui de nous deux va crever premier, hein ? Je crois bien que ça sera moi.

Il reste que je vais vous demander de faire encore une chose. Oubliez pas : les volontés d'un transi, c'est sacré pour nous. On est pas des tocards, on lâche pas.

Vous allez au moins respecter ça ou vous tournez à Charles ? Bandes de dégueulasses.

Putain de toux, saloperie de poumons.

J'ai tous les droits, c'est moi le crevard. Vous entendez comme j'ai plus d'air ? Faut bien écouter, je me répéterai pas. Faut que je me calme.

Donne-moi du sirop, Claire.

Voilà.

J'ai plus beaucoup de vigueur. Depuis longtemps. Surtout avec toi, Claire, tu me bloques, tu vois ce que je veux dire. C'est pas compliqué, je veux juste essayer un truc. On a pas de gosse, je supporte pas qu'on arrête l'histoire de not' ban. Une dernière chance.

N'importe quoi, n'importe comment, on s'en fout, un gosse à not' suite. Que ça continue.

Merde de poumons.

Attends.

On devrait pas lâcher, pourquoi on n'a pas été chercher des Françaises ? Ta Rosa, elle est sèche comme une vis, et malade en plus, t'as vraiment tiré le gros lot, avec toutes les petites putes qui couraient derrière toi, t'as été nous trouver une rognure avec un cancer. Je vais laisser une trace.

Alors, c'est facile : tu vas me branler, Renaud, puis tu mettras ma semence dans le ventre à Claire. Tu sauras y faire. Faut essayer une dernière fois.

Écris ! Fais pas le Charles.

Écris ma parole, arrête rien. Je veux que ma dernière demande elle reste. Même si je serai passé outre depuis longtemps quand le gosse viendrait, on doit essayer. Tu l'élèveras pour moi et tu lui feras suivre des études comme toi. Faudra lui donner le carnet à seize ans, qu'il sache d'où c'est qu'il vient, qu'il revienne toujours. Qu'il respecte Mortepire. Qu'il me respecte pour c'que j'suis. Qu'il rende hommage aux morts, au 'Pa, à moi. Y'a encore de la place dans notre vieux cimetière. Qu'on s'arrête pas comme des cons. Prends pas ton air dégoûté.

C'est pas compliqué.

Merde, j'en peux plus de tirer l'air.

Arrête pas d'écrire, sauf quand t'auras décidé de faire ton devoir. Tu te souviens des concours de branlette derrière la remise ? C'est rien de plus. Qu'est-ce qu'on se marrait. Alors que Claire, elle me bloque.

C'est rien, je dois pas rire, ça m'étouffe.

Écris, nom de Dieu ! Saloperie de poumons, si je peux même plus rire. T'as pas le choix : tu fais mes volontés de transi ou tu pars d'ici, devenu Charles comme les autres salopards qu'ont pas tenu.

Je te demande pas la lune. Tu te décides. C'est oui ou c'est non.

T'es libre.

Souviens-toi de qui on est et du respect qu'on doit aux crevards, ici. Me manque pas de respect, Renaud.

Te manque pas de respect à toi-même. Claire a rien à dire, elle a eu ses saignées y a deux semaines, c'est le moment, de toute façon, y'a longtemps que vous faites des tripotages dans mon dos, ça va pas vous changer.

J'aimerais bien regarder, mais je veux pas vous gêner, ce qui compte c'est les chances qu'on a de se reproduire.

Allez, je suis encore capable de baisser mes culottes tout seul, voilà.

Allez, vas-y.

T'as fait comme j'ai dit ?

C'est bien. Ça me fait marrer comment tu tiens ton stylo avec la main qui m'a branlé y'a pas dix minutes. T'as de belles mains, Renaud, chaudes, douces. Y'a des ans que je rêvais de ça. Je peux fermer les yeux. Je pars bien aise, vous m'avez respecté, c'est l'hommage que vous me devez, pas le choix, j'ai le droit, c'est ma fin. Et vous deux, à pas comprendre. À me regarder sans rien dire !

Vous avez pas encore compris ? Continue d'écrire, Renaud. Vous comprenez rien ? Bande de polaques ! Faut donc que je vous explique ? La fille que j'ai dû crever, c'est pas pour le hameau, Renaud, c'est pas à cause du 'Pa, ni de la jalousie, j'étais jaloux d'elle, pas de toi. J'ai pas supporté de vous voir collés, enfilés. T'étais gluant à la satisfaire de toutes sortes. Avec tous les morceaux de ton corps. J'en voulais aussi. Tout nu, dans la forêt, avec cette fille, vous étiez là, à un mètre de la fenêtre. J'aurais bien voulu que tu me fasses la même chose que tu lui faisais. Que tu me regardes comme si t'étais dans ma peau. Tu m'as rendu fou, Renaud, fou. Je pensais plus qu'à ça. J'ai pensé qu'à ça toute ma vie. Tu me rends heureux avec cette branlette. Pas grave de crever, maintenant, peut-être même que tu m'as fait un gosse et alors tu l'élèveras et moi

Renaud est parti, il a lâché le stylo, il est peut-être avec Rosa. Je vais prendre les notes à sa suite.

Les volontés d'Alain sont sacrées, oui, parce qu'il va mourir, d'accord, c'est comme ça chez nous, on est obligés d'obéir. Mais moi, j'écris ce que je veux quand il dort ; ma mère m'a appris comment on peut pétrir les lois des hommes et les faire lever à l'abri des courants d'air. J'ai ouvert mon ventre, j'ai encouragé Renaud qui devait y glisser la semence d'un autre, on y est arrivés.

Alain dort, il a pleuré.

Il est tellement faible que ses larmes ne sortent pas de ses orbites, elles stagnent entre les paupières. Il voulait être une source et il n'est qu'une flaque, je crois qu'il va bientôt mourir. Il dort. Merci au sirop du docteur Lemaire. Il tire l'air et ça fait un bruit de vidange, je le connais par cœur. Je savais. Je ne croyais pas que Renaud irait jusqu'au bout. Il a été loyal, il n'en peut plus. Cette loyauté. Mortepire. Parce qu'il faut recommencer. Tout va recommencer. Le 'Pa a forcé le destin, il a voulu qu'on devienne ce qu'on a cessé d'être depuis longtemps.

On peut respecter la vieille loi sans faire de mal, on doit se réparer, recréer. Recréer une vie sans la violence. Ils ont peur d'être vivants parce qu'ils refusent d'être mortels, le 'Pa nous a foutu une sacrée pagaille, Alain doit partir, nous devons faire avec le meilleur de lui. Peut-être un enfant dans mon ventre. Le laisser partir, il s'agite. Il veut parler.

« C'est toi, Claire ? Allume. C'est lumé ? Il est parti ? T'écris ? Il reviendra, ils reviennent toujours, dahet. Et il me dira merci. Écris tout ce que je dis, Claire, sale charogne. Toi aussi. Maman ? Vé m'cy. Le 'Pa m'a dit que t'avais pris la route. Oh ! y'a bien, y'a bien trente ans. Qui c'est ? Claire ? Chabraque ! Qu'est-ce que tu fous là ? T'as fait la pute avec Renaud. Moi, je le voulais. Oyi tât. Loyal à Mortepire. Tous les trois. Y'a que lui. Tu le savais ? Quand on va passer outre, tu verras quand ce sera ton tour, y'a plus que ça qui compte. L'amour. Nom de Dieu, dernière occasion de le dire, hein ? Faut recommencer, hein ! Tous les Charles. Les épidémies, les guerres, on va se continuer, je le sens, y'a du monde là-dedans. Laisse-moi dormir un peu. J'm'acrolle. J'ai encore des choses à raconter, le 'Pa, faites pas comme lui, faites pas comme moi, j'étais obligé, je suis pas mauvais, j'ai fait mon possible. »

C'est bizarre de voir un homme qui a eu tellement de force dans cet état-là. Nous voilà dans une fin, il y a toujours un début avec une fin. Une vie qui commencera en moi ? Il s'agite.

« Oh ! je suis crevé, crevé. Maman ? Y'aura peut-être un p'tit. »

Il râle, il manque d'air. Ses mains tordent le drap, comme des truites à l'agonie. Il n'a plus la force de lever les bras. Sa voix grince, ses yeux s'enfoncent dans leurs orbites.

« Écris, encore, il est où ? Nous autre cinq. Les quatre. Maman ? Vé m'cy. D'jâ hutchi not' Renaud. Va m'quière un ochon et une noquette de beurre ! Ça ira, ça va aller. »

Il arrête de respirer.

Il reprend avec un gargouillis.

C'était long. J'ai posé la main sur son front, un râle. Plus rien. Il est parti calme. Bien.

C'est fini. Prévenir Renaud et Rosa.

Rosa, je l'aime tellement. Son arrivée chez nous a ouvert un nouveau cycle. Ouvrir, reprendre l'essentiel, trier les vieilles règles qui nous ont enfermés. Effacer la cupidité et la violence. Donner la priorité au commun, se souvenir de toute notre histoire, même les temps mauvais, ne pas céder aux mirages, aux tromperies, aimer. Pour qui je me prends ?

Appeler le docteur Lemaire pour le certificat de décès. Arrêter d'écrire ce carnet, où va-t-on mettre ceci ? La trace qu'Alain voulait laisser.

Préserver Mortepire sans reproduire de violence. Comment protéger sans enfermer ? Résister sans nous battre contre les autres.

Est-ce que ce sera possible ?

5.

Qu'est-ce qui m'est arrivé ? Je suis assise sur une sorte de trône taillé dans un tronc de chêne. Une petite pièce inconnue, les murs revêtus de plaques de schiste, une vitre en hauteur laisse entrer un peu de lumière, un poêle à bois chauffe l'air et un réservoir d'eau. Il y a un miroir dans la porte, couvert de buée, j'y devine Lucie qui passe la main dans mes cheveux, elle me masse le crâne, debout derrière moi, sa voix est une rumeur. Sa chevelure dénouée forme un voile doré autour de son visage et sur les épaules, elle brille dans l'obscurité de cette pièce sombre, elle me parle depuis combien de temps ? Une grille au sol. Un pommeau de douche est accroché au mur. Une salle de bains. Un sauna ?

— Un sauna ?

— Ah ! te voilà, mais non, un sauna, tu rêves ? C'est qu'une salle de bains. Et le siège là, je l'ai fabriqué à la tronçonneuse, un petit coup de ponçage et hop ! c'est pour Maman, comme ça elle tient bien assise quand je lui fais sa toilette, mais tu peux en profiter, t'as vu, y'a une douche maintenant, on peut mélanger l'eau chaude et l'eau froide, tiens, bois, dit-elle en me tendant un grand gobelet.

— Il y a quoi là-dedans ?

— De l'eau de la source, andouille, tu sais pas reconnaître notre eau ? Pfft, t'es plus mal que je croyais !

Je prends le gobelet, cette eau fraîche glisse dans ma bouche et dans ma gorge comme un air glacé, comme si je respirais au lieu de boire. Comment je suis arrivée dans cette pièce ? Qu'est-ce qui m'est arrivé ?

— Qu'est-ce qui m'est arrivé ?

— Rien de grave, mais j'ai eu un peu la trouille. T'as fini de lire et tu t'es mélangée, debout, avec le carnet à la main, toute seule, loin, loin, c'était le croulement au milieu de ton crâne, ça se voyait que ça croulait et on était là, Dagon, Maman et moi, bien coincés, sans remède parce qu'il fallait que ça te passe ; alors, Maman faisait des bruits de gorge, des gloups pas pressés, on avait le temps, c'est un signe, Dagon s'agitait, d'une à l'autre, il reniflait les mollets de Maman, il posait la gueule sur ses genoux, elle ne réagissait pas, toujours les mêmes gloups, les mêmes couinements et rien au chien. J'ai bien observé, tout vu. Il trottait jusqu'à toi, il te reniflait, il reculait, il te contournait ; il venait fourrer sa truffe dans ma main, il la poussait, je le grattais sous la mâchoire, il gémissait, il repartait en abaissant les oreilles, triste comme tout, alors il appuyait sa grosse tête sur les genoux de Maman, et comme elle ne changeait rien à ses gloups, ça le consolait pas, il allait à toi, Véra, il me revenait pour une caresse, et après plusieurs tours, il est resté contre mes jambes, il a gémi, il s'est couché sur mes pieds, et moi, toujours debout, toujours à devoir t'attendre, ma sœur toute cassée, j'avais le chien sur mes pieds et j'aurais bien aimé que t'en profites, que quelqu'un te touche, puisque tu ne lisais plus, le visage mélangé, tu tenais toujours le carnet à la main, tu ne lisais plus et, derrière le rideau que t'avais tiré, je voyais la caillasse de ton esprit, un sacré bordel. Dagon a remué une oreille et la queue quand Maman a fait un gloups, il a relevé la tête, il nous regardait, plein d'espoir, le pauvre, Maman secouait un coin de la bouche, il fallait que ça passe, je voulais aider, je voulais rassembler, j'ai dit « Véra ? », ma voix, elle a sonné stupide dans l'air, à plat, pas juste, je devais la fermer, attendre que ça passe, bien observer ; tu demandais rien, t'avais tiré un rideau pas assez lourd, pas assez opaque, un rideau qui cachait pas l'explosion derrière tes yeux. Tes yeux bruns, avec les paillettes de vieux cuivre. Est-ce que tu pensais avec des mots ? J'ai pas de lecture, pas de diplôme, pas de culture, pas d'intelligence pour les théories, je me demandais comment on réfléchit, comment on se défait quand on découvre qui on est, est-ce que les morceaux faisaient des phrases, des images, des bandes de choses, des plans d'ingénieur, des spéculations ? Qu'est-ce qui s'agitait dans ta tête ? Combien de temps je devais te laisser ? Je voyais pas le signe.

Maman aurait su quoi faire, Papa encore mieux, il aurait mis sa main sur ton bras, il aurait eu ses yeux argentés, et il aurait dit quelque chose, Papa croyait que tu savais, que tu avais tout lu, que t'acceptais tranquille qu'il était ton père ; et moi aussi, et Maman aussi, on croyait que t'acceptais que tu continuais de vivre avec Papa comme père, parce qu'Alain, il a pas fait grand-chose, ça compte pas beaucoup, on s'était tous trompés, et là, je sentais que je devais attendre, patienter, me taire, parce que je suis pas ta mère. Pas ton père. Qui nous sommes, c'est pas facile à comprendre, on croyait que tu savais, que t'avais tout lu, on s'est trompés, Papa il disait même que tu te frottais à la violence et on croyait que tu le faisais exprès, que tu reprenais le meilleur d'Alain à ton compte. On t'a pas dit, on attendait tes questions, mais on s'est trompés. Et bardaf ! Tu devais tout ramasser d'un coup. Avec moi toute seule pour décider si c'était grave ou pas, s'il fallait faire quelque chose. Quand Dagon s'est calmé, il a bâillé, alors, j'ai été rassurée. Je pouvais rentrer Maman, je l'ai allongée dans son lit médical au salon, elle a bu son lait de poule sans s'étrangler, ça m'arrangeait, je l'ai changée puis je suis retournée te chercher, Véra, t'étais toujours debout, comme une statue, avec Dagon couché sur tes pieds ; il s'est levé, il t'a tourné autour en me regardant par en bas, tracassé, il a donné un coup de tête dans ta main qui pendait, il a fourré sa truffe dedans, il a pleuré plein d'espoir derrière ton poignet. T'as bougé les doigts, tu lui as caressé la tête, je me suis approchée, c'était le moment, je t'ai prise dans mes bras, j'ai serré fort et t'as débordé, comme ça, d'un coup, un lâcher des eaux en silence, un glissement de terrain boueux, je t'ai emmenée, toujours pleurante, on est sorties de la remise, je t'ai amenée au chaud, tu te souviens ?

Non, je ne me souviens pas, je m'en fous, je veux dormir. Je lui dis : je vais dormir. Je voudrais bouger, je n'y arrive pas. Laisse-moi aller dormir. Elle lâche mon crâne, je me lève. Elle me tend un peignoir. « Viens, on va pisser sous les étoiles. » Je n'ai pas besoin de pisser, elle ne me croit pas : elle sait que je dois y aller, elle m'a donné à boire, j'ai pleuré, j'ai transpiré, il faut que je me nettoie encore, allez, on y va, hop !

On traverse le couloir sans lumière, elle marche vite, la porte déjà, la photo : je les vois dans l'obscurité, ou est-ce que je les imagine ? Dagon me lèche la main, il trottine contre mon mollet. Et nous voilà sous le châtaignier. « Ici, dit-elle, c'est chez nous, on va les mélanger pour la terre. » Je ne comprends rien, Lucie relève sa jupe, pas de culotte, bien sûr ; j'entends déjà le chuintement, je m'accroupis. « Mais non, plus près, allez, par ici, on doit les mélanger. » Pourquoi j'obéis ?

J'ai fini, elle me tend une feuille de rhubarbe : « Essuie-toi, dégoûtante. » Je veux me coucher, je lui dis que je rentre, je veux dormir. Elle me suit, je monte l'escalier, je retrouve ma chambre en traversant la sienne. Je me déshabille, elle est déjà dans mon lit.

— C'est pas croyable les larmes que t'avais, j'attendrai, tu finiras par comprendre, forcément, ça peut durer toute la nuit, tu comprendras. Tu peux pleurer encore si tu veux, ça me gêne pas, je peux dormir dans ton jus. Faut te reposer, après, tu me diras les dernières paroles de Papa.

— Je n'ai pas bien compris.

— Quoi, le carnet ? Papa a mis la semence d'Alain dans le ventre de Maman et t'es arrivée près de moi, je sais que j'étais la première, je t'attendais, j'en ai un peu marre de toujours t'attendre, dit-elle en me secouant les cheveux. Mais ça ne change rien, sœur, cousine, Papa, Alain, Rosa, on s'en fout, on va se rassembler, on va tout recommencer. C'est Mortepire qui décidera. Dors, rêve, on verra plus tard. Les signes sont là.

6.

Je me réveille au milieu de la nuit, elle me tient serrée dans ses bras, deux cerneaux dans la coque, la coque dans la bogue, je me dégage, elle dit : « Je le savais bien, que ça irait. Tu parles encore en dormant, tu disais : *Comme deux cerneaux dans la coque* et *Calmes les vagues et les vents* et plein d'autres trucs que j'ai pas compris. Tu as rêvé ? » Aucun souvenir de mes rêves. J'ai des questions à lui poser, peur des réponses : Qui sait ? « Le docteur Lemaire qu'a mis deux dates différentes sur nos certificats de naissance. Pour Claire, Papa et Rosa. Chaque fois que je vois Maurice, il me dit qu'on est la seule faute déontologique de son père. Il me saoule avec ça. Rosa était d'accord, elle était contente de servir, elle savait qu'elle allait mourir. Maurice le sait aussi, son père lui a dit. »

Pourquoi il m'a emmenée, pourquoi on est partis à Namur, lui et moi ? « Je sais pas tout, moi, Véra. Ils disaient que tu devais choisir et que tu nous protégeais sur la frontière. Quand il est parti avec toi, j'ai tellement pleuré que j'ai vomi, je te réclamais, je les embêtais, et encore après, après les vacances, moi, je voulais mourir, alors ils ont décidé de m'expliquer, Maman m'a dit : "Tu sais, il fallait qu'une de vous deux soit dans le monde, en ville, qu'elle nous protège en connaissant la frontière, c'est le rôle de Véra, elle aura un métier, elle pourra nous protéger. Et toi, tu restes ici, au hameau, avec moi et, plus tard, on lui expliquera aussi, patience." J'ai attendu puis j'ai craqué. Quand je t'ai donné le carnet, je croyais qu'on ne devait pas attendre seize ans, on était des grandes, pas des gamines et je m'impatientais, je voulais que tu restes avec nous aux veillées du soir, qu'on appelle Renaud Papa, qu'on se moque de la lâcheté d'Alain, qu'est pas mon vrai père, non. On est sœurs. T'as pris pas grand-chose d'Alain, son meilleur, Papa disait ça, que t'avais une trace du meilleur d'Alain. Son courage qu'il disait. Fais pas cette tête-là, il avait pas que du mauvais, personne a que du mauvais. Mais la violence, il faut essuyer ses traces. Après, j'entendais Maman et Papa, il disait qu'on ne devait pas te forcer, que tu reviendrais, Maman répondait que ce serait pas facile d'être là-bas et d'ici, que t'allais souffrir. T'allais souffrir ? Souffrir, ça me faisait pleurer, je voulais pas. "Et Lucie ?" il demandait, Papa. Maman disait : "Tout ira bien pour Lucie." Et moi, quand je faisais la confiture de morts avec Maman, je mettais des graines de fenouil dans les poires, de la verveine dans le coing, des zestes de citron avec les mûres, parce que je me souvenais de tes préférences et quand il revenait, qu'il était passé au lit avec Maman, je l'embêtais : tu avais aimé mes confitures ? Tu en mangeais beaucoup ? Lesquelles tu préférais ? Puis il a dit que t'en mangeais plus, t'avais goûté des céréales. J'ai demandé : "c'est quoi, les céréales ?" Il m'a dit que ça ressemble à de l'avoine grillé et très sucré, que c'est fabriqué en usine, qu'on en mange partout dans le monde ; j'ai encore vomi. Un jour, il m'a expliqué que tu passais du temps chez des voisins, ça te faisait du bien. La mère te faisait rire. Il s'est arrêté : "Elle rit, elle se détend avec eux, tu te rends compte ?" Je lui ai demandé comment elle s'appelait, la mère, il a dit Rreze, c'est la voisine, elle est plus âgée, elle a quatre fils avec elle. On s'est regardés, je me posais la question, il attendait que j'en parle, pas besoin. Moi, je voyais plus loin, je me disais, ça y est, ça y est, on va se reproduire, on va devenir notre destin, Véra, elle a trouvé les quatre. »

Arrête, Lucie, ne recommence pas, je t'en prie, je suis fatiguée, je suis paralysée, je n'arrive pas à parler, je t'en prie, sens ma fatigue, arrête, attends la fin de la nuit.

Elle chuchote ; elle joue avec ses cheveux sur mon bras, la fenêtre est ouverte, la pluie ne pleut pas, la nuit ne dort pas, tout est suspendu. M'attacher au réel.

« Papa disait que tu avais besoin de quelqu'un, nous, on était ici, ensemble et pas seuls, même séparés, tu avais besoin de contacts, c'était normal. Et moi je râlais : elle a qu'à revenir, je lui en foutrai, du contact, on croyait que t'avais tout lu, tout le carnet. Un des voisins, le deuxième fils, il s'appelait Gjin. Je me demandais pourquoi Papa ne continuait pas, pourquoi on ne fonçait pas, tu l'as laissé partir ! J'étais pleine de colère et Papa ne voulait pas de ma colère, il disait que c'est trop près de la violence. Il voulait me calmer, il disait que ce n'était pas vraiment les quatre fils qui reviendraient, il disait que c'est une légende, que l'histoire de notre hameau, de notre famille, elle est plus grande que la légende, que le 'Pa avait exagéré, qu'il avait voulu forcer les choses, qu'il a abîmé Mortepire, à cause de la cupidité, il disait, on ne tue pas, on ne rejette pas ; on a survécu aux violents, on les a vus passer, mais on s'est sali de violence en les combattant, posséder pour se protéger, puis posséder pour posséder, puis la cupidité et la haine. Mais moi je voyais bien que c'était pour me calmer, pour que je patiente, je devais le laisser diriger. J'ai dit : elle nous a, nous, Véra. J'ai demandé : notre confiture, elle n'en mange plus, plus du tout ? Papa était trop honnête, pour un avocat, c'est bizarre, il a répondu que t'en mettais parfois sur des crêpes, ça m'a un peu consolée, il a ajouté que t'en avais offert un pot à ton amie et toute la famille avait apprécié, que t'en as nourri avec les doigts le deuxième fils : coings-verveine. J'ai demandé si tu lui avais dit. Non, qu'il a répondu, mais elle parle en dormant. Encore ? Oui. Parfois c'est toute la journée qui défile, parfois des voyages pleins de signes. On s'est regardés, j'ai demandé : Tu crois ? Il a secoué la tête, perdu, je n'aimais pas le voir triste, il ne savait pas quoi me dire, il ne savait pas, et ça m'a brisé le cœur, on doit réparer tout Mortepire, on lui appartient, et le cycle pourra recommencer, on n'est plus que des femmes, tu as remarqué ? Que des femmes, personne n'avait compris ça. »

Et toi ?

« Moi ? Oui, je dois soigner Maman, Mortepire et attendre les quatre, ils ne l'ont jamais dit, c'est une mission qu'on reçoit sans les mots. Ah, tu te souviens. Bien. Tu comprends ? Pas encore ? Je devrai être patiente, pas me précipiter, t'attendre, te laisser te mélanger, et on se retrouvera comme avant, rassemblées, compactes, on n'aura plus de distance, plus de solitude, on sera qui on est, enfin, tu vas voir, ils ont tout embrouillé. Moi, je sais, j'ai compris. Je t'expliquerai. Je dois te parler de Maugis. Il t'a dit qu'il n'est pas magicien, n'est-ce pas, alors, tu vois, c'est un signe, tu comprends ? Ah oui. Voilà où on en est, tu te rappelles ? Je vais te rassembler, tu devrais te reposer encore. T'as arrêté la pluie en arrivant. »

Elle est nue, elle saute du lit, allume la lampe, elle saisit ses vêtements avec les orteils et les pose sur le banc, elle me regarde en s'habillant. « Tu restes au lit ? »

J'ai besoin de me laver, de m'éloigner de Lucie, je vais prendre une douche. Elle me demande si je veux de l'eau chaude. Elle m'entraîne dans la salle de bains schisteuse, ouvre un robinet, me montre le pommeau accroché au mur. Elle s'en va. Je m'assieds sur le trône de chêne, l'eau s'écoule sur le sol et va rejoindre la grille où elle disparaît. Le bloc de savon Thomas aux fougères. L'odeur de Papa. J'ai envie de retrouver Mads. Lucie a laissé son drap de bain ou celui de Claire ? Je reconnais le tissu rêche, le linteau brodé, je me tamponne, pas question de m'emballer là-dedans, je m'ébroue. Je dois retrouver Lucie sans me laisser bouffer. Je retourne dans ma chambre. Mon sac à dos est posé sur le lit, je m'habille.

Lucie m'appelle à la cuisine. Elle m'a préparé des crêpes et une valériane, elle m'entraîne sur le pas de la porte, la vieille photo nous observe, Lucie me prend le bras : « Regarde. L'aube va se pointer bientôt, il y a une lueur à l'est. Quand j'ai levé les yeux, dans le ciel je n'ai vu qu'une étoile, une seule, dans tout ce noir, la Polaire, donc c'est un signe. »

Arrête, Lucie, c'est à cause des nuages, il n'y avait qu'un seul trou dans les nuages, donc tu ne voyais qu'une étoile. « Ça c'est bien toi, fais pas ta maligne, nuages ou pas nuages, c'est un signe, rien que celle-là, une seule étoile, et c'est la Polaire, justement, au milieu du noir, ça annonce quelqu'un qui vient du Nord, quelqu'un qui triomphe du sombre, qui peut plonger dans les ténèbres et en ressortir, quelqu'un qui a trouvé un fil, tu verras, tu connais un homme qui vient du Nord, toi ? Quoi ? Pourquoi tu souris ? Mads ? Il vient du Nord ? Il va venir, tu l'as invité ici ? »

Sûrement pas. On arrête les conneries. D'accord, j'ai bien pleuré, on se retrouve, mais il faudra s'occuper de la succession. Arrête tes délires, Lucie. On doit s'organiser. J'irai chez le notaire la semaine prochaine si le psychiatre me laisse faire. Il faut voir ce qui appartient à qui, comment on doit s'organiser. Papa a laissé des documents, il y avait un problème à régler avec les bois.

Lucie me regarde, des petits bruits viennent de l'autre pièce, elle hausse le ton, ses yeux grésillent comme ceux de Papa, elle se penche, sa tresse balance entre elle et moi avec des mouvements de prédateur. «Je dois aller voir Maman, mais écoute-moi bien, Véra, Mortepire ne nous appartient pas, c'est nous qui lui appartenons.»

C'est une promesse ou une menace?

Lucie revient, elle prend deux assiettes et deux bols dans le buffet. Je suis perdue, j'ai besoin d'être seule. Je n'ai pas pu réfléchir, il y a des jappements derrière la porte. Dagon peut entrer? Il peut venir dans la cuisine?

«D'accord», dit-elle en ouvrant la porte avec son gros orteil, et le chien se précipite sur mes pieds, il s'y couche de tout son poids et mime l'indifférence, une stratégie pour se faire oublier et rester plus longtemps, Lucie voltige autour de moi, sa tresse à l'abordage. «C'est quand que tu me diras les dernières paroles de Papa? Le dernier soir, tu te souviens, Véra? C'est important.» On a discuté de mes études, puis Papa a parlé de problèmes avec Mortepire, quelque chose à régler, je ne sais pas quoi, il doit y avoir un dossier à Namur, un problème avec des bois, il disait que je pourrais demander à des gens de m'aider. Elle me coupe : « Tu crois que c'est Mads ? Tu dois dire ce que Papa voulait, moi ça m'a cassée de pas savoir, peut-être, oui, voilà, peut-être que je sens la direction, pas besoin de comprendre, qu'il suffit de suivre Papa. » Ses yeux sont verts, phosphorescents.

Je ne sais plus. Je m'en occuperai, plus tard, il n'y a rien de compliqué, ça doit être dans le dossier à Namur. Je dois m'organiser, tu me fais un peu peur, avec tes délires, Lucie, arrête avec ces histoires.

« Très bien, tu t'occupes des papiers ! Je ferai installer le téléphone, tant pis si ça coûte. Une nuit et tu reprends tes esprits, c'est pour ça que Papa t'a choisie, pour effacer la frontière, tu retombes sur tes pattes. Mais ne me dis pas que je délire, tu n'as pas compris, tu devrais rester, m'écouter plus, on pourrait s'agglomérer, on doit s'y mettre, les quatre qu'on attend vont venir, peut-être du Nord, ou quelqu'un d'autre, du noir du Nord et de la nuit, ou du blanc de l'Est, avant les quatre, les signes sont là : les ventres stériles après la mort des jumeaux Letellier, puis quatre garçons et Maman, le 'Pa a exagéré, il n'aurait pas dû forcer le destin. Notre naissance, des jumelles de pères différents, tu reviens après six ans, le cycle de sept ans, la fin de la pluie, l'étoile Polaire. Et tout ça, on va l'achever, nous deux, chacune, ensemble. Plus que des femmes ! Personne avait pensé à ça, il fallait que Papa nous laisse. Pour relancer le cycle. Oui oui. Regarde, du rose et du vert qui chassent la nuit par l'est :

on aimait bien ça, le rose et le vert de l'aube. Tu te souviens du matin sur le rocher du Hât, tu avais dit l'argent rosé et le jade, ici c'est chez toi, Véra. »

Elle s'immobilise, elle me prend la tête, je lui dis d'accord, d'accord. Pour avoir la paix. Dagon se lève, il me méprise du sourcil, il va se coucher sous la fenêtre et je me sens seule. Lucie amène Claire, elle la porte comme un enfant, elle la dépose dans la chaise roulante. « Regarde, Véra, elle n'a plus ses tics pour aller dans la remise, on va la changer, aide-moi. Comme tu es gauche, tu n'arrives pas à l'habiller, tu n'essayes pas beaucoup. Tiens son bras. Pourquoi l'hôpital ? Pour te soigner qu'ils disaient au téléphone. Soigner de quoi ? Trop de chagrin, peut-être, ou trop de solitude, ce n'est pas bon, tu ne t'ouvres plus comme avant, tu devrais manger de nos confitures de morts, boire mes tisanes, que l'histoire reprenne. Non, on va laisser ses pieds nus, elle n'aime pas les chaussures, il fera chaud. J'avais macéré du millepertuis à l'huile, pour ton chagrin. Il est trop seul, il est trop noir, ton chagrin, tu dois le laisser monter vers la lumière, tu reprendras le millepertuis, j'en ai lissé dans tes cheveux hier, tu as dormi dedans, il agit. Dis quelque chose à Maman, elle attend ça depuis si longtemps. Tu ne peux pas ? Tu crois qu'on t'a tenue à l'écart ? Non ! Véra, tu es en plein au milieu, il faut mourir un jour pour être vivant. Papa disait qu'il faut de la différence pour changer, mais quelle différence ? On a survécu aux Lowenstein, aux Romains, à… »

Je la coupe, je ne veux plus entendre ces histoires, je m'éloigne d'elles.

Dagon attrape les mouches, clap clap, des coups de babine en l'air, Claire s'endort dans son fauteuil, elle fait des petits bruits de bouche, des aspirations mouillées : te voilà entourée de vieux, pauvre Lucie. Arrête, Dagon, tais-toi, ta mère t'a mal élevé, vieux chien.

Est-ce que Papa était heureux, heureux d'être avec moi à Namur, pourquoi moi, pourquoi ils m'ont choisie, Rosa et lui ? Il disait quoi, Papa ? « Tout s'explique pas, tu dois sentir, tu poses des questions idiotes. Oh ! fais pas cette tête. Il était heureux avec toi, Papa, oui, heureux, il avait confiance, il nous racontait comment tu faisais la différence tout le temps, et il savait que tu reviendrais, il s'impatientait de ton retour ici, mais surtout, il voulait que tu sois libre, libre sans limite qu'il disait. Et ça y est, Véra, t'es libre, Papa le voulait, et t'es revenue libre, tu pouvais choisir, t'étais pas coincée, comme nous, ici, nous tous, à Mortepire, depuis longtemps. Papa disait : coincés entre partir ou rester, entre la loyauté et la trahison, il disait que toi, Véra, tu vivais autrement. Lui, il essayait mais c'était seulement des allers-retours, des passages de frontière, et toi, les frontières, t'allais nous les écraser, comme on écrase les ronces pour passer, il disait. Maman n'était pas d'accord, je crois que Papa pensait comme moi : que le cycle va recommencer, nous deux, on va pouvoir faire le renouveau, tu vas partir et rester, continuer et changer, en même temps, avec la vieille loi, à nous deux, ensemble, chacune. Papa le disait : Véra pourra choisir. Il avait qu'un regret : une promesse que t'as dû lui faire un jour, pour revenir ici, il regrettait, c'était pas assez de liberté avec cette promesse. Et puis il voulait que ça s'arrange entre Maman et toi. Elle t'adore, tu sais, mais vous êtes tellement les mêmes ! Quoi ? Bien sûr que vous êtes les mêmes. Tu te souviens pas de ce qu'il a dit le dernier soir ? C'est important pour nous. Pour le cycle, bien sûr que oui, ça existe ! Alain, il était fou de la folie du 'Pa, mais on va rassembler tout ce qui s'est éparpillé, tu peux m'aider au muret ? Allez, bouge pas, je vais chercher les outils. »

Non.

« Reste, Véra, reste près de moi, réparée, plus fendue, bien compacte, je peux t'expliquer, j'ai tout compris. Regarde, il ne reste que des femmes, Papa nous a laissées, on va recommencer, ils ont dû avoir peur qu'on soit des garçons. On ira voir le dossier plus tard à Namur, pas besoin de retourner à l'hôpital, j'ai tout compris, on va recommencer un cycle, reste, quelqu'un va venir, c'est important. »

Non. Qu'est-ce que je fais là ? J'étouffe. Je veux aller au cimetière.

Lucie est sortie, Claire ne dort plus, j'entends ses gloups, je n'aime pas être seule avec elle dans la pièce, je me sens coincée, inutile, paumée. Je la regarde et ça me glace : elle me fixe, la tête droite, les yeux parallèles, le regard redressé, intense, je suis aspirée, j'ai le vertige, impossible de l'éviter, elle veut m'entendre. Vite. Je dis : Papa est mort.

J'ai mal à la gorge. Je dis : J'ai mal à la gorge quand je pense à lui, je suis paumée, paumée, je ne crois pas que je pourrai t'appeler Maman. Est-ce que Lucie a besoin de moi ? Vous avez fait tout ça pour quoi ? Je suis amoureuse, il m'a trouvée dans son placard.

Je ris. Je crois qu'elle rit aussi.

Dagon grogne, je tourne la tête vers lui et quand j'ose regarder Claire, elle a repris sa position malade : le cou ployé, les yeux divergents, chacun dans un vide opposé. Il n'y aura pas d'explication, il n'y aura pas de retrouvailles. Pas aujourd'hui. Je reviendrai.

Je dis : Je reviendrai.

Le cimetière. La tombe de Papa. Il est temps de m'approcher de son absence.

7.

Je descends la voyette doucement, Dagon me suit, il trotte en crabe. Tu viens avec moi, le chien ?

On entre dans la partie cimetière et c'est tout de suite la place de Papa. Les larges pierres sont trop propres, différentes des autres tombes : le gris bleuté se couvrira de mousses dorées et de lichens argentés. S'effacer de végétal, comme la tombe de Rosa, juste à côté. Celle d'Alain aussi. Pas de noms, le souvenir jusqu'à ce que le souvenir lui-même retourne à la terre, l'effacement d'une vie. Après Alain c'est qui ? Le 'Pa ? Et après ? Richard ? Guy est peut-être encore vivant, au Luxembourg. Il faudra que je demande à Lucie. Et où sont tous ceux qui ont vécu ici ? Tous les autres.

Papa baissait parfois la voix, il disait : « On a eu d'autres lieux, certains sont oubliés, Lucie peut t'en montrer si tu veux. La forêt nous a presque tous repris. » Qui sommes-nous ? Des réfractaires. À l'autorité sacralisée, aux arrangements, à la soumission. C'est Mortepire.

Lucie a planté de la sauge au-dessus de la tombe de Papa. Et la sauge va grandir, se mêler au romarin de Rosa, trouver sa force dans la terre où s'efface Papa. Dagon reste sur le sentier, il couine, je l'appelle, il trotte vers moi, l'arrière-train en biais, l'échine agitée de frissons. Quoi, vieux chien, viens là. Sois sage, reste avec moi. Hier, tu m'as empêchée de venir, n'est-ce pas ? Tu m'as emmenée à Lucie. Pourquoi ? Il aboie un grondement sourd. Tu veux qu'on s'occupe des vivants, des mourants, des malades ? Mais je dois sentir la mort de Papa, je n'y arrive pas, je ne sens rien. Est-ce qu'il y aura de la place pour Claire ici ? Pas pour nous.

Qu'est-ce que je dois faire, Papa ? Je ne sens rien dans ce cimetière et j'ai envie d'y rester. Est-ce que c'est une envie de mourir ? Pour rester avec toi.

La fin du carnet, nos malentendus, je m'en fous. Je m'en fous, je veux tout garder de toi, et je ne sens que ce mal dans ma gorge.

Dagon grogne. D'accord, le chien. On se tourne vers la vallée. Les arbres du verger au premier plan, puis la forêt, le creux de la Semois, l'autre versant, les bois encore. Je sens ma force. De l'autre côté de la crête, il y a le village. Dagon me pousse vers le sentier, on regarde la Grande Maison, Lucie a repris son travail au muret près de la remise, elle a sorti Claire dans sa chaise roulante. Je descends au verger, ces fruitiers sont grands, des variétés anciennes et puissantes qu'on entretient peu, les noms me reviennent : des courts-pendus et des reinettes, des belles-fleurs, des cerises du Nord, des bergamotes, des prunes de Namur et des belles de Louvain. Les ringlottes pourrissent sur le sol et leur odeur de miel résiste : putréfaction âcre et douce, il était bon de laisser des fruits à la terre, disait Claire. Les pommes d'août rougissent prudemment. Tu crois qu'il y a déjà la force de Papa dans ces fruits, Dagon ? Je tends la main, zut, trop haut. D'un petit bond, je saisis un rameau et tire une branche pleine de fruits, je devrais être émue, me recueillir au lieu de chaparder des pommes aigres. Un craquement, merde, la branche a cassé. Dagon gémit. J'ai blessé l'arbre. Une voix derrière nous : « Ah c'est malin ! » Lucie se tient à l'entrée du verger, un poing sur la hanche, le maillet en acier se balance dans l'autre main au rythme de la tresse qui est passée devant son épaule.

— Quoi, Lucie, tu vas me frapper ? Me massacrer ? Il te manque le casque pour faire la Walkyrie.

— Fais pas ta maligne, Véra, qu'est-ce que tu racontes ? Allez, ramasse les pommes de la branche que t'as cassée, je les ferai mûrir, et laisses-en une pour la terre. Et n'en mange pas, hein, ça fout la chiasse. Te massacrer ? N'importe quoi. Quand t'auras fini tes conneries, remonte, tu dois me raconter le dernier soir de Papa, c'est important. D'où tu venais ? Est-ce qu'il a eu des volontés ? Bon, je t'attends, dit-elle en remontant vers la maison. La massacrer, n'importe quoi.

J'ai envie de rester ici. De me compoter. Et si Lucie avait raison ? Dagon aboie, il me secoue, m'entraîne vers la maison. Un moteur ? Lucie lance le maillet dans le seau, clang, ce bruit, monté de l'enfer ! Elle nous jette un regard par-dessus l'épaule. Et la camionnette orange débouche sur le terre-plein, sous le châtaigner qui se met à froncer des feuilles. La maison frissonne, Lucie emmène Dagon, elle le tient par la peau du cou, il gronde, comme s'il était méchant. Un gros chien noir, mais il est vieux, il est faible, qu'est-ce qu'elle veut faire croire ? Ils passent la barrière qu'elle ferme dans leur dos. Dagon fait des faux départs maladroits vers la camionnette dont sort Maurice. Lucie s'énerve : « Maugis, enfin, tu te décides ? » Il fait un pas en avant, elle crie. « Ha ! tes pieds en plein dans le mille ! En plein où on a pissé hier, tu es cuit, mon pauvre vieux, fais gaffe, je lâche le chien. » Et Dagon, piètre chien de garde, va renifler le cul du visiteur, puis lui fourre la truffe dans la main. Un coup de crâne contre sa hanche. Maurice lui étire les oreilles, pas impressionné, il piétine en observant le sol.

Seule. Avec Claire dans mon dos. Dagon et Lucie de l'autre côté. Elle se retourne, elle me demande : « C'est toi qui l'as appelé ? » Non, je n'ai appelé personne, mais en fait, peut-être qu'il tombe à pic, mon chauffeur.

Il dit qu'il venait voir si j'avais besoin d'un coup de main pour reprendre mon train. Lucie s'énerve : de quoi il se mêle ? C'est pas ses oignons.

Maurice me fait un signe de la tête. Il n'a pas bu, ça se voit. Il attend, calme, les pieds campés sur la terre où Lucie m'a fait pisser.

Non, Lucie, je ne reste pas. Je suis allée près des tombes, Papa voulait que je m'occupe des problèmes du hameau et des bois, il m'en a parlé le dernier soir, on ne peut pas attendre, je dois rentrer à Namur, aller voir. Et retourner à l'hôpital lundi matin, en sortir par la grande porte.

Un gémissement derrière moi. Lucie ouvre la barrière et elle se précipite vers Claire qui s'est redressée et hoche la tête. Dagon s'enfuit vers la voyette. Maurice entre dans la cour. « On va à la gare de Bertrix ou de Florenville ? »

8.

Maurice roule plus calmement, il ne touche pas à sa flasque. Avantage du matin ? Mais il tremble, il transpire, sa chemise est déjà pleine d'auréoles, il a demandé un verre d'eau à Lucie avant de partir, enfourné un cachet. Ses cernes sont plus boursouflés qu'hier, sa peau plus lâche, la sueur ruisselle au creux des rides et forme des gouttes sur son menton qu'il tamponne d'un mouchoir chiffonné. Je lui ai demandé quels médicaments il prend, il répond : « Valium » en désignant des boîtes dans le vide-poche. Il a ajouté : « Il en restait dans l'armoire de mon père. Périmés. Sevrage, tout frais, nom de Dieu, pas envie de me taper une putain de crise d'épilepsie et mon père m'a assez souvent mis en sevrage pour que je m'en sorte, suffit de l'imiter. »

Je vais m'arrêter à Namur avant de rentrer à l'hôpital. Je dois commencer à ranger les documents de Papa, contacter le notaire la semaine prochaine, pourvu que la police n'ait pas tout emporté, j'ai besoin de retrouver un appui dans notre maison.

J'ai tenu ma promesse. Il faudra terminer mes études. Faire les choses dans l'ordre. J'ai trois pots de confiture de morts dans mon sac à dos.

La route longe la Semois et ses berges ennoyées dans le sens du courant; on dirait que nous la poursuivons. Maurice reste muet, il ne jure pas quand nous devons ralentir derrière une moissonneuse.

Il freine et klaxonne au croisement pour Orgéo: une deux-chevaux est garée sur l'accotement, je reconnais le conducteur. Maurice se racle la gorge: « Nom de Dieu, il est là, l'homme qui tombe à pic ! » Il range la camionnette sur l'herbe en précisant qu'on a bien le temps, on est à dix minutes de Bertrix et, au pire, si je rate mon train, il promet de me conduire à Namur. Pourvu que ça n'arrive pas.

Nous surplombons le conducteur de la deux-chevaux qui se trouve face à nous, nous nous observons à travers les pare-brise.

C'est une coalition ou quoi ? Le père Joseph nous fait un signe de la main, c'est à peine s'il peut bouger le coude, tant il est comprimé dans l'habitacle. Maurice ouvre la portière. « Allez viens ! T'en fais pas s'il est un peu vague, c'est un gentil, mais je te jure que quand il tient un truc, il ne lâche pas, un vrai mulet. » Lâcher quoi ? Pour quoi faire ?

Le curé s'extrait de sa voiture, membre par membre en détendant ses articulations comme un mètre pliant. Son visage est parcouru de rides parallèles. Des mèches blanches, plus rares mais encore débridées, lui font une auréole, il a sa coiffure d'été, il retrouvera bientôt son crâne de saule têtard. Il échange un regard entendu avec Maurice qui hoche la tête. J'ai l'impression d'être dans une parodie de film mafieux, ils vont m'enlever ou quoi ? « Tu reconnais Joseph ? » demande Maurice.

Oui, merci, pas besoin de présentations. Le curé m'offre l'attention aimable dont je me souviens, il me dit qu'il est désolé pour Renaud. Il aimait Papa, je ne sanglote pas, je suinte et je renifle, ça cahote dans ma gorge, les larmes que je ravale lubrifient quelque chose, quoi ?

Maurice me tend le tissu sale et chiffonné avec lequel il s'épongeait dans la voiture, le père Joseph lui saisit le poignet et l'arrête en disant : « Merci, Maurice, merci. » Il sort de sa poche un mouchoir de coton blanc, amidonné, repassé, qu'il déplie en le secouant d'un grand geste gauche, comme un battement d'aile de cormoran : « Mmh, Petite, tu peux le garder. »

Je devrais le rabrouer, de quel droit il m'appelle Petite, lui aussi ? J'accepte son mouchoir. Je les observe. Le sourire doux de Joseph trace un arc élégant dans un ovale laiteux sillonné de rides tandis que les lèvres mouillées de Maurice se camouflent dans les plis mauves de chair fripée, il me dit : « Tu vois ce que je voulais dire par vague ? » J'essaie de me concentrer. Maurice m'explique qu'ils étaient tous ensemble à l'école : Papa, Joseph et lui, et mes trois oncles.

Mes trois oncles ! Je n'avais pas encore pensé à eux comme ça. L'image des quatre gamins sur le cheval de trait, j'y ai ma place parce que ce sont mes oncles. Derrière le regard brutal de mon grand-père, il y a mes tantes, et Claire, la petite Claire, c'est ma mère, ce morceau de l'histoire, je ne l'intègre pas encore, ça résiste, cette photo contient ma vie potentielle. Le regard redressé de Claire dans la cuisine ce matin, cet appel, ce gouffre, quelle énergie elle a trouvé pour faire ça ? Et pour que Lucie me laisse partir.

Je m'assieds sur le siège passager, c'est lourd, je regarde Maurice et Joseph. Petite. Je suis petite.

Maurice poursuit : ils s'appréciaient. Plus tard, ils ont été à l'internat ensemble, ils ne pouvaient pas se voir à Mortepire, le 'Pa ne l'aurait pas accepté, ses frères non plus. Ils méprisaient ceux qui avaient quitté le hameau. Mais quand Aja est morte, « Aja, tu sais, votre grand-mère, la maman de ton Papa, si jeune, morte pendant la guerre, on était à l'internat avec lui à Bastogne, c'est nous qui avons vu ses larmes, à Renaud. » Maurice s'ébroue. Le curé enchaîne : « Écoute, Véra, mmh, tu as peut-être besoin de temps, oui, de temps, mmh. » Maurice le coupe :

— Il y a des gens, au village et en ville, qui disent que Claire et Lucie ne pourront pas rester au hameau, ils veulent que le juge désigne un administrateur de biens, ils ont déjà tout prévu, ils disent que tu n'as pas toute ta tête. On a l'impression que ça pourrait mal tourner, tu dois régler ça. Désolé, on voulait pas t'ennuyer, on voudrait te laisser prendre ton temps, mais ils essaient de racheter les terres, pour eux, la mort de ton père, c'est une aubaine.

— Nous serons avec vous, oui, mmh, jour et nuit s'il le faut, mais l'essentiel repose sur toi.

— Tu vois ce que je voulais dire par vague et mulet ? Traîne pas pour voir le notaire, sûr que ton père a bien géré les papiers, mais bordel, ce qui se fait peut se défaire et dégage-toi de ce putain d'hôpital psychiatrique. Lucie est trop fragile, elle déconne et Claire va pas récupérer, on ne leur en a pas parlé, tu vas devoir gérer pour vous trois. On peut t'aider.

Je les arrête : Lucie n'est pas fragile, elle amplifie la légende familiale, mais elle n'est pas fragile, et elle s'occupe très bien du quotidien et de Claire.

Pourquoi je la défends, Lucie, alors que je pense comme eux ?

Ils se regardent, hochent la tête.

— Très bien, mmh, très bien, c'est ainsi que tu pourras leur répondre, aux autres et au juge s'il le faut, pour éviter l'administrateur de biens.

— Et en quoi ça vous regarde ?

— On avait promis à Renaud, dit Maurice, s'il lui arrivait quelque chose.

Je sors de la voiture, je me redresse. Quels gens veulent quoi ? Ils parlent des jaloux, des envieux, des cupides qui convoitent les bois depuis longtemps pour organiser des chasses à deux cent mille francs la journée et relier leurs parcelles. Des gens qui veulent gagner beaucoup d'argent. Mais nous aussi, on vend des chasses. « Pas les mêmes, me dit Joseph, mmh, pas du tout ça. »

Je me souviens d'un matin de novembre, un long week-end à Mortepire, la fête des morts, Lucie m'éveille, j'enfile un anorak et des bottes sur mon pyjama, tout encombrée encore du sommeil de plomb que je ne vis qu'ici, l'écho des coups de feu me surprend, on court vers la crête derrière le hameau, Papa et Claire regardent vers l'ouest, on est tous les quatre en pyjama et anorak, ils sont pieds nus, je suis la seule à avoir mis des bottes, une brume légère monte de la terre, l'orée du bois est encore obscure, le ciel déchiré d'argent rosé et de vert jade. Ils me montrent la pâture en contrebas, ils rient. Je ne comprends pas. Lucie me pince le mollet avec ses orteils. Je plisse les yeux, des vaches ont formé un cercle, elles broutent tranquillement et, au centre de ce rempart bovin, des faisans picorent. À l'abri. Il suffit de mélanger les genres. Je suis éblouie par la simplicité de cette résistance. Papa pose sa longue main sur mon bras. Nous sommes quatre faisans, Mortepire nous abrite.

Joseph a parlé des chasses, Maurice le coupe : « Nom de Dieu, on va pas faire un putain de cours sur Saint-Hubert à Véra, faut se grouiller », dit-il en secouant la tête, et ses babines ondulent, ses chairs s'agitent en projetant dans l'air des gouttelettes de sueur. Il dit que si je veux protéger le domaine, je dois me positionner. Très vite. Ils peuvent m'aider si j'en ai besoin. « Mmh, Renaud nous avait dit que tu en serais capable et que tu pourrais compter sur un Danois qui travaille à l'université. »

Marre de ces missions sur mes épaules. Et Papa a parlé de Mads à ces types ? Je n'ai aucune envie de me battre, de gérer, d'entraîner Mads dans cette histoire ; je ne suis pas douée pour ça, je ne vois pas pourquoi on devrait protéger le domaine. Lucie et Claire, c'est autre chose, il est peut-être temps de faire passer les personnes avant le reste, non ? Je verrai, je vais avancer doucement. Papa m'avait tenue à l'écart, bien protégée. Je ne comprends pas encore tout. « Renaud voulait te former après. » Après quoi ? Mon diplôme ? « Oui, il voulait que tu puisses choisir, vraiment choisir, sans rien abandonner. » Je ne sais plus lequel des deux me parle. Je cherche : il voulait quoi, Papa, je croyais qu'on ne voulait rien, qu'on se contentait de vivre. Il voulait que je sois libre. Mais je n'ai pas d'intention, pas de projet, je vais mettre les papiers en ordre et poursuivre mes études.

Ils me demandent de compter sur eux, me voilà avec deux complices bizarres, pour quelle mission ? Finalement, j'envie cette crétine de Cendrillon et ses bonnes fées marraines, moi qui suis affublée de ce duo biscornu de parrains.

Je les remercie, je répète que je ne sais pas me battre, je ne suis pas une héroïne, pas Antigone, pas amazone, je ne promets rien, qu'ils me laissent un peu de temps : je viens d'hériter d'une mère et d'une sœur, je dois déjà avaler ça, et la mort de mon père, une identité douteuse, ça fait beaucoup.

Ils se regardent en souriant, ils savaient, oui, ils continuent et je ne parviens plus à me concentrer, j'essaie mais la photo au mur de la Grande Maison me distrait. Mon père, explique Maurice, mon père (sa petite tête floutée par le mouvement malgré les mains d'Alain sur son cou) leur avait parlé des violences du 'Pa (le triomphe mauvais de la moustache noire), de la possibilité de rassembler des cousins éloignés (ces hommes qui s'enfoncent dans le mur, derrière les femmes dociles), Claire s'y opposait. Pas avant que les filles soient majeures, disait-elle, et voilà que Renaud meurt, que Claire se brise, que Lucie dérive. « Alors toi, est-ce que tu pourrais y penser ? » Penser à quoi ? À mettre fin à l'obstination du 'Pa, à ces règles rigides, à ce qui a épuisé Mortepire. Le rejet et la violence. Retrouver le cœur de Mortepire, c'est ce que Renaud voulait.

Mettre le commun avant tout, accueillir, protéger sans fermer.

Maurice me demande d'avoir beaucoup de respect pour Claire. Il rougit sous sa couperose et il dit que c'est une femme courageuse, qu'elle a fait des sacrifices immenses pour nous et pour Mortepire. Le curé ajoute qu'elle voulait trouver un entre-deux, une façon de ne plus transmettre la violence. Mon père aussi. Ils attendaient que je revienne. Lucie s'égare. Elles ont besoin de moi. Papa leur avait parlé d'une personne de confiance à Namur, Monique ? J'approuve. Et ce type, ce Danois ?

Il me manque, ce type. Mads me manque et j'ai envie de lire du vivant, du charnel blessé, j'ai envie de me planquer. Cohen ? L'abri me manque, la transe me manque, sa simplicité hétéroclite me manque, sa laideur magnifique me manque. Sa façon de me laisser être ce que je suis, son odeur, son intelligence, ses caresses, son désespoir, tout me manque.

Maurice prend un carnet dans sa poche. Non, pitié, pas un autre carnet ! Il me regarde en coin : « Du calme, Petite, y'a rien d'écrit » ; il arrache un feuillet publicitaire pour son garage et le tend à Joseph qui y inscrit son nom et son téléphone, me le donne. Je peux les appeler. Quand je veux. « Pour n'importe quoi, à n'importe quelle heure », dit le père Joseph, puis il range son grand corps dans sa deux-chevaux, il manque de souplesse. Pour glisser la jambe droite de l'autre côté du volant, il doit tirer son genou vers le haut à deux mains, il claque la portière, baisse sa vitre : « Ma position est plus, mmh, délicate, oui oui, mmh, délicate. Je préfère rester discret, tu comprends ? Je serai votre homme de l'ombre, je surveillerai les Lowenstein et les blasonnés. Dieu est avec nous, tu m'appelles quand tu veux. » Il éclate d'un grand rire qui me rappelle Papa, je frissonne. « Tu vois, dit Maurice en plissant sa triperie : flou et mulet. »

Nous remontons dans le van et je porte un poids dont je ne voulais pas, j'ai l'impression de devoir hisser à deux mains ma vie et celle d'autres que moi par-dessus un volant de granit qui n'a aucune chance de tourner.

9.

Le train démarre, la gare de Bertrix est plus grise que jamais. J'ai laissé quelque chose sur la route d'Orgéo, quelque chose qui ne m'appartenait pas, l'air circule dans ma gorge sans entrave. Je suis plus légère et plus lourde. Je ne peux pas m'échapper, je suis coincée et je ne vais pas déplacer des monolithes. Je n'ai pas le choix. Obligée d'être libre. Merde !

Malpertuis somnole dans mon sac. C'était quoi la dernière phrase que j'ai lue ? La voilà : *Leurs voix y retomberont à plat, comme les rumeurs dans le désert, et jamais ils n'y diront que des choses lugubres, méchantes ou désespérées.* Ce passage est trop loin, je dois recommencer au début, j'ai perdu l'ambiance. Je suis épuisée. Je dormirai dans le train, après Libramont. J'ai envie de Mads et de Cohen. Quand je ferme les yeux et que je cherche ce qui n'a pas changé en moi, je trouve mes heures avec Mads, indemnes de Mortepire et des Bayard, vierges de la psychiatrie et du carnet.

La gare de Libramont m'attendait, les bancs du quai me rassurent, leurs planches de bois disjointes me pincent l'arrière des cuisses. Un homme et une petite fille viennent s'asseoir à côté de moi. « Je pourrai boire mon cacao dans le train, Papa ? »

Nouvelle poussée lacrymale. Qu'est-ce qui me prend ? Le mouchoir du père Joseph éponge cette sensiblerie, je ne contrôle pas, je ne maîtrise plus, ça m'énerve, je cherche un anathème, renonce, je dois assumer, j'ai la trouille, je ne sais plus.

La porte du train coulisse, le wagon est vide, je m'appuie au dossier. Trouver une place entre la folie et la raison, entre la loyauté et la trahison, entre la vie et la mort, le corps et l'âme. Je peux choisir. Papa et Claire me l'ont permis. Trouver une intention. Faut-il une intention pour être libre ? Ma liberté, c'est de sortir des choix, merci Papa, sortir de l'enfermement dans les choix.

Entre deux on est encore enfermé. On doit prendre notre place qui englobe tout : la folie, la raison, la loyauté, la trahison, la vie, la mort, le corps et l'âme qui n'existe pas. J'ai la ferme intention de vivre jusqu'à ma mort. On dirait que ça ne suffit pas. Une chose à la fois. Le contrôleur siffle, les portes se ferment, le train démarre. Une chose à la fois.

Un grand orme se dresse au milieu d'une prairie. Des saillies s'échappent du bas de son tronc, des contreforts racinaires. Il faudra que je le montre à Mads : les ormes sont malades, ils meurent partout en Europe et celui-ci est magnifique, sain, ses petites graines translucides, comme des disques de papier de soie, jouent avec la lumière du soleil. Je suis dans le pré, je m'approche de lui :

— Tu n'es pas malade ?

— Tu vois bien que non. Je porte le monde, je n'ai pas le temps d'être malade.

— Mais tous les ormes sont malades.

— Pas tous, dit-il en appuyant une branche à mon épaule, comment tu vas ?

— Tu n'es pas très solennel pour un porteur du monde. Quel est ton nom ?

— Tu m'énerves, jeune fille, avec tes questions stupides, va plutôt choisir ta vie. Je ne peux pas faire plus, tu es libre, pas semi-libre comme nous l'étions. Je n'ai plus besoin d'appuyer ma fatigue à tes épaules, va te fatiguer dans d'autres bras. Va vivre la vie qu'on t'a donnée.

— Papa ?

— Regarde là-bas. Les charmes résistent mieux que nous, va te croiser, va te reproduire, pendant que je porte le monde. Secoue-toi un peu, dit-il en relevant sa branche, et je ne sens pas d'abandon.

— Mais Papa, qu'est-ce que je dois faire pour Mortepire ? Pour Lucie ?

— Il y a les cycles, nous ne comptons pas. Des lois perdent leur sens et se maintiennent, des violents s'en emparent et abîment ce qui compte, des promesses s'éteignent, moi aussi, j'ai eu peur, j'ai obéi à la vieille loi du respect aux transis, j'ai paniqué, j'ai cru que tout était perdu sauf ça, puis j'ai regretté et regarde-toi, regarde ce que j'ai fait, regarde comme nous avons bien réussi sans intention. Méfie-toi de ceux qui flétrissent le respect en l'usant à la vieille domination. Nous devons éponger la violence, les loyautés sont secondaires. Ce n'est qu'un moyen.

— Je ne suis pas sûre de comprendre.

— Tu n'es pas obligée de comprendre, suis les signes. Tu as bien reçu les schistes que je t'ai envoyés, n'est-ce pas ? Regarde-toi, tu étais blindée, tu peux respirer, va te reproduire, va nous continuer pendant que je porte le monde.

— C'est difficile de vivre sans toi.

Il a disparu. Mes bras sont recouverts d'écorces schisteuses, je reconnais les ardoises qui me cuirassent. Elles sont moins serrées, elles se déchaussent, je suis végétale. En remuant la main, j'en vois tomber deux, ma peau est rose en dessous, je suis animale, je me secoue, les écailles cliquettent.

Dans le bas de la prairie, une charmille, des trembles, un souffle doré dans leur ramure. Le vent passe la crête, il réchauffe le versant schisteux, une brume légère monte de la vallée avec une odeur de tilleul.

Je regarde le parfum, ma peau respire, j'entends les couleurs, le vert du lichen et son gris.

Je m'éveille d'un soupir et un poids s'arrache à ma gorge, descend dans mon ventre, se divise en deux sur mon pubis pour glisser dans mes jambes et tomber dans mes chevilles. Qu'est-ce que c'est ? Quelque chose était enfermé depuis longtemps entre ma tête et mon cœur. Je peux le dégager, la sensation est étrange, je secoue les pieds, ils ne sont pas plus lourds, ça m'étonne. Namur, déjà.

10.

Le train s'arrête, *Malpertuis*, sac à dos, coupe-vent. Je descends et je fonce dans le souterrain pour éviter la gare de Namur, je débouche sur le trottoir, je veux traverser la ville sans m'arrêter, galerie Wérenne, rue des Carmes, rentrer chez nous d'un seul trait, ne pas me donner l'occasion de changer d'avis, ne pas me laisser distraire. Un danger, un risque de régression, je dois garder mon cap, mon choix, ma liberté. Notre maison.

Quelle liberté ? Quelle maison ?

Un attroupement sur la place Saint-Aubain. Quatre personnes piétinent, dénotent, les passants changent de trottoir à leur approche.

Ils sont sur ma route et je ne dévierai pas. Trois hommes décatis dont l'un tourne sur lui-même comme un derviche. Un autre, énorme, parle tout seul, je ralentis le pas pour entendre : *Trois dans cette galère. Deux pour tenir la conversation et moi pour ramer.* Michaux ?

Le troisième homme est immobile, un sourire béat sur son visage, une impression nirvanesque :

il est heureux d'être content. La jeune femme qui les accompagne m'apostrophe : « Véra ? »

Qui est-ce ? Je m'arrête, j'ai l'impression de reconnaître l'obèse qui hurle des vers : *Ces deux bavards sont toute ma distraction, mais c'est tout de même dur de les voir manger mon pain*, cette voix rauque, ce haut-parleur charnel qui hurle la beauté. La fille me demande : « Véra ? Tu ne me reconnais pas ? Tu te souviens de Jumbo ? » Elle tire sur sa queue de cheval et pose la main sur celle du récitant. Je sais : Astrid !

« Ah quand même ! Dis donc, tu n'as pas changé. Tu vois où j'en suis ? Infirmière psychiatrique. Je faisais une dépression à l'époque, après mon accident à Londres, j'étais perdue, on en a parlé, ça m'a aidée, tu sais. Tu m'as aidée. Et me voilà. »

Je hoche la tête dans diverses directions, je n'ai pas encore prononcé un mot en dehors de son nom. De quoi elle parle ? Moi, je croyais qu'elle me haïssait. « Tu es pâle », ajoute-t-elle. Je voudrais lui répondre, mais Jumbo commence à s'ennuyer, il arrête un cycliste en levant les bras au ciel : *Je fuis, pâle, défait, hanté par mon linceul/Ayant peur de mourir lorsque je couche seul.* Du costaud. Il met la pression, Jumbo, il participe à notre conversation, avec une clairvoyance qui me touche, comme à *L'Oasis*, avec Bukowski.

Astrid le laisse faire, elle se précipite sur l'homme toupie qui tourbillonne au milieu de la chaussée, obligeant une voiture à piler devant lui. Il s'accroupit en ralentissant sa rotation au milieu des bruits de klaxon. Astrid le relève doucement, le prend par le coude, il se frappe quatre fois le front avec le pouce en disant «J'ai faim, j'ai faim». Le conducteur redémarre et nous apostrophe en se tapant l'index sur la tempe. Il ne doit pas se rendre compte de l'écho de son geste à ceux du vortex qui l'a immobilisé.

On se rassemble sur le trottoir. Jumbo enchaîne : *La terre s'ouvre vieille à qui crève la faim/Je hais une autre aumône et veux que tu m'oublies/Et surtout ne va pas, frère, acheter du pain.* Je ne reconnais pas. Le troisième patient patiente, immobile, aligné au poteau, le regard paisible et le sourire moelleux comme une brioche tiède qui voit arriver le café. J'ai un grand coup de fraternité, une envie de vivre.

Astrid s'en sortirait bien sans ma présence. Je suis un facteur perturbant. Elle me dit : «Bon, c'est l'heure, on va aller souper. Pas le temps de papoter. Dis, on est en psychiatrie de secteur, passe quand tu veux, on fait des ateliers libres au Cinex le jeudi, ça ressemble un peu à *L'Oasis*, tu te souviens ? Tout le monde est bienvenu, ça me ferait plaisir de te voir.» Elle me fait un signe de la main, entraîne le petit groupe, se retourne : «Je suis désolée pour ton père.»

Une charge glisse de ma gorge dans mes pieds, je la sens s'aplatir, m'ancrer sur les pavés, je suis très stable en les regardant s'éloigner. La convention mystique d'un derviche tourneur, d'un prophète et de Bouddha. Sur la place Saint-Aubain. Et alors. Comment se fait-il que personne ne remarque cette beauté ? Qu'est-ce qu'ils foutent, les passants à passer sans regarder ?

Derrière sa vitrine, le libraire me fait un grand signe, il a l'air content de me voir. Il se souvient de moi ? J'existe pour ces gens ?

Je traverse la Sambre par le pont de l'Évêché, l'eau grasse glisse vers le Grognon, le confluent et la Meuse. Les murailles de la citadelle ceinturent le coteau face à moi, des voitures sont garées sur le parking à l'entrée du chemin, la Volvo n'y est plus. Qui l'a déplacée ?

Monter à la maison. Je ralentis. Il n'y a qu'un trottoir sur la droite, du côté de nos trois maisons, ça me saute aux yeux, je ne l'avais jamais remarqué, je rentrais en suivant mes propres pas, je ne regardais pas. Dans le bas de la rue, les Vanhamme ont repeint la porte de leur garage, leur rocaille se porte bien, ils ont déjà taillé la haie de thuyas, c'est net, c'est propre, c'est moche. Le rideau bouge à la fenêtre de leur salon. Ils sortent, la mine grave, ils jacassent. Ils sont contents de me voir, alors comme ça je suis sortie de l'hôpital ? J'ai l'air en forme. Ils ont bien surveillé la maison en mon absence, alors, comment ça va ? Ils ont rassemblé le courrier quand il débordait de la boîte, ils l'ont confié à l'associée de Papa, la grande dame élégante, Monique, qui gère les affaires en attendant, il y a des lettres pour moi. Ai-je besoin de quelque chose ? Ils n'ont jamais cru à ces histoires dont on m'accusait, ils me connaissent depuis que je suis toute petite. Je ne dois pas hésiter à leur demander de l'aide. Alors, je vais rester ?

Ils sont fiers de leur bon voisinage. Je réponds par onomatopées : mmh, bof, ah.

Ils évoquent un jeune homme bien habillé qui m'a demandée, le 21 juillet, il a déposé un mot, je le trouverai à la maison, ils l'ont donné à cette dame, Monique, bon, ils me laissent, ils ont à faire, à bientôt. « Ah oui, un autre monsieur est venu ce matin, avec une camionnette de l'université. »

Je suppose qu'ils vont contacter un journaliste dès qu'ils seront chez eux. Mais mon histoire n'a plus d'intérêt. Je longe la maison de la vieille Madeleine, une balançoire est accrochée au poirier, tout est fermé, ils doivent être en vacances. Je me retourne. Du seuil de leur maison, les Vanhamme me crient : « Ils sont en vacances ! »

Je grimpe notre rue. Mads est venu ici ? Les grands arbres dissimulent la maison. J'ai les mains moites en arrivant chez nous, la pierre du seuil crisse sous mes pas, la serrure renâcle, les gonds grincent.

L'imper est accroché au portemanteau. Je m'en approche. Son odeur dans le col, je pleure, sa présence n'est plus là, il reste la trace, le parfum de la trace, bientôt l'écho du parfum de la trace.

Nos deux mugs attendent près du percolateur. On dirait que rien n'a changé, qu'il va revenir, revenir de Mortepire ou du travail. Il ne reviendra pas. Autour de sa pierre, au vieux cimetière, Lucie a planté de la sauge.

Tout semble en ordre, il y a un tas de lettres sur la table de la cuisine, et un dossier épais.

Monique a laissé une feuille pleine d'informations et de recommandations. La réalité. Elle a repris les dossiers professionnels de Papa. Elle a rangé la maison, vidé le frigo, il y a des bocaux et des biscottes dans le placard pour dépanner à mon retour. La Volvo est dans son garage en attendant que la succession soit réglée (je n'ai pas le permis de conduire, j'en ferais quoi ?), le gaz et l'électricité sont maintenus, elle a mis les contrats à mon nom. *J'ai rangé les lettres, j'ai pu régler l'essentiel avec ta procuration.*

Un flash : Monique à mes côtés lors de mon arrivée à l'hôpital, elle insistait : il n'y a pas de délit, pas d'internement, on est bien d'accord, c'est une hospitalisation volontaire, je suis bien d'accord, n'est-ce pas ? Je me souviens avoir pensé : Plutôt ici que n'importe où ailleurs. Ici pour ne pas choisir quel là-bas. Ma signature sur une procuration. Je voulais observer, me souvenir, attendre un signe, ne rien céder. J'avais oublié ce moment-là. Pour les pompes funèbres : tout a été fait comme prévu *mais il y a eu des frais supplémentaires à cause de la morgue, de l'autopsie, du trajet jusqu'à Mortepire et des vérifications du permis d'inhumer, malgré les documents annexés. C'est assez rare ce genre de cimetière privé.* Je peux l'appeler quand je veux. Ce dossier, ces questions que Renaud devait régler pour Mortepire, nous devions les aborder après les examens.

Plus tard. D'abord retrouver la maison, mes marques, ma vie.

Une autre lettre, sans enveloppe. C'est l'écriture de Gjin, je la reconnais. Quelques lignes sur une feuille blanche : *Je suis en Belgique jusqu'au 23 juillet* (trop tard), *on peut se voir, j'ai appris pour ton père, les Vanhamme ne m'ont pas reconnu, avec eux l'habit fait le moine. J'ai suivi tes conseils. J'espère que tu vas mieux.* Un nom d'hôtel à Bruxelles et un numéro de téléphone suivent son G presque calligraphié. Un post-scriptum : *Tout le monde t'embrasse.* Une adresse à Genève. Je ne sens rien. Vide. Trop d'informations, lire, lire, je prends le livre dans mon sac à dos, je tire une chaise près de la fenêtre, je regarde la vallée, tout est gris, je me sens seule. Demain, je rentre à l'hôpital, pour en sortir.

Ça ne marche pas, je n'entre pas dans le texte, je pense à mille choses : les démarches, Monique, le notaire, dormir seule ici, me rassembler, avancer. J'abandonne *Malpertuis*, impossible de poursuivre, même sort que ce pauvre *Absalon, Absalon !* Un roman ostracisé. Par quoi ? Quel point commun entre mon désir refusé par Gjin et la mort de Papa, le retour seule à Mortepire ? Ma présence ici. Le moment où l'imaginaire ne peut plus consoler ni abriter.

Cohen, a-t-on un Cohen ou ils venaient tous de la bibliothèque communale ? Je fouille, on n'a rien. Merde. Je regarde la fenêtre, je ne vois que la vitre, j'ouvre les battants, l'absence de Papa me réduit au visible. Quelque chose manque dans la maison, je me force, je veux être dans le paysage. La lumière du soir jaunit la vallée, à l'est, la Meuse frémit dans des éclats d'argent terni, abandonné, gris glauque, j'entends un autre crépuscule, quelque chose doit changer dans cette maison et je ne sais pas si j'en ai envie. Je ne suis pas encore retournée à la cave et dans l'appentis, il faut y aller, je ne prends pas la baladeuse, l'obscurité me convient.

Ça sent le compost, la vieille terre et l'humidité. Le fer rouillé. La patience des outils qui pourraient se décourager.

Dans la petite pièce ouverte sur le jardin, mes yeux s'habituent à la pénombre, le congélateur vide est resté ouvert, ça jette un courant d'air dans ma poitrine.

La bâche dans laquelle on récolte les noix est chiffonnée dans un coin, j'ai envie de m'en envelopper, je reste debout, les outils sont à leur place, bien rangés, ici non plus, la police n'a rien abîmé. Ou Monique a rangé. La fatigue monte comme un malaise, je voudrais dormir sans rêve, m'annihiler, je voudrais que la terre s'ouvre sous mes pieds. J'entre dans le congélateur, je m'allonge. Je ferme les yeux. Rien. J'en sors. Je m'assieds sur la bâche. Je me couche. Je voudrais mourir aussi.

Je suis le sol, des vers de terre aèrent mon humus, des insectes me parcourent, des graines attendent de germer, je suis minérale, végétale, animée de bactéries et d'insectes, la maison respire, ancrée en moi, les fenêtres gonflent et les murs se détendent, la masse du coteau pèse au bout du jardin, la Sambre coule plus bas, les hommes me foulent depuis des siècles et je suis stable, si je devais dévaler, je resterais moi, et tranquille, et inchangée, je trouverais une nouvelle stabilité, rien n'a d'importance. Rien ne m'effraie. Pas même ce bruit sourd et répété.

11.

Des coups. Je m'éveille dans la bâche, le jardin est noir bleuté de nuit. En haut, quelqu'un frappe sur la porte d'entrée. Monique ? Un journaliste envoyé par les Vanhamme ? Je ne bouge pas. Les coups cessent.

La maison arrête de respirer, l'intrus est là, en haut, attendant que je me manifeste. Il cogne encore. Je reste immobile dans la toile qui crisserait au moindre mouvement, j'entends le vent dans les arbres. Je ne veux parler à personne, puis j'ai envie de monter, d'ouvrir cette porte, de voir. Mais aussi de disparaître. Quelques coups légers puis sa voix : « Véra… c'est moi. »

La bâche me gicle comme une graine de violette, je me projette dans le jardin. Pas dans les escaliers, je ne veux pas ouvrir de porte. Je contourne la maison par l'extérieur, j'arrive près de lui sur le côté, il m'a entendue, il me voit, on se regarde dans la lueur du lampadaire, je ne dois pas choisir, rien décider, tout va de soi, c'est facile. J'avance, il approche : « On peut entrer ? » Je fourre mon visage dans son aisselle, il glisse le nez dans mes cheveux, les mains trouvent leur chemin, elles glissent sur la peau, les cuisses s'appuient l'une à l'autre, il dit : « On entre ? »

Je n'ai pas la clé de la maison, je l'entraîne dans le noir-bleu du jardin comme une gamine impatiente de montrer son cadeau, on passe dans l'appentis, il pose la main sur le congélateur, les outils nous observent, on remonte les escaliers dans l'obscurité, il cogne le chambranle, je trébuche en entrant dans la cuisine, on s'enlace, je pleure, il me berce, on se déshabille dans l'éclairage léger des lumières de la ville, face aux fenêtres, au vide du fleuve qui a disparu dans la nuit. Tout s'efface en grandissant : la tristesse, la liberté, la force, le doute, la fatigue et le courage se dilatent, s'emmêlent et plus rien n'a d'importance.

La soif me réveille, je suis toute courbaturée sur le sol de la cuisine, Mads n'est plus là, je me lève. La lumière est allumée dans le salon, il boit dans le mug de Papa. Nu, tranquille, il ne dit rien, je devrais trouver ça bizarre mais c'est normal puisqu'il a sa place ici, c'est chez moi, il est mon invité.

Le dossier de Mortepire est étalé sur la table, il me le montre : « J'ai regardé, pas compliqué, je t'aiderai. » Il me rejoint dans la cuisine, je lui demande d'éteindre la lumière dans le salon, je craque une allumette sur la bougie, j'ai besoin d'une flamme, je bois dans le mug. Nous regardons par la fenêtre l'absence du fleuve qui coule vers la mer du Nord, les lumières sans paysage. Mads est derrière moi, il pose une main sur mon épaule, je me cambre, il continue, imperturbable dans mes cheveux, au-dessus de mon oreille, j'ai des frissons. « Je dois te parler. Des décisions à prendre. » Il est trop près, j'ai peur, mais au lieu de reculer, Mads pose le mug de Papa sur la table, m'emmaillote dans ses bras et continue : il a terminé sa thèse, elle est déposée, il la défend dans une semaine, son contrat à Gembloux se termine le 30 août, on lui a proposé deux postes pour la suite. Il veut mon avis, il ne veut pas choisir sans moi. J'ai la gorge sèche, il n'y a plus d'eau dans la tasse, j'ai envie de boire.

La vie normale n'est pas simple du tout, il veut mon avis pour partir. Où ? Pourquoi va-t-il s'en aller quand je me sens vulnérable, quand je veux qu'il reste ? Pourquoi il m'annonce ça collé à mon dos ? Et avec une érection ! Et pourquoi pas à Genève tant qu'il y est, comme les Hoxha, une sorte de damnation. Je ne l'ai plus écouté, cette pression dans le creux de mes reins, il dit : « … c'est à Genève, pour le PNUD, prestige, missions bien payées, pas obligé d'y vivre. Tu parles parfois de Genève en dormant, tu as peut-être envie d'y aller ? Je préfère la recherche, à Bruxelles, ils vont créer une équipe, on doit mesurer les radiations à travers l'Europe, étudier les effets de Tchernobyl sur un large territoire, à long terme, un boulot de fou et mal payé. J'aime bien. Je préfère. » Je suis perdue, il veut quoi ? Je maîtrise ma respiration, j'ai envie de ruer ou de mourir, il me manque quelque chose, je me cache, je lui demande :

— Et ?

— Et je ne voulais pas décider sans t'en parler.

— Pourquoi ? Tu peux te débrouiller tout seul, moi aussi.

Il me lâche, il recule, il s'éloigne, j'ai envie qu'il revienne, je me retourne, je suis trop nue, il ne s'en rend pas compte, il a cette moue de satyre, il parle sans me regarder. « Véra, je n'en peux plus, depuis la dispute de la mer du Nord, je me retiens, je ne peux plus. » Il recule encore.

Alors je fonce, tête baissée, je me jette sur lui, le choc le fait reculer d'un mètre mais je l'agrippe, nous ne tombons pas, il a le souffle coupé, il s'accroche à la table de la cuisine, bouscule le mug de Papa qui claque sur le sol. Je suis libre, libre de m'attacher. Je dois respirer lentement pour me calmer, il pose une main sur ma nuque, l'autre entre mes fesses, je parle dans son épaule.

— Si tu travailles à Bruxelles, tu peux vivre ici et je te donnerai une Volvo.

— D'accord. Tu veux que je reste.

— Il y a des tessons sur le sol, on est pieds nus, on risque de se blesser. On ne peut pas bouger.

Il relâche la pression sur ma nuque, l'autre main reste bien arrimée, on regarde par terre, l'anse du mug de Papa est cassée, une rupture nette : aucun éclat. « Pas de danger, dit Mads, on peut bouger. » Il me demande si on peut dormir sur un matelas, on embarque de la confiture de morts, coings-verveine, les biscottes, la bougie. Je l'entraîne à l'étage, je me retourne dans l'escalier, cet homme nu, cet homme-là, dont je connais tous les recoins, cet homme étrange me sourit. Est-il avec moi ? Quelque chose a changé dans cette maison. On arrive sur le palier. Mon lit est trop petit. Alors, j'entre dans la chambre de Papa, je perçois son odeur et son absence. « Tu es sûre ? » Oui, c'est chez moi ici, Papa m'approuverait. Je n'ai jamais imaginé ouvrir notre maison à Mads et si j'y avais pensé, j'aurais rejeté l'idée : pas de confusions. Aujourd'hui, ça me semble naturel, on peut mélanger les registres. Je m'immobilise : c'est dingue, on peut décloisonner.

La chambre de Papa. Mads hésite sur le seuil, je le tire à l'intérieur. Et si Lucie avait raison, c'est quoi ce truc ? Ne pas réfléchir, sentir.

Il pose la bougie, j'ouvre la fenêtre, elle donne sur le coteau, une branche du tilleul nous frôle, l'arbre voudrait nous rejoindre et je lui dis que je l'ai vu, il peut nous regarder, on est là, ensemble. Mads soupire. Je me retourne, je pose les mains sur sa poitrine, il est calme, il prend ma tête comme un trophée, il glisse les doigts dans mes cheveux, il me masse le crâne, me tire les oreilles. Dagon aime ça. Je sens les vibrations de sa voix dans mes paumes posées sur son torse avant de l'entendre : « Tu n'as pas voulu me voir à l'hôpital quand je suis venu. » Je dis : J'avais une promesse à tenir, ça prenait toute la place.

Il y a quelque chose de nouveau dans son calme et cette odeur, dans son haleine. Il chuchote : « Tu as changé. » Je lui demande s'il veut encore de la confiture de morts. Il a l'air un peu étonné. Je lui dis que quelqu'un d'autre me cherchait aussi : Gjin. Il pince la bouche, la lumière de la bougie qui l'éclaire par en dessous lui donne un air de faune. « C'est qui ce Gjin, alors ? » Une sorte de premier amour, une histoire ancienne qui faisait encore mal, mais plus maintenant. Il me provoque avec sa moue de satyre : Quoi ? Il est le seul à m'avoir trouvée dans un placard ! Et j'aurais aimé quelqu'un avant lui ? Quel culot ! Incroyable ! Je parle d'amour maintenant ?

Sa question me perce la poitrine. J'ai perdu ma carapace, une fragilité, je lui ai dit de rester, je me suis engagée ? À quoi ? J'ai peur. Je respire lentement, je devrais faire une pirouette, je ne peux pas. Sans carapace, pas de pirouette, je comprends : je suis dévitrifiée, poreuse, et le plomb est descendu dans mes pieds.

Mads attend, il pose le front sur mon épaule, il est fatigué, on s'allonge, sa fatigue est couchée tout au long de moi, l'odeur d'herbe coupée, la confiture de morts est en lui. Un amour patient et solide attend que je le reconnaisse. Je peux encore choisir, je peux choisir à chaque minute. Il répète, grave, plus fort : « Tu as aimé avant moi ? »

Pas comme ça, pas comme ça.

Il s'endort. Fermer les yeux. Déposer les armes. Contre quoi je me battais ?

Les écailles de schiste sont tombées, ma peau est rose, lisse et nouvelle ; une force d'embryon circule en moi, je peux inventer. Je vais à la fenêtre ouverte sur le coteau, les arbres dorment, les ardoises cliquettent au fond du jardin, sur le tas de débris que Papa n'a jamais dégagé. Elles discutent avec des éclats argentés dans la lumière de la lune.

— Bon, on a bien travaillé, les gars.

— Oui, la Petite est prête, son père avait raison, elle est parfaite sur la frontière. Sauf pour les idées, ça l'embrouille. Le type est pas mal du tout. Il va lui garder les pieds sur terre quand elle voudra basculer.

— Hé, regardez, elle est à la fenêtre, elle nous entend.

— Jolies, ces lueurs dorées sur ta peau, Petite. Une bougie ?

— Vous croyez que le type va apprécier ?

— Le type récupère, il était crevé de la chercher, il est persévérant, ça va convenir à la Petite.

Je me retourne, Mads dort, la flamme orange et les ombres vivantes lui donnent un air de dragon. « Oui, de dragon, jeune fille, il s'agit bien de ça, écoute le centre de la Terre et les étoiles, les deux, et arrête de réfléchir, pffft, trop de pensées, ton père a exagéré, écoute le centre de la Terre. Et les étoiles. Les pensées ne servent que d'ascenseur entre les trois niveaux. Alors, tu vas faire les bons choix, Petite ? »

Je n'ai rien à décider, pas maintenant, je veux exister. Et qu'on me foute la paix, je veux retourner contre Mads, rien d'autre.

— Bien, ok les gars, ça y est, elle s'oriente toute seule, on rentre à la maison. Repos !

Les ardoises se jettent les unes sur les autres, se fracassent, retombent en un tas de déchets informes. La voix de Mads contre mon épaule : « Tu parles encore en dormant. » Et derrière la fenêtre, la nuit d'août, le tilleul qui respire nos haleines. La pierraille fait du boucan. « Pas assez, on a encore l'air d'ardoises ! Mêlée ! » Les pierres se broient, se concassent. Quelques convulsions, encore des murmures : « Aïe ! Allez, c'est reparti : s'agréger, se désagréger, ça recommence pour quelques milliers d'années, les gars. Roulez, bougez, rompez, on a bien travaillé. Il était temps. »

Dans la collection Plumes du Coq, créée en 2011 par Alain Bertrand et Christian Libens

André-Marcel Adamek, *Oxygène ou les chemins de Mortmandie*, 2012.
Line Alexandre, *Jeanne derrière la porte*, 2015.
Line Alexandre, *L'Enclos des fusillés*, 2017.
Christine Aventin, *Portrait nu*, 2018.
Thilde Barboni, *Affaires de famille*, 2016.
Catherine Barreau, *L'Escalier*, 2016.
Catherine Barreau, *La Confiture de morts*, 2020.
Léo Beeckman, *Dos au public*, 2018.
Alain Bertrand, *Le Lait de la terre*, 2011.
Alain Bertrand, *L'Été sous un chapeau de paille*, 2014.
Bernard Caprasse, *Le Cahier orange*, 2020.
Frédéric Chef, *Le Colporteur magnifique*, 2016.
Ghislain Cotton, *Le Passager des Cinq Visages*, 2012.
Alain Dantinne, *La Promesse d'Almache*, 2014.
Alain Dantinne, *Brise de mère*, 2017.
Jacques De Decker, *Le Ventre de la baleine*, 2015.
Pascale de Trazegnies, *Le Mort*, 2016.
Xavier Deutsch, *Chaussée de Moscou*, 2014.
André-Joseph Dubois, *Les Années plastique*, 2011.
André-Joseph Dubois, *Le Sexe opposé*, 2013.
André-Joseph Dubois, *Ma Mère, par exemple*, 2014.
André-Joseph Dubois, *Quand j'étais mort*, 2017.
Claude Froidmont, *Perversus ou L'histoire d'un imprimeur liégeois*, 2019.
Jean-François Füeg, *Les Oreilles des éléphants*, 2017.
Jean-François Füeg, *Notre été 82*, 2019.
Bernard Gheur, *Les Étoiles de l'aube*, 2011.
Bernard Gheur, *Un Jardin dans les Rocheuses*, 2013.
Marcel-Sylvain Godfroid, *Le Bureau des reptiles*, 2013.
Danièle Henky, *Baptêmes du feu*, 2018.
Michel Host, *Une vraie jeune fille*, 2015.

Jean Jauniaux, *L'Année dernière à Saint-Idesbald*, 2015.
Armel Job, *La Malédiction de l'abbé Choiron*, 2011.
Armel Job, *Sept histoires pas très catholiques*, 2016.
Eva Kavian, *Je n'ai rien vu venir*, 2015.
Philippe Lambert, *Le Collectionneur de soupirs*, 2015.
Éric Lammers, *Une vie de…*, 2015.
Ziska Larouge, *Au diable !*, 2017.
Ziska Larouge, *Les Chaises musicales*, 2018.
Ziska Larouge, *Hôtel Paerels*, 2019.
Christian Libens, *La Forêt d'Apollinaire*, 2013.
Christian Libens, *Sève de femmes*, 2020.
Geneviève Mairesse, *Les Mémoires enroulées*, 2019.
Nicolas Marchal, *Le Grand Cerf*, 2016.
Nicolas Marchal, *Les faux Simenon*, 2019.
Jacques Nicolas, *Le Traceur de lignes*, 2017.
Nathalie Nottet, *L'Envers des pôles*, 2015.
Jean-Pierre Poccioni, *Lungomare Bellini*, 2019.
Jean-Sébastien Poncelet, *La Tendresse des séquoias*, 2016.
Jean-Sébastien Poncelet, *L'Envol de l'amazone*, 2018.
Denis Riguelle, *Rue des Brasseurs*, 2014.
Thierry Robberecht, *Entre mes bras*, 2012.
Thierry Robberecht, *Onnuzel*, 2018.
Frédéric Saenen, *La Danse de Pluton*, 2011.
Frédéric Saenen, *Stay behind*, 2014.
Frédéric Saenen, *L'Enfance unique*, 2017.
René Swennen, *L'Ombre de Palerme*, 2012.
Luc Templier, *Les Derniers jours du Moi*, 2018.
Pascale Toussaint, *J'habite la maison de Louis Scutenaire*, 2013.
Christine Van Acker, *Ceux que nous sommes*, 2016.
Linda Vanden Bemden, *La Reine, la loi, la liberté*, 2019.
Jean-Jacques Vander, *La Voie des profondeurs*, 2015.